Studien zur Lebensphilosophie
Johann Wolfgang von Goethes

ゲーテにおける生命哲学の研究

岸・ツグラッゲン・エヴェリン

鳥影社

ゲーテにおける生命哲学の研究

Studien zur Lebensphilosophie

Johann Wolfgang von Goethes

凡 例

①著作の略号について

FA=Goethe, Johann Wolfgang: *Sämtliche Werke. Briefe,Tagebücher und Gespräche.*
Vierzig Bände, Deutscher Klassiker Verlag, Frankfurt am Main, 1985 ff.
（Frankfurter Ausgabe の略）

GT=*Johann Wolfgang Goethe: Tagebücher.* Historisch-kritische Ausgabe in zehn Text-und Kommentarbänden, Verlag J.B. Metzler, Stuttgart, 1998.
（Goethe Tagebücher の略)

G-Hb=*Goethe-Handbuch.* In vier Bänden, Verlag J. B. Metzler, Stuttgart, 1996ff.
（Goethe Handbuch の略)

これ以外の略号については巻末の参考文献を参照のこと。

②引用文について

ドイツ語の引用文における綴りは主に参照した文献に従った。

③脚注について

筆者の訳文について、日本語訳がない場合は必要に応じて原文を脚注に載せた。

④人名について

人名は一般的に用いられている慣例に従った。また人名の後のカッコ内の数字は生没年を表している。古代の人物及び現代の研究者には基本的に生没年をつけていない。また不詳の場合もつけていない。

目次

前書き

ヨハン・ヴォルフガング・フォン・ゲーテ（Johann Wolfgang von Goethe, 1749-1832）の名作『ファウスト』の中で主人公ファウストは「世界をその最も奥深いところで総べているものをこれぞと認識することもできる」[1]と述べている。これはゲーテ自身の常に抱いていた問いともいえる。彼は常にものごとの本当の現象、すなわち生命の現象を把握し、認識しようとしてきた。本論文の第3部第1章で詳しく述べるが、ゲーテは例えば「自然における全現象の出発点 Anfangspunkte aller Erscheinungen in der Natur」「全生物の最終的な根源構成要素 letzte Urbestandteile aller Wesen」[2]、すなわち生命の現象の根源を把握し、認識しようとした。

若いころからゲーテは宗教やさまざまな哲学思想と出会い、これらについて考察し、論じるようになる。種々の宗教および哲学思想を研究するとともに、個人的な人生においてもさまざまな経験（病気、死の恐れ、人間関係、友人と知り合いの死など）を重ねることによって、次第に内省的、宗教的省察をするようになり、さらに哲学思想の研鑽を重ねて、自分に希望を与えてくれる永遠のものや生死について真剣に考察していった。哲学思想の読書や研鑽はゲーテが一人で行ったこともあるし、合同研究（ヨハン・ゴットフリート・ヘルダー（Johann Gottfried Herder, 1744-1803）、シャルロッテ・フォン・シュタイン（Charlotte von Stein, 1742-1827）など）、対話と往復書簡を通しても行った。

このような内省的・宗教的省察、そして研究活動や個人的な経験によって、ゲーテは自身の「宗教」あるいは「生命哲学」を形成することになる。年齢を重ねるとともにゲーテは宗教と哲学思想についての知識を豊富にし、自分の中にあるものを哲学用語と比喩などを通して詳しく表現することができるようになった。あらゆる哲学思想の中で彼の「生命哲学」に大きな影響を与えた哲学の一つは、本論文の第2部で詳論するが、スピノ

1　ゲーテ（1958）『ファウスト 1』、34頁。

2　FA 34, S. 171.

ザ哲学だと考えられる。スピノザ哲学はゲーテに形而上学的な面（無限なもの、神的法則）からも、倫理的な面（完全な無私の精神）からも生涯に残る大きな影響を与えている。ヨハン・ペーター・エッカーマン（Johann Peter Eckermann, 1792-1854）によると、ゲーテは最晩年に自分をスピノザ哲学の中で再確認することができたと述べている[3]。

ゲーテの「生命哲学」は多くがスピノザの哲学から影響を受けているといっても、ゲーテの生命哲学にある「輪廻」概念と「行為」の概念（業（ごう）の思想）は、実際にはスピノザ哲学の中には含まれていない。ゆえに、他の哲学思想から取り入れた概念であろう。

本論文では詩人ゲーテにおける生命哲学を、生命の永遠性と「輪廻」の概念または「行為」の概念を中心に明らかにしていく。ゲーテがもっていた個人的な生命哲学は様々な思想から、または彼の中にあった考えや感情からできていると考えられる。若いころから生涯にわたってゲーテはあらゆる思想・哲学・宗教から影響を受けてきた。特に彼の不死、生命の永遠性に関しての「輪廻」の概念と「霊魂」概念、そして「行為」の概念については本論文の第3部、第4部で詳しく論じるが、西洋思想だけではなく、東洋思想も関係していると考えられる。ゲーテはあらゆる哲学から輪廻思想を知り、生涯にわたって自身の輪廻概念と霊魂概念を形成してきた。本論文では、プラトン（Platon, 428/427-348/347）の「イデー」と「アナムネーシス」、ゴットフリート・ヴィルヘルム・ライプニッツ（Gottfried Wilhelm Leibniz, 1646-1716）の「モナド」、アリストテレス（Aristoteles, 384-322）の「エンテレヒー」、オルフェウス教の「デーモン」など、ゲーテが研究し自身の考えを表すために用いた西洋哲学の用語を通して、彼の霊魂概念を明らかにする。

さらに本論文は、ゲーテが東洋哲学、特に仏教思想を知っていたか、あるいはどのような影響を受けたかについても検討する。ゲーテはエンゲル

3 「彼（ゲーテ）はスピノザのなかに自分自身を見出し、そうしてまた、スピノザによってこの上なくみごとに自己を確立することができたのである」（エッカーマン（2001）『ゲーテとの対話（中）』260頁）

ベルト・ケンペル（Engelbert Kaempfer, 1651-1716）の『日本誌』（*Geschichte und Beschreibung von Japan,* 1777/79）とヨハン・ゲオルグ・シュロッサー（Johann Georg Schlosser, 1739-1799）の『輪廻に関する二つの対話』（*Über die Seelenwanderung: zwey Gespräche,* 1781/82）とヘルダーの『人類の歴史の哲学考』（*Ideen zur Philosophie der Geschichte der Menschheit,* 1784/1785/1787/1791）などから東洋仏教思想についての知識を得たと考えられる。仏教思想の中には、輪廻思想の他に、ゲーテの「行為」の概念とつながる業（ごう）の思想もある。このような仏教思想をゲーテが知っていたかどうかについて、また彼にどのような影響を与えたかについても考察を加えたい。

本論文は、ゲーテ自身の「自然詩文」に表していた「生命哲学」は具体的にどのような哲学思想からできており、また影響を受けたかについて詳しく論じていく。そして、彼が個人的にもっていた「輪廻」の概念と「霊魂」の概念と「行為」の概念を包括的に捉えることで、彼の「生命哲学」を明らかにしていく。

本論文は5部に分かれて、序章と終章を含めて12章からなるものであるが、先行研究は部ごとに紹介し、検討している。

序章では、本論文で主に用いる用語、すなわち「自然詩文」・「生命哲学」・「生命」・「霊魂」・「輪廻」・「宿業」などの言葉を定義し、当時の時代背景も確認する。

第1部では、様々な観点からゲーテの「生命哲学」とその背景について論じる。まず、第1章では、ゲーテの「自然詩文」という概念を解釈することを通して、彼の詩人と人間としての「生命哲学」を明らかにする。そして、第2章では「生の哲学」という思潮の由来を確認し、「生の哲学」の由来及び詩文とスピノザ論争とゲーテがどのような関係にあるかについて論じる。

第2部では、ゲーテ自身と彼の「生命哲学」、作品と「自然詩文」（生命を一般に表現し、顕示する詩・詩作）へのスピノザ哲学の影響を論述していく。作品と書簡のいくつかの箇所をもってこのことを確認する。まず第1章では、ゲーテがスピノザを研究した時期について考察し、次に当時のドイツ語地域でのスピノザ受容について論じる。そして第2章では主にスピノザ『エチカ』のゲーテの「生命哲学」への影響について論じていく。ゲーテがスピノザについて直接述べたことを通して、ゲーテのスピノザ受容を確認し、ゲーテの作品に統合された宗教概念と宗教についての考察を明らかにする。

第2部で論じたようにゲーテはスピノザの哲学に大きな影響を受けたが、スピノザの形而上学の範囲を超えているゲーテの無限なものについての考察は、スピノザの霊魂の不滅だけではなく、他の哲学の輪廻の概念とも関係すると考えられる。ゲーテの「輪廻概念」についての考えが、スピノザ哲学と関係しているものか、あるいは他の思想から影響されたものかについては、本論文の第3部から考察する。

第3部の第1章では、ゲーテの輪廻概念に影響を与えた他の思想があるかについて論じていく。彼が「輪廻」、「霊魂不滅」などについて発言した箇所を時系列で確認し、注釈を付して解釈していく。そこでゲーテの輪廻概念と霊魂不滅についての考察を示していると考えられるがこれまで大きなコンテキストにおいては解釈されていない[4]ゲーテとヨハンネス・ダニエル・ファルク（Johannes Daniel Falk, 1768-1826）との対話を解釈する。

次に、第2章では、ゲーテの輪廻概念と霊魂不滅概念と緊密に関係している霊魂概念について論じる。彼はオルフェウス教を中心に、他の哲学用語を用いて、自身の霊魂概念について述べていることを示す。そこで、ゲーテの詩「始原の言葉・オルフェウス[5]の教え（Urworte Orphisch）」を中心に彼の霊魂概念を明らかにする。

第3部では、ゲーテの輪廻概念と霊魂概念に与えた西洋哲学について論じたが、その一つの結論として、人間は自身の勤勉、熱心、精神、努力によって救われるという考えがあったといえる。そうすると、人間を救うことは人間自身の力によって可能になる。この考えの中に行為の思想がある

4　Hilgers (2002: S. 211) 参照。

5　筆者が「オルペウス」を「オルフェウス」に書き換えた。本論文では「オルフェウス」に統一する。

といえよう。すなわち神などを通してではなく、人間自身の力で人間が救われるということである。

第４部と第５部では、このテーマを東洋思想を中心にさらに詳しく調べる。第４部では特に仏教思想を中心にゲーテの「輪廻」概念と「行為」の概念て論じる。

第５部では、ゲーテとヒンズー教との関係、およびヒンズー教の思想がゲーテの「輪廻」概念と作品にどのような影響を与えたか、ついて論じる。

終章では、ゲーテの「生命哲学」のエッセンスをまとめ、本論文の結論を述べる。

序章
概念の定義と時代背景

第1節　ゲーテ独文の和訳の課題

この序章では、ゲーテ独文の和訳及び本書で用いる主な概念の定義と時代背景について述べる。

1. 独文の和訳とテクスト

ゲーテの作品のドイツ語訳としてゲーテ全集以外にも、『詩集』や『対話録』、『書簡集』などがある。日本語の『ゲーテ全集』はドイツ語のものと比較すると、まだ不完全なものと言わざるをえない。例えば、書簡集の一部と詩集の一部と日記の一部などがまだ和訳されていない。ゲーテの研究を日本語で行うためには、ドイツ語のゲーテ全集の完全な和訳が必要と思われる。さらに、出版年が新しければ新しいほど、和訳文も新しい。つまり、出版年が古いと和訳文が古いため、引用しにくいところがある。これまでにドイツ語から和訳された主なゲーテ作品は、以下に挙げる通りである。

まず、『ゲーテ全集』は全部で三つの訳がある。

(1) ゲーテ（1940）『ゲーテ全集』改造社

(2) ゲーテ（1960-1962）『ゲーテ全集』高橋義孝ほか訳　人文書院

(3) ゲーテ（1979-1992、新装普及版 2003）『ゲーテ全集』神品芳夫ほか訳　潮出版社

現在(3)の潮出版社のものが一番新しい訳となっている。ゲーテの『詩集』の和訳はほとんど『ゲーテ全集』に含まれているが、その他のゲーテの『詩集』は大東出版社が 1942 年に出版したものがある。また、まだ和訳されていない詩もある。ゲーテのすべての書簡が含まれている『書簡集』については和訳が存在しないが、一部は潮出版社の『ゲーテ全集』第 15 巻の

中にあり、新しく出版された『ゲーテ＝シラー往復書簡集』（上下巻、潮出版社、2016）などもある。従ってゲーテの書簡に関してもまだ和訳されていないものがあるのが現状である。ゲーテの対話については以下の二つの翻訳がある。

(1) エッカーマン著（1968-1969、改版 2012）『ゲーテとの対話（上・中・下）』山下肇訳　岩波文庫

(2) ビーダーマン編（1962-1970）『ゲーテ対話録』第1巻－第5巻 大野俊一 等訳　白水社

『ゲーテ対話録』の和訳文には少し古いところがある。

日本語の『ゲーテ全集』に、全てのゲーテの作品の和訳が含まれているわけではなく、その上すでに和訳されているゲーテ的表現についての文章研究も一つの大事な課題である。

ゲーテ作品に限らず、翻訳をするためには、テクストに使用されている言語についての理解力が求められることは言うまでもない。

深田甫は『ドイツ語翻訳教室』という著作の中で、翻訳の作業について「対象のテクスト（起点テクスト）が伝えようとしているメッセージとそのテクストに潜む文化を分析・解釈し、理解した意味を別の体系の言語によって、可能なかぎり等しい価値をもつテクスト（終点テクスト、目標テクスト）に構成していく仕事」[6]であると述べている。彼が求める翻訳では、解釈の仕方と表現の仕方に価値が置かれ、その解釈の根底には理解という行為がある[7]。良い翻訳文を作るためには、翻訳家の正しい理解力が不可欠である。すなわち起点テクストで使われる言語の語学力とその文化についての理解力である。この起点テクストが伝えようとしているメッセージが最初から明らかではない場合もあるので、その場合は起点テクストの行間を読み、メッセージを解釈する必要がある。

深田甫は陰に潜んでいる意味の世界を「サブテクスト」と呼んでいる[8]。

6　深田甫（1996）『ドイツ語翻訳教室』、5頁。

7　同書、7頁参照。

8　同書、8頁。

つまり「隠されている意味」[9]を把握し、理解することであるので、「意訳する」ことになる。意訳とは『広辞苑』によれば、「原文の一語一語にこだわらず、全体の意味に重点をおいて訳すこと。また、その訳したもの」[10]とある。つまり、起点テクストにある全体的で、隠れた意味を読み取り、翻訳することである。

従ってゲーテの研究をドイツ語以外の言語でする際や翻訳する際には、以下の点が特に重要になる。ゲーテが生きた時代は1749年から1832年までである。そのため、現在の標準ドイツ語より少し古い文章になる。翻訳する際にはこれを考慮する必要がある。ゲーテの文章（作品、詩、随筆、手紙など）を正しく理解するためには、背景になっている歴史、当時の社会と文化、ゲーテ個人の状況と人間関係、その時その時に研究している専門分野（哲学、科学、文学、宗教など）、交流した人々の詳細、ゲーテの言葉の使い方（哲学用語など）を考慮しなくては読めないものがある。さらにゲーテの皮肉やユーモアなどを読み取ることのできる感性やゲーテに関する修辞法、文学論や詩学などの知識も必要になることがある。ゲーテの文学作品それぞれの中で独自に表現されている美的様式への理解が必要であり、ゲーテのテクストの種類やメッセージの宛先に応じて、それに適応する翻訳の方法や形式を選択しなければならない。興味深いことに、ゲーテ自身が翻訳の重要性について次のように述べている。「翻訳の不十分さについてたとえどう言われようと、翻訳というものはやはり、全般的な世の営みのなかで最も重要で価値のある仕事の一つであることには変わりがないからです」[11]。

以上の点を踏まえ、本書では、すでに翻訳があるものは基本的にそのまま引用し、翻訳が相応しくない場合は注釈を付しながら新たに訳した。翻訳がない場合は筆者が訳し、必要に応じてドイツ語の原文も載せた。

なお、本書では主に日本語の潮出版社のゲーテ全集とドイツ語のフラン

9　同書、9頁。

10　『広辞苑』1993、182頁。

11　『ゲーテ全集15』、233頁。

クフルト版のゲーテ全集などを用いることとした。

2. 翻訳に関する注釈（「詩」・「詩文」・「詩作」・「文学」・「自然詩文」・「詩学」）

翻訳に関しての注釈であるが、ドイツ語の Poesie と Dichtung という言葉についてゲーテは同意義に用いているゆえに、本書では「詩文」と訳した。また、ゲーテの詩論については全体的に「詩学」という言葉でまとめた。また、Dichten を「詩作」とし、poetisch を「詩的」と翻訳した。poetisch という言葉は潮出版社の『ゲーテ全集』で「文学」と「文学の」として翻訳されている個所があるので、本書でこの『ゲーテ全集』を使用する場合は、この言葉の翻訳を入れ替えた場合がある。「文学」と「文学の」はドイツ語で Literatur と literarisch に該当する。Literatur は Poesie よりもっと広い意味がある。Literatur は「詩」だけではなく、一般的文学を含んでいる。ゲーテがここで使っている Poesie の意味はだいたい「詩」と「詩作」、「詩文」に限られており、「文学」一般の意味は含まれてない。このゆえに Poesie と Dichtung の訳としての「文学」はここでは適切ではない場合がある。ゲーテの Naturdichtung という概念も、潮出版社のゲーテ全集では「自然文学」と訳されているが、本書では「自然詩文」と訳した。第 1 部第 1 章でさらに「自然詩文」という概念について詳しく論じる。

第 2 節　概念の定義（翻訳）

1.「ゲーテの生命哲学」・「生命哲学」・「生の哲学」の定義

ここでは、本書における「ゲーテの生命哲学」という表現についての定義づけを行う。「ゲーテの生命哲学 Goethes Lebensphilosophie」を論じるためには「生命哲学」の定義と由来についても確認しておく必要がある。「生命哲学」については第 1 部第 2 章で論じるように、哲学史的には 19 世紀にアンリ・ベルクソン（Henri Bergson, 1859-1941）やヴィルヘルム・ディルタイ（Wilhelm Dilthey, 1833-1911）などが展開してきた「生の哲学」という哲学的思潮に間接的に関係するものであるが、それ以前の 18 世紀の終わり頃に文学的運動と関連して生じた思想傾向も Die Philosophie des Lebens と呼ばれ、ゲーテもその思想傾向に属するので、哲学史とは別個の表現として扱いたい。

ドイツ語の Lebensphilosophie という表現が日本語では「生の哲学」（哲学史）あるいは「生命哲学」と翻訳されている。日本語の表記に関しては、伊藤邦武が『物語　哲学の歴史』（2012）の著作中で、「生の哲学」という表現が限られているので、もっと広い意味で「生命哲学」という表現を使用した方がいいという風に指摘している[12]。ゆえに、筆者は本書でも「ゲーテの生の哲学」ではなく、「ゲーテの生命哲学」という表現を用いる。

Duden というドイツの一般的な辞典には、「生命哲学・生の哲学 Lebensphilosophie[13]」の項目に、「哲学的及び一般的な」という二つの意義が見出だされる。本書ではこの二つの意義に筆者なりの定義を加えて「生命哲学」の定義としたい。

① Philosophie, die sich mit dem menschlichen Leben befasst（Philosophie）[14] 人間の生を扱う哲学（哲学）[15]は第 1 定義とされる。哲学史的には「生の哲学 Lebensphilosophie」とも呼ばれる。
　→　哲学史的に理解した「生の哲学」
② Art und Weise, das Leben zu betrachten[16] 生命を考察する方法[17]は第 2 定義とされる。「生命観 Lebensanschauung」とも呼ぶことができる。
　→　一般的、日常的「生命哲学」、一人ひとりがもっている「生命哲学」
③ 第 3 定義、生き方に影響を与えて、実践される哲学（実践された生命哲学）・筆者は「生命」を「生き方」と読み替えることで、さらに「生

12　伊藤邦武（2012）『物語　哲学の歴史』、244 頁－ 316 頁参照。
13　ドイツ語では「生命哲学」も「生の哲学」も Lebensphilosophie と呼ぶ。
14　*Duden*. 2003, S. 1001.
15　同書、1001 頁。筆者訳。
16　*Duden*. 2003, S. 1001.
17　同書、1001 頁。筆者訳。

命哲学」の意味を付け加えた。これが第3の定義である。

→　実践的な意味における「生命哲学」

本書では、特に「生命哲学」の第2と第3の定義を強調したいことから、この三つの定義に分けた。そうするとゲーテの生命哲学が非常に明確になると思われる。*Duden* は哲学的ではなく、一般的な辞典であるからこそ、「生命哲学」の定義をするために相応しいと考えられる。従って、この一般的な意味を基礎として、その上に筆者は第3の定義を付け加えた。

第1定義は哲学史の分野における用語としての意味である。すなわち人間の生命を扱う哲学は「生の哲学」と呼ばれるのである。次に第2定義は、それよりも広い意味で用いられ、すべての人間は自身の「生命哲学」をもつことができ、生命を観察する方法をもつことができるということから「生命観」とも呼ぶことができるのである。第3定義は「生の哲学」また「生命観」がただ扱われ、観察されるだけではなく、このような生命哲学の思想は自身の生き方に生かされ、行動に現れて、実践されている生命哲学であるとするものである。そういう意味ではしっかりした判断に基づいて、「生命」とは何かを理解して、それを行動に反映させるという意味の哲学である。

本書ではこの三つの定義を用いて「ゲーテの生命哲学」（ゲーテ自身がもっていた）について論じていく。なお、「生の哲学」については第1部第2章でさらに詳しく論じ、ゲーテの時代との関連性を検討していく。

2.「生命」の定義

Leben というドイツ語の言葉は日本語で「生命」、「生」、「命」、「人生」、「生活」などの様々な言葉で表される。さらに『哲学・思想翻訳語事典』[18]に「生命・生」という項があり、「生命」を定義するにあたってはこの事典も参考にした。

「生命」は漢籍にある言葉で、本来寿命を意味し、生まれながらの素質と授かった命という意味の「性命」と同義であるが、同じ意味の和語「い

18　『哲学・思想翻訳語事典』、2013。

のち」の方が多く使用されていた。明治以降に「性命」から「生命」に替わり、今日的意味のもとに使用され始めた。すなわちドイツ語のLeben、英語のlife、フランス語のvieなど西欧語の翻訳語として使用されてから、「生命」という言葉が今日的意味合いを帯びたのである[19]。生気論的生命観と近代自然科学の中で解明される「生命観」両方の意味をもっている現代の「生命」の概念は、自然科学との関係の中で絶えず変容しており、思想・道徳的領域における人間の具体的個体性を回復させる概念として用いられている[20]。

ゲーテは「生命」という言葉や概念を個人的なコンテキストであっても、自然や宇宙的なコンテキストにまで拡大して、文学的表現や科学的・哲学的研究の中でも用いている。

本書では、文脈によってLebenを「生」・「生命」・「人生」・「生活」として和訳して、論じていく。

3.「霊魂」・「不滅の霊魂」・「輪廻」・「業（ごう）」（行為）の定義

ここでは、ゲーテの生命哲学について論じるにあたり「霊魂・魂 Seele, Geist」や「不滅の霊魂 Unsterblichkeit der Seele」、「輪廻 Seelenwanderung」、「業（ごう） Karma」などの用語を用いて、その哲学的意義を説明する。また本書では東洋と西洋の思想についても論じるため、両方の観点から用語の説明を取り上げる。以下『哲学事典』、『哲学・思想翻訳語事典』、『カラー図解哲学事典』、また*Duden*を参照し、用語を説明する。

霊魂不滅という概念には肉体が滅びても霊魂がこれを離れて永遠に存在し、不滅性をもつという意味がある。この概念は自然存在としての人間が、有限性を克服すべく、霊魂とよぶ人間の人格に、超自然性を付する要求から成立した。時間上の無限なる存続となるのは宗教的にみた場合であり、この信仰の上に成り立つのが祖先崇拝、輪廻転生説である。

ギリシャ人は、オルフェウス教を通じて、はじめて、ホメロス・アポロ

19　同書、180頁参照。
20　同書、181頁参照。

ン的宗教がもつ有限なる霊魂観を脱し、不滅観をもつことになった。[21]オルフェウス教の輪廻思想は、ピタゴラス学派にも影響を与えたと考えられるが、この学派は、改革者であるピタゴラス（紀元前570 − 500頃）が創設した学派で、この学派の教説は数学と音楽理論における科学的な研究にも関わらず、宗教的で神話的な根本的特質が優勢であった。これが顕著にみられるのが、体と魂の分離という考え方をもつ魂の遍歴理論、つまり輪廻の概念である。この教えは魂が人間の本来的な本質を表して、魂は肉体的なものによる汚染から解放されるべきだということである。[22]

古代ギリシャでは「プシュケー psyche」と「ソーマ soma」が生命をあらわす言葉であった。プシュケーは霊魂･心･精神という意味であり、ソーマは物質的身体という意味である。プラトンは、プシュケーを動くもの、生きるもの、自ら動くもの、不滅の霊魂などと理解している。アリストテレスはそれを活動、目的に関わる自己の運動などとして理解している。西洋思想ではプシュケー的な生命観が支配的であったが、近代ではルネ・デカルト（René Descartes, 1596-1650）が心身二元論によって、機械論的身体論の基礎付けをし、機械論的生命観と生気論的生命観の対立を顕在化させたのである。[23]

「霊魂」の概念は諸外国で、はじめ物理的現象としての「気息」「風」から着想されたものであることは、ヘブライ語のルアッハ ruah、サンスクリットのアートマン ātman、ギリシャ語のプシュケー psyche の語源的意味から明らかである。このような概念は、人間をして、人間たらしめる本質をあらわしており、漸次これを哲学的に精神化し、一種の人間のあり方を決定する原理にまで高め、「我」「自我」の観念を発展させた点は、ユダヤ人、インド人、ギリシャ人らの特色である。さらに日本では、終始、霊魂は宗教的存在であり、哲学的に内面化された方向をとらなかった点は上記

21 『哲学事典』1971、1498頁参照。

22 『カラー図解　哲学事典』2010、23頁参照。

23 『哲学・思想翻訳語事典』2013、180頁参照。

の人々との大きな違いと考えられる[24]。

「輪廻」の概念は西洋でも東洋でも存在しており、ここでは両方を紹介する。本書第3部第1章で詳論するが、ゲーテが使う Seelenwanderung というドイツ語の言葉は、ウパニシャッドに関する文脈では、「サンサーラ saṃsāra」のドイツ語の訳語の一つであり、「霊魂の遍歴」[25]、ピタゴラス学派の文脈では、「魂の遍歴」[26]、「輪廻 saṃsāra」[27]などと和訳され、西洋哲学の様々な哲学・思想（オルフェウス教、ピタゴラスなど）によって教えられ、議論されている。また、この言葉は魂・霊魂が流転することを意味しており、*Duden* の中で Seelenwanderung の意義は Reinkarnation として説明されている[28]。Reinkarnation の語源はラテン語から来て、Seelenwanderung を意味している。すなわち「人間の魂が新しい体と新しい生存に渡ること（Übergang der Seele eines Menschen in einen neuen Körper und eine neue Existenz; Seelenwanderung)」を意味している[29]。ただしゲーテ自身は Reinkarnation という言葉を用いていない。そして *Duden* の Reinkarnation すなわち Seelenwanderung の説明文では「人間の魂」のみが書かれているが、哲学思想によっては、動物の魂も輪廻概念に含まれる場合がある。

ゲーテは Seelenwanderung 以外に Metempsychose μετεμψύχωση というギリシャ語由来の言葉を用いているが、これも輪廻という意味をもつ言葉である[30]。 Reinkarnation の同意語（類語・類義語）は…Wiedergeburt (das Wiedergeborenwerden des Menschen, der menschlichen Seele) 人間、人間の霊魂の再生）、Auferstehung（用例 die Auferstehung der Toten zum ewigen Leben 死者の永遠の生命への復活）、Palingenese (Wiedergeburt der Seele durch

24 『哲学事典』1971、1498頁参照。

25 『カラー図解　哲学事典』2010、9頁。

26 同書、23頁。

27 同書、9頁。

28 http://www.duden.de/rechtschreibung/Seelenwanderung　(28.7.2016) 参照。

29 http://www.duden.de/rechtschreibung/Reinkarnation　(28.7.2016) 参照。

30 http://www.duden.de/rechtschreibung/Metempsychose　(28.7.2016) 参照。

Seelenwanderung)（輪廻による霊魂の再生）である。[31] ゲーテに影響を与えたヘルダーは Palingenese という概念について議論している。東洋では、輪廻の概念は仏教とヒンズー教との関係で用いられている。また日本語の『哲学事典』[32] では、輪廻の概念は東洋思想の関係からのみ説明されている。

同事典の中では輪廻（梵）saṃsāra は五つの観点から説明されるが、ここではゲーテの輪廻概念について論じるために必要な最初の二つだけ取り上げたい。

(1) 仏教で説く輪廻は輪廻転生（梵）saṃsāra である。[33] それはまた生死輪廻、単に輪廻、流転、などという意味がある。車輪が廻転してとどまることのないように、衆生が、邪執、謬見、諸煩悩、業などのため、三界六道に死んでは生まれ、また死んで、生死を限りなく継続してゆくことをいい、その間、衆生は多劫にわたり無数に苦悩を受けねばならない、とされる。さらにこれの断絶した境が涅槃である。[34]

(2) 輪廻の考えは、原始未開人が人間の霊魂は死後身体からはなれて草木鳥獣などにやどるとする輪住説より発達し、インドでは、有名な業説 karman theory と結びついて、古くはウパニシャッドの時代から、たえずヴェーダーンタを通じて広がり流れ、もちろんシャンカラも採用しているほか、現在もインド教中に採り入れられ、普遍的な思想または感情となっている。ただし、的確に輪廻説をバラモンがもちいたのは、古代『ウパニシャッド』に始まるとされる。[35]『ウパニシャッド』（紀元前 800 − 500 頃）、（省略）その第 2 の重要な思想はカルマと転生の教説である。人間は自らの業（カルマ）に基づいて不可避的に新しい姿へと転生していく。すべて

---

31 http://www.duden.de/rechtschreibung/Palingenese (28.7.2016) 参照。

32 『哲学事典』1971。

33 同書、1484 頁。

34 同書、1484 頁− 1485 頁。

35 同書、1484 頁。

の行為が霊魂が遍歴していく循環を進行させるがゆえに、転生の連鎖は永遠である。概念サンサーラ（輪廻）（出発点に帰還する成り行き）が描いているのは、人間がこの世界の出来事の中に編み込まれていることである。この概念の基礎には人倫的な世界秩序がある。というのも善行あるいは悪行が、それに相応しい高次あるいは低次の生命形式をもつ存在を将来的にもたらすからである。この背景にあるのは永遠の世界理法（ダルマ）の思想であり、これがコスモスのうちに秩序を提供するものとしてすべての出来事の基礎にあり、人間にとって自分の行動の尺度として現出する。[36]

本書で用いるもう一つの東洋思想の用語は業説である。これは仏教の骨格をなすもう一つの思想である。この場合の業 karman は、それによって楽果あるいは苦果をまねくところの、意志による行為的生活をいう。『哲学事典』の中で業説は三つの観点から説明される。業説が成り立つためには、

(1) 善因楽果、悪因苦果の因果説、

(2) 因と果との間を結ぶなんらかの勢力、

(3) 因と果との間の人格的同一性（いわゆる自業自得）の三つの条件が必要である。それが満たされたのは善悪の意識が明瞭に自覚され個人の人格が意識されるに至ったウパニシャッド時代であった。インドの正統派思想やジャイナ教でもそれぞれ独自の業説が展開したが、最も詳しく研究されたのは仏教においてであった。業は一般に身（行為）、語（言語）、意（意志）の三業にわけられる。これらが一体となって人間生活を形成するが、それは善、悪、無記（非善非悪）のいずれかに価値づけられる。なかで無記業のみは果報(むくい）をともなわない。そして果報はつねに無記すなわち非善非悪であるとされる。しかし非善非悪は善悪を超越しているのではない。それはやがて善悪となって展開すべきものである。かくして

36 『カラー図解　哲学事典』2010、9頁。

業の果として現実の世間に生を受けることは無限に善悪の生存をくりかえすことを意味する。それが世間的な人間のあり方であり、それを仏教では輪廻とよぶ。[37]

カルマン(梵)karman, karmaともいい、本来の意義は単に行為を意味する。これを因果関係と結合させて、前から存続して働く潜在的な一種の力のみ、一つの行為は必ずある果報をともなうと考えたのが業による輪廻の思想であり、インド一般の社会通念としてインド諸思想に大きな影響を与えた。ウパニシャッド、ジャイナ、仏教、ヴァイシェーシカ、ヴェーダーンタなどおのおの独自の業説を有する。[38] 仏教の教えは日本まで広がり、様々な学派を生み、それぞれの学派において業説と輪廻説も存在している。

第3節　時代背景

1. ドイツ：汎神論論争（スピノザ論争）・輪廻についての論争の時代

ゲーテが生きた時代のヨーロッパは啓蒙時代（1650-1800）とロマン主義の時代（1800-1850）にあった。この時代のドイツ文学は「シュトゥルム・ウント・ドラングSturm und Drang」(「疾風怒濤」と言われる)（1765-1785）や「ワイマール・クラシック Weimarer Klassik」(「ドイツ古典主義」)（1786-1832）と呼ばれている。

この時代、ドイツでは東洋の知識が運ばれてきた。そしてドイツにおいてインド学が学問として確立された、ただし確立されたばかりゆえに、ヒンズー教の体系、概念などはまだはっきりしなかった。

この頃のドイツにおいて、ゲーテに大きな影響を与えた二つの論争が起こった。輪廻に関しての論争（1780-）と汎神論論争とも呼ばれるスピノザ論争（1785-）である。それらは時間的に非常に近接して生じた。

1780年の輪廻に関しての論争はドイツの知識人の集まりで起こっ

37 『哲学事典』1971、470頁。

38 同書、261頁。

た。そのきっかけとなったのはゴットホルト・エフライム・レッシング（Gotthold Ephraim Lessing, 1729-1781）の著作『人類の教育』（*Die Erziehung des Menschengeschlechts,* 1780）である。この論争にゲーテの義兄弟であるヨハン・ゲオルグ・シュロッサーは『輪廻に関する二つの対話』（*Über die Seelenwanderung,* 1781/1782) という著作で参加した。これに対してヘルダーは対話形式の『輪廻に関する三つの対話』（*Über die Seelenwanderung,* 1781）という著作で批判的に答えた。[39] これに対してシュロッサーがさらに返答を書いた。ゲーテはこの輪廻論争には直接参加しなかったが、ゲーテとヘルダーの発言によって、輪廻を巡るこれらの作品を読んでいたことがわかっている。

輪廻思想に対する論争の5年後の1785年に生じたスピノザ論争とも呼ばれる汎神論論争とは、ドイツで起きたスピノザの哲学をどう受け入れるかという一連の論争のことをさす。ゆえにこれをスピノザ論争ともいう。汎神論論争は、フリードリヒ・ハインリヒ・ヤコービ（Friedrich Heinrich Jacobi, 1743-1819）の無名の『スピノザの教説について』（*Über die Lehre des Spinoza, in Briefen an Mendelssohn,* 1785) の出版によって開始された。この作品においてヤコービはスピノザ主義を無神論と称した。最初にモーゼス・メンデルスゾーン（Moses Mendelssohn, 1729-1786）とヤコービの往復書簡から、ヤコービの書簡のみが作品の中に載せられた。二人の間の論争はレッシングのいわゆるスピノザ主義についてであった。ヤコービが目指した思想界のスピノザ主義からの離脱はこの作品の出版によって実現されず、逆に特に若い世代、ゲーテもその一人であったがスピノザの哲学を研究し始めた。こうして汎神論論争によって喚起され、当時のドイツ語地域でのスピノザ受容が始まったと思われる。[40]

2. 日本：江戸時代・鎖国時代

江戸時代の日本は鎖国時代であったにも関わらず、九州・長崎の出島に

39　FA 28, S. 983.

40　*Christentum und Judentum* (2012: S. 47-48) 参照。

滞在したオランダ東インド会社の医師は医師として勤務しながら、日本についての知識を集め、海外に伝えた。この医師の中にはドイツ出身の医師も多く、彼らの活躍によって、西洋から日本への知識伝達だけではなく、日本から西洋への知識伝達も行われていた。

江戸時代の期間、ヨーロッパは啓蒙時代（1650-1800）とロマン主義（1800-1850）の時代であり、ドイツ文学は「シュトゥルム・ウント・ドラング」（1765-1785）や「ワイマール・クラシック」（1786-1832）の時代であった。日本は明治初年以来、欧米から多くの文化を移入し、文学においても西欧文学を手本とし、イギリス、フランス、ロシア文学などと並んで、やがてドイツ文学も移植された[41]。一方、ドイツでは江戸時代の段階ですでに日本からヨーロッパに伝えられた知識をワイマール文学者たちが手にしていたことがわかっている。

従って、ドイツワイマール文学者の作品を正しく解釈するためには、近世日本についての情報、特に仏教の思想、仏教の輪廻思想がどれほどドイツで知られ、論じられていたのか、また理解されていたのかということについても考察する必要がある。

41　星野慎一（2014）『ゲーテ』、176頁参照。

第1部
ゲーテの「生命哲学」

第1部では様々な観点からゲーテの生命哲学とその背景について論じる。まず、第1章では、ゲーテの自然詩文を通して彼の生命哲学を明らかにする。

ゲーテの「文学論」からの、今まであまり解釈されていない随筆「さらに一言、若い詩人たちのために（Noch ein Wort für junge Dichter）[42]」には、彼の詩・詩作に秘められている哲学の概観が示されていると考えられる。この随筆の中で、ゲーテは「詩文 Poesie, Dichtung」について書き、若い詩人に詩作について指導している。エッカーマンが書き加えたこの随筆のタイトルは、エッカーマンが校訂した「文学論」からの1832年の「若い詩人たちのために」という随筆と照応している。両方の随筆の中にゲーテの基本的な信念が表現されている。二つ目の随筆の日付ははっきり知られていないが、遺言的書き方は最晩年に書かれたことを予想させる[43]。ゲーテの準遺言[44]とも呼ばれるこの随筆の中で、彼は「自然詩文 Naturdichtung」という概念を説明している。

ゲーテ自身は自分の経験したこと、考え方、思想、哲学を詩文の中に表わすことを重視していたと考えられるゆえに、本論文では今まで研究がまだ少ない「自然詩文」を中心に彼自身の生命哲学について論じていく。ゲーテ研究者であるフリードリヒ・グンドルフ（Friedrich Gundolf, 1880-1931）の『ゲーテ』という著作の「自然 Natur」と題した章の中で「自然詩文」について述べている次の文章がある。「ゲーテの自然詩文は人間と宇宙の

42　この随筆は『ゲーテ全集13』、89-91頁に収められている。ドイツ語版は *Goethe Werke.* Bd. 6, 2007. S. 374-375 に所収。以下、必要に応じてドイツ語版の対応箇所も注において記していく。

43　*Goethe Werke.* Bd. 6, 2007. S. 629-630 参照。

44　G-Hb 1, S. 16.

統一を前提にし、賛美するために役立つ」[45]。ただ、グンドルフはゲーテの随筆「さらに一言、若い詩人たちのために」に言及しないし、注として挙げてもいない。このゲーテの随筆に基づいて「自然詩文」のことを述べていない可能性が大きく、「自然」というテーマの関係で「自然詩文」と名づけた可能性が大きい。それでも、ゲーテが説明している「自然詩文」に非常に似ているように思われる。

そして、第2章では「生の哲学」という思潮の由来を確認し、「生の哲学」の由来及び詩文とスピノザ論争とゲーテがどのような関係にあるかを明らかにする。

カール・アルベルト(Karl Albert, 1921-2008)は『生の哲学』(*Lebensphilosophie,* 1995)の中で「生の哲学」の由来をニーチェから論じているが、ゲーテの時代(文学運動とスピノザ論争)までの関係性を述べてはいない。しかし、O.F. ボルノー(Otto Friedrich Bollnow, 1903-1991)は『生の哲学』(*Die Lebensphilosophie,* 1958)[46]の中で生の哲学の由来について詳しく論じた。

45 „Goethes Naturdichtung setzt die Einheit von Mensch und All voraus und dient zuihrer Verherrlichung." (Gundolf (1930: S. 381) 筆者訳)

46 Bollnow, Otto Friedrich: *Die Lebensphilosophie,* 1958. 日本語訳は O.F. ボルノー(1975)『生の哲学』。

第1章　ゲーテの「自然詩文」における「生命哲学」

詩という文学的芸術において、哲学を表現することができるか、という問題が筆者の基本的な問いである。また表現することができるのであれば、詩に表される哲学とはどのような哲学であろうか。本章では、文学的芸術である詩の中で哲学を表現することができるか、という問い、そして詩・詩作において哲学があるか、という問いについて、ゲーテの詩を用いて明らかにしていきたい。

ゲーテは自分の考え方や思想をしばしば詩の中に示しており、彼の詩・詩作には哲学を見出すことができると筆者は考える。そこで本章では、ゲーテの詩・詩作に秘められた哲学の概観が示されているといえる、「文学論」からの随筆「さらに一言、若い詩人たちのために（Noch ein Wort für junge Dichter）」[47]を用い、上記の問題を検討してみたい。

第1節では、ゲーテが詩人の世界の中で自身をどのように位置付けているかについて、また芸術家や詩人、詩や芸術や学問という概念の定義について論じていく。第2節では詩作は詩人が内面から制作する自然的な過程であることについて述べたのち、ゲーテの「自然詩文」という概念を検討し、その「自然詩文」における生命哲学を明らかにする。そして第3節では、「自然詩文」における詩人の振る舞い、特に自制心とうぬぼれについて述べ、「自然詩文」の内容を明らかにする。第4節では、自由以外にゲーテが詩人たちに与えた規範があるかどうかについて論じる。そして第5節では、「自然詩文」と「世界文学」という概念の共通点を確認する。

第1節　ゲーテの詩学

「さらに一言、若い詩人たちのために」の中で、ゲーテは詩学について書き、若い詩人に詩作について指導するとともに、詩人の世界において自身をどう位置付けるのかについて述べているゆえに、ゲーテの「詩学」の

47　『ゲーテ全集13』、89頁－91頁。(*Goethe Werke.* Bd. 6, 2007, S. 374-375)

大事な内容として認めることができる。本節ではゲーテの立場と、ゲーテの詩人、詩に対する概念について論じる。

1. ゲーテは詩人たちの師か解放者か

ゲーテは師の役割について「われわれが師と呼ぶのは、その人の指導によってわれわれがたえずなにかある芸術の修練を重ね、しだいにわれわれが熟達してくるにつれて、実作で憧れの目標にもっとも確実に到達するために従うべき根本原則を段階的に教えてくれる人のことである」[48]と述べている。

すべての芸術において、憧れの目標に到達するために従うべき根本原則を教えてくれる存在が「師」ということである。ゲーテは「憧れの目標」について具体的には説明していないが、何らかの芸術を習得することを意味しているのであろう。彼は何か芸術を習得するためには、師の存在はとても大切だということを主張していると考えられるが、このことは詩作に関しても同様であろうか。

世界的に知られている文豪ゲーテは、詩学や詩人の師と称することができよう。ところがこの随筆の中で、彼は上記の引用文の意味では「誰の師でもなかった」[49]とし、自身を「詩人たちの解放者」と称している。

> そのような意味においては、私は誰の師でもなかった。しかし、一般にドイツ人、とくに若い詩人にとって私がいかなるものになったかを言うようにと求められるならば、私はたぶん彼らの解放者であると言うことができるであろう。というのも、人間は内面から生きなくてはならないように、芸術家も、たとえ彼がどんなふうに振る舞ってみたところで、つねにひたすら自らの個性を発揮してゆくほかないのだから、やはり内面から制作しなくてはならないということを、彼らは

48 『ゲーテ全集 13』、89 頁。

49 同書、89 頁。

私によって知ったからである。[50]

このように、芸術家あるいは詩人が、自らの個性を発揮することにより、内面から制作すべきであるということを詩人たちに教えているため、自身を「詩人たちの解放者」と称するのである。そのためか、ゲーテは詩人たちに具体的なルールを与える代わりに、詩人たちには内面から制作すべきことを指導している。ゲーテの「自然詩文」における生命哲学（第3定義）は、彼が詩人たちに表現の自由を与えていることの中に見出される。

「誰の師でもなかった」とするゲーテだが、詩人たちを解放することによって詩人たちに詩作の仕方を教えていると考えれば、詩人たちの師として見ることができる。

ゲーテは、自身がどのような態度で詩作していたのかについてもこの随筆の中で書き記しているが、それによれば、詩作は内面から出て来る自然的な過程であるという。この点については第2節で詳しく論じていく。

次項では芸術家や詩人という概念の明確化について論じ、ゲーテが述べるところの詩や芸術や学問という概念の定義についても論じる。

2.　詩人と芸術家及び詩・芸術・学問の定義

ゲーテは「さらに一言、若い詩人たちのために」の最初に芸術や芸術家について述べ、その後は詩について述べている。彼は次に引用する言葉によってわかるように、詩と芸術と学問全体の間をはっきり区別している。

> もしかしたら私は反対されるかもしれない。詩（Poesie）は芸術（Kunst）と考えられるし、しかも機械的なものではない、と。しかし私は詩が芸術であるとは考えない。詩は学問（Wissenschaft）でもない。芸術と学問は思考によって達成できるが、詩はそうはいかない。詩は霊感（Eingebung）だからである。詩の気配がきざしたとき、詩はすでに魂の中に受胎されていたのだ。詩は、芸術とか学問とか呼ぶべきで

50　同書、89頁。

はなく、天性（精霊 Genius）[51]というべきであろう。[52]

ゲーテによれば芸術と学問は思考によって達成できるが、詩の場合は違うという。ゲーテにとって詩は霊感であった。霊感は魂の中に受胎されるが、それは詩の気配がきざしたときだというのである。それゆえに詩人はゲーテが随筆で述べているように、内面から制作するのである。すなわち霊感が受胎されている魂から詩が生まれるのである。ゲーテは、詩は芸術でも学問でもなく、天性だと結論する。

しかし、詩だけでなく、芸術と学問においても天性というものはあろう。学問におけるすべての偉大な発明が例として挙げられよう。アルベルト・アインシュタイン（Albert Einstein, 1879-1955）は発明について「発明すること（das Erfinden）は論理的思考の成果ではない。その最終成果が論理的な形に結ばれていたとしても」[53]と述べて、彼は学問においても「霊感 Eingebung」のようなものが必要だと考えている。つまり、アインシュタインにとっての発明も、ゲーテの言葉でいうところの霊感の結果であったわけである。芸術においても同様であるといえよう。

ゲーテは「詩は芸術でも学問でもない」という自らの主張に対して具体的な例をあげていないが、説得力のある理由があるだろう。彼は、詩は芸術と考えられるが、思考によって達成できるものではない、ということも

51　ここで「精霊」を「天性」に入れ替えた。

52　*Goethe Werke*. Bd. 6, 2007, S. 526. 訳は下記参照。

『ゲーテ全集 13』、89 頁。ゲーテ（1981）『ゲーテ全集 8』ヴィルヘルム・マイスターの遍歴時代・第 3 巻　登張正實訳　潮出版社、418 頁。なお、ドイツ語でこの引用文は『箴言と省察』と『ヴィルヘルム・マイスターの遍歴時代』に収められているが、日本語版のゲーテ全集（潮出版社）では「ヴィルヘルム・マイスターの遍歴時代」の中だけにある。

53　„Das Erfinden ist kein Werk des logischen Denkens, wenn auch das Endprodukt an die logische Gestalt gebunden ist." Seelig (Hrsg.): *Helle Zeit - dunkle Zeit, in memoriam Albert Einstein*. 1956, S. 10. 筆者訳。

述べている。前述したように、彼にとっての詩は「霊感 Eingebung」と「天性（精霊）Genius」であった。言外にゲーテは、芸術は霊感、天性（精霊）がなくても、思考があれば、達成可能であると考えていたことが推察できる。ここでは何故ゲーテが、詩と芸術・学問の間を区別したのかについて探っていきたい。

まず、天性（精霊）に関しては、ある特定の人だけが天性（精霊）を持っていることを意味してはいないといえる。ゲーテは『箴言と省察』の中で「詩的才能（das poetische Talent）は農夫にも騎士にもひとしく与えられている。大切なことは、各自が自分の置かれた状態を取り上げて、これをおのれにふさわしい品位をもって取扱うということだ[54]」と述べている。このように、ゲーテは農夫であれ、騎士であれ、誰でも詩人になることができるとする。そして、詩的才能という状態を取り上げて、これをおのれにふさわしい品位をもって取扱うことによって詩作ができることだとしている。ここでの問題は、この「詩的才能という状態」というのが具体的にはどのような状態であり、どうしたらこの状態を取り上げることができるのだろうかという問題である。

『詩と真実』の中にある「ところで、私が愛情をこめて自分のなかに摂取したいっさいのものはすぐに詩的な形式をとったから（省略）[55]」という文章から、ゲーテは詩作に対して積極的な態度をもっていたことがわかる。彼には、愛情をこめて自分のなかに摂取したいっさいのものは詩的な形式をとるという習慣があった。積極的に感じたことや感情を詩の中で表現することは詩人にとっての原動力といえ、農夫も騎士も、愛情という積極的感情を知覚することができるであろう。この積極的感情の知覚をゲーテは詩的才能という状態として捉えたのだと推察できよう。芸術や学問には愛情という積極的感情の知覚は不必要だが、詩の場合には必要であるとゲーテは考えていたと思われる。

54　『ゲーテ全集 13』、343 頁。(*Goethe Werke.* Bd. 6, 2007, S. 522)

55　『ゲーテ全集 10』、188 頁。

第２節　ゲーテの「自然詩文」における「生命哲学」

「さらに一言、若い詩人たちのために」の中で、ゲーテは主に詩について論じ、詩や芸術や学問の間を区別しているが、本節では詩人がどのように詩作をすべきなのかという点について検討していく。そのためにも、ゲーテの詩作の過程を検討し、その中にある哲学を明らかにしていきたい。

1. 詩作とは何か

詩人はどのように詩作すべきかということについて、ゲーテは「芸術家(Künstler)[56]が生気溌剌とたのしく仕事にむかうならば、彼の人生の価値を高貴あるいは優雅を、時として生来彼に備わっている優雅な高貴さといったものをも、世に顕す（manifestiert）ことになるのは間違いない」[57]と述べている。

ゲーテは、詩人が生気溌剌とたのしく詩作することを通して、詩人の人生の価値を顕すと確信している。そしてゲーテは、詩人の「人生の価値」を「高貴あるいは優雅さ」と、さらに「生来彼に備わっている優雅な高貴さ」と同一視する。言い換えれば、詩作や詩によって詩人は自分の「人生の価値」、「優雅な高貴さ」を顕す。もし詩人が、ゲーテのように内面から制作すれば、詩人の魂・心・詩人の人生の価値が、彼の作品の中に反映されるといえる。何故かというと、ゲーテによれば詩の霊感は、人間の内面に、そして詩の気配がきざしたとき、魂の中に受胎されているからである。

前節で論じた詩と学問という概念に関して、学問は説明的で、分析的であるから、思考によって書かれているといっていい。しかしながら詩は心から由来し、感情も感慨も許される。詩は思考を排除しないが、この意味で分析しないで、むしろ統一する要素をもっている。他方、学問は分析し、しばしば全体の部分だけを観察する。それに対して詩は全体あるいは全体

56　ゲーテはこの文脈では「芸術家」を「詩人」という意味で使用していると思われる。

57　『ゲーテ全集 13』、90 頁。(*Goethe Werke.* Bd. 6, 2007, S. 374)

性を顕すことができる。詩は学問とは異なり最初から感情を排除しない。何故かといえば、証明ができる事実だけが学問の対象だからであり、感情は証明できる事実とはいえないからである。詩の中で感情、そして有限と無限、時間と空間という現象、また愛情や慈悲という感情などを顕すことができるので、詩は全体的で、人間を感動させ、統一させる力をもっている。

内面から制作することによって、芸術家あるいは詩人は常にひたすら自らの個性を発揮し明らかにしていくのである。内面からの書き方というのは、それにより詩人が内面生活を詩文で顕し、紙に認める過程である。芸術家もしくは詩人は、ゲーテによれば、人間が内面から生きるように、内面から制作するので、詩人は詩作を通じて人生の価値を顕す。ゲーテはさらに、「というのも、人間は内面から生きなくてはならないように、芸術家も、（省略）やはり内面から制作しなくてはならないということを、彼らは私によって知ったからである」[58]と述べている。人間が内面から生きるように、芸術家は内面から制作する。内面から生きること、そして内面から制作することは、生き方もしくは制作の仕方と比べることができる。言い換えれば、この生き方と制作の仕方は、自分の直感・直観、自分の心に従うものであり、さらにゲーテが述べるように、魂の中に受胎される自分の霊感に従うものである。

このような生き方や制作の仕方は、内面から流れてくる川のようなものである。一般に人間の場合は、この川を「生命流 Lebensfluss」（生命の流れ）と、芸術家あるいは詩人の場合は「制作流 Fluss des Schaffens」（作品を作る時の流れ）か「詩作流 Fluss des Dichtens」（詩を作る時の流れ）と筆者は名付けたい。ゲーテがこれらの用語を直接に使用しているわけではないが、心、人生、生命を川（水）の流れにたとえる考えは広くみられると思われる。聖書の中にも、コーランの中にも、水が人間の生命と神の働きと例えられている比喩と比較がいくつかある[59]。ゲーテ自身はこのような考えを、

58　『ゲーテ全集 13』、89 頁。

59　G-Hb 1, S. 101-102 参照。

例えば「水の上の霊らの歌（Gesang der Geister über den Wassern）」[60]と「マホメットを歌う（Mahomets Gesang）」[61]という詩の中で表現している。「水の上の霊らの歌」の内容は人間の魂を水の循環と比較し、一部は次のようである。

人間の魂は
水に似ている――
天より来
天に登り
また下っては
地に帰る
永遠に変転しながら[62]

「マホメットを歌う」という詩の中で、ゲーテは水の流れを人間の生涯と文明的過程にたとえている[63]。ここではこの詩の一部を載せる。

四方からは小川が
人懐かしく身を寄せてくる
今や彼（岩間の泉[64]）は白銀に光りながら
平地へと歩を進める
平地もまたともに照り映え
暢びやかに野をゆく河も

60　この詩は『ゲーテ全集 1』、212 頁－ 213 頁に収められている。ドイツ語版は FA 1, S. 318-319 に所収。

61　この詩は『ゲーテ全集 1』、210 頁－ 212 頁に収められている。ドイツ語版は FA 1, S. 316-318 に所収。

62 『ゲーテ全集 1』、212 頁。

63　G-Hb 1, S.102 参照。

64 『ゲーテ全集 1』、210 頁。

いっさんに山を下がる川も
歓呼して彼を迎え「兄弟よ！」と叫ぶ
「兄弟よ　われら兄弟をもともに伴え
汝が老いし父のもとへ　永遠の大洋へ
双手をひろげ　われらを待つ父（省略）[65]」

第 3 部でさらに詳しく論じるが「水の上の霊ら」という詩の中で、人間の魂は水の流れに喩えられている。

「生命流」と「詩作流」の共通点は、両方が人間の内面から出て来て、内面から流れ出している点である。すなわち両方ともに心からの流れのようなもの、言い換えれば人間の内面から出て来る流れを表現している。生命の観点からみれば、もし人間が自分の直感に従って、内面・心から生きるならば、生命の流れが人間の内面に起源しているといってよい。人間として自身の心、すなわちこの生命流に従うと、自身の人生行路へ導かれるだろう。従ってそれぞれの人間の人生行路は、内面から流れてきて、その流れの中に存在している。芸術家が内面から制作することと、人間が内面から生きることを同等だとすれば、詩作の場合と同じように、詩を通して流れてくる止みがたい内面の生命流を記すことができる、といってよい。第 3 部第 1 章の中でさらに論じるが、このような生命流は「より高い意想、より高い使命[66]」を持ちなが

65　同書、211 頁。

66　ビーダーマン編（1963）『ゲーテ対話録 2』、207 頁。

„Was nun die persönliche Fortdauer unserer Seele nach dem Tode betrifft, so ist es damit auf meinem Wege also beschaffen. Sie steht keineswegs mit den vieljährigen Beobachtungen, die ich über die Beschaffenheit unserer und aller Wesen in der Natur angestellt, im Widerspruch; im Gegenteil, sie geht sogar aus denselben mit neuer Beweiskraft hervor.　(. . .) Vorläufig will ich nur dieses zuerst bemerken: ich nehme verschiedene Klassen und Rangordnungen der letzten Urbestandteile aller Wesen an, gleichsam der Anfangspunkte aller Erscheinungen in der Natur, die ich ***Seelen*** nennen möchte, weil von ihnen die Beseelung des Ganzen ausgeht, oder noch lieber Monaden – lassen Sie uns immer diesen Leibnizischen Ausdruck beibehalten!

ら、「完成にむかって」[67]発展し、流れていると思われる。

次項では、詩人の内面的生と生命流が、内面から制作することによって詩に記されることについて論じる。

2. ゲーテの「自然詩文」

内面から制作することによって詩人は自分の内面的生を記すことができる。ゲーテは、もし生気溌剌とたのしく内面から詩作するならば「自然詩文」が成立されると述べている。「そこから生じてくるのはいわばある種の自然詩文（文学）[68]であり、そしてこうした仕方に頼るのでなければ、独創的なものは生まれてこないのである」[69]。詩人が「自然詩文」という詩作の仕方通りに詩作すれば、独創的なものが生まれてくる。言い換えれば、詩は内面から詩作するときに自分自身とその唯一性を顕すことができる。「自然詩文」の意味とは、自然について詩作することではなく、詩作が「自然的な過程」だという意味である。人間が直感に従って、内面から生きるということが自然的なことであるのと同様に、詩人はこの自然的な過程の中で内面から詩作する。ゲーテの「自然詩文」は、詩人が自由に内面的生を無制限に表現することを可能にする方法であり、それによって詩人が「人生の価値」と「優雅な高貴さ」を顕すことができるといえる。

(...) Es folgt hieraus, daß es Weltmonaden, Weltseelen, wie Ameisenmonaden, Ameisenseelen gibt, und daß beide in ihrem Ursprunge, wo nicht völlig eins, doch im Urwesen verwandt sind."

„Jede Sonne, jeder Planet trägt in sich eine höhere Intention, einen höhern Auftrag, vermöge dessen seine Entwickelungen ebenso regelmäßig und nach demselben Gesetze, wie die Entwickelungen eines Rosenstockes durch Blatt, Stiel und Krone, zustande kommen müssen. Mögen Sie dies eine Idee oder eine Monade nennen, wie Sie wollen, ich habe auch nichts dawider; genug, daß diese Intention unsichtbar und früher, als die sichtbare Entwickelung aus ihr in der Natur, vorhanden ist. (FA 34, S. 171-172)

67 『ゲーテ全集 15』、231 頁。

68 ここで「文学」を「詩文」に入れ替えた。詳しくは本書の序章、14 頁を参照。

69 『ゲーテ全集 13』、90 頁。

3.　ゲーテの「自然詩文」における「生命哲学」

内面からの詩人の詩作の仕方と人間の生き方を比べると、ゲーテの「自然詩文」の中で「生命哲学」をみつけることができることから、筆者は本節を「ゲーテの『自然詩文』における生命哲学」と題した。この「生命哲学」は詩人の振る舞いを描いて、人間の生き方にも生かすことができるので「生命哲学」の第 3 定義に該当する。ゲーテは次のように述べている。

> ところで、なによりも肝要なことを手短かに述べておこう。若い詩人は、たとえそれがどんな形態をとるにしろ、生きて動きつづけているものだけを表現せよ。いっさいの否定的精神、いっさいの悪意や悪口を、そして否定するしか能のないものを、きびしく排除せよ。というのも、そうしたものからは何物も生れてこないからである。[70]

ここで、ゲーテの「自然詩文」の中に「生命哲学」があることがわかる。彼によれば若い詩人にとって大切なことは「どんな形態をとるにせよ、生きて動きつづけているものだけ[71]」を表現することである。また詩人はすべての、生きて動きつづけているものを表現するために、それを知覚する力を持たなければならない、と言っている。ゲーテは愛情をこめて自分の中に摂取したいっさいのものをすぐに詩的な形式で表現したことから、彼は詩人として生きて動き続けているものを愛情をこめて自身の中に摂取し、すぐに詩的な形式で表現したと考えられる。生きて動き続けているものは、多種多様な形態をとることができる。

ゲーテは「始原の言葉・オルフェウス[72]の教え」の注解の中で「個は、たとえこのように決定されたにしても、ひとつの有限なものとして、たしかに破壊されることはありうるが、しかしその中核が厳として存在しているかぎり、幾世代を経ても粉砕されたり、寸断されたりすることはないの

70　同書、90 頁。
71　同書、90 頁。
72　ここで「オルペウス」を「オルフェウス」に入れ替えた。

である」[73]と述べている。彼は「個性の不変性」について述べているが、この固有の印をおびた形相がその「中核が厳として存在しているかぎり」、「幾世代を経て」生きて発展している。生きて動きつづけているものは様々な形態で表されている。その「個性の不変性」の固有の印をおびた形相は生きて発展し、ひとつの有限なものとして、破壊されることはありうる。しかしその中核は時間も世の力も毀すことができない。

オルフェウスとゲーテに関してはさらに本書の第3部の中で詳しく論じるが、詩人は、それがどんな形態で現れても、生きて動き続けているものを表現する、という挑戦をする。ここでファウストの言葉を引用すると、彼は「まあどうだ、すべての物が集まって渾一体を織り成し、一物が他の物のなかで作用をしたり活力を得たりしている」[74]という。この言葉はゲーテ自身の考え方に適合しているといえる。彼によれば、一物が他の物の中で作用したり活力したりしながら、すべての物が集まって渾一体（全体）を織り成している。あらゆる形態が固有の印をおびた形相であり、その個性を作るのである。個としては有限なものでありながら、その中核は不滅で、無限である。他の形態の中で作用したり、他の形態と共存したりし、全体を形成する。ゲーテの詩・詩作の中には、この生命についての全体的思想が含まれているといっていい。すなわち彼の詩・詩作は総合的で、包括的で、すべてを包含しているのである。

ゲーテは詩人に、生きて動きつづけているものすべてを表現する権利を与えている。それは個として有限でありながら、その中核は不滅で、空間と時間の中で永遠に存在し続けている。それによって詩人が渾一体を織り成し、生きて動きつづけているものの永遠性を有限の中、そしてその無限性を永遠の中で表現することができる。全体は限界をもたず、無限である。これによりゲーテは詩人に、一方で有限で、必滅でありながら、他方で無限で、不滅である形態で表されている「生きて動きつづけているもの」＝「生命」をあるがままに表現する権利を与えているといえる。

73　『ゲーテ全集13』、67頁。

74　ゲーテ（1958）『ファウスト1』、38頁。

詩人はまず内面から制作することによって自分の生命を顕す。それと同時に詩人は生きて動きつづけているものすべてを言葉で表現すべきである。それゆえに詩人は、自分の生命、あるいはまわりの生命さえも表現できる、媒体（メディア）のようなものである。どんな生命も、詩人を通じて、作品の中に顕される。「自然詩文」は、生命を普遍的に叙述し、生命を表明するものである。このような詩作の仕方を生き方と比べると、詩人は、人間が内面から生きるように、内面から制作すべきである。ここにゲーテの「自然詩文」における生命哲学の要素がある。

さらに「自然詩文」の中に生命そのもの、すなわち生きて動きつづけているものが表現されている。この生命は多様な形態をとり、有限でありながら、その中核が不滅で、固有の印をおびた形相を示している。ゲーテによればこの固有の印をおびた形相は有限であるが、その中核が不滅であるから、彼は死を排除せずに、生命は死によって終わることなく無限に存在し続けると思っているといえる。このことはエッカーマンの『ゲーテとの対話』の中で確認することができる。ゲーテは「われわれの精神は、絶対に滅びることのない存在であり、永遠から永遠にむかってたえず活動していくものだとかたく確信しているからだ。それは太陽と似ており、太陽も、地上にいるわれわれの目には、沈んでいくように見えても、実は、けっして沈むことなく、いつも輝きつづけているのだからね」[75]と述べている。

彼は精神が絶対に滅びることのない存在だと確信している。精神の存在は永遠から永遠にむかって活動していく。ゲーテは死後の精神＝生命、そして永遠に存在し続ける精神＝生命を信じていた。彼は精神の存在を太陽の存在と比較する。太陽は沈むと見えなくなるが、それにもかかわらず存在し続けている。同じ会話の中でゲーテは「沈みゆけど、日輪はつねにかわらじ」[76]と述べている。太陽は沈み、次の日までは見えなくなるが、次の朝にまた同じ太陽が昇ってくる。日が沈むは死、そして旭日は生命の始まりと比較することができる。もし太陽を精神の存在と比較すれば、精神は

75　エッカーマン（2001）『ゲーテとの対話（上）』、145頁。

76　同書、145頁。

死の中にも存在し続けて、時間が経てばまた生まれてくるということができよう。このような輪廻思想とも呼ばれる考えについては本書の第3・4部で詳しく論じる。

ゲーテの「自然詩文」は生命そのものを包括し、空間と時間や生死や有限性と無限性の次元を包括しているのである。彼自身の生命観（生命哲学の第2定義）はこれらすべての次元を包括しているので、彼の詩の中に生命そのものが表現される（生命哲学の第3定義）のである。

第3節　「自然詩文」における詩人の振る舞い

本節では、ゲーテの「自然詩文」はどのように、支障なく（妨げられることなく）流れる生命流を記述しうるのかということについて論じる。

1.「自然詩文」における自制心の役割―否定するものを排除する

ゲーテは若い詩人たちに「いっさいの否定的精神、いっさいの悪意や悪口を、そして否定するしか能のないものを、きびしく排除せよ。というのも、そうしたものからは何物も生れてこないからである」[77]という指導を与えている。

詩人は、詩作するときに否定的精神、悪意や悪口を、そして否定するしか能のないものを排除すべきである。さらに「悪意」、すなわちすべての嫉妬・悪気・恨みは詩作において適切ではない。ゲーテの「自然詩文」は、積極的で肯定的な仕方で、生きて動き続けているものすべてを表現しているので、「自然詩文」の詩作は、生命を肯定する営為である。この営為においては、一方で生きて動きつづけているものすべてが表現されるべきであり、他方で一切の消極的で否定するものと、一切の悪意が排除されるべきである。

ゲーテは「私が若い詩人にいくら真剣にすすめてもすすめ足りないと思うのは、自分自身をよく見つめなければならないということである。韻を

77 『ゲーテ全集13』、90頁。

ふみながら表現することがいくらか容易になったときでも、いっそうの内容の充実をはかるために、それは必要なのである。」[78]と述べている。彼は若い詩人たちに、一切の消極的で否定するものと一切の悪意を排除するように、自分自身をよく見つめなければならない、ということを勧めている。詩人は自分自身をコントロールする能力をもつべきであり、よく考えるべきである。さらに、そのために詩人は自分自身をよく知るべきである。自分自身をよく知るならば、自分自身をよく表現することもできるし、自分のまわりのこともよく表現することが可能になる。

「自然詩文」の詩人にとって、内面から制作することと自身をよく見つめることが二つの必要な条件なのである。すなわち「自然詩文」は自制心(自分の感情をコントロールすること、例えば消極的にならないことなど)と自己観察を必要とする直感的営みである。

ゲーテは「韻をふみながら表現することがいくらか容易になったときでも、いっそうの内容の充実をはかるために、それは必要なのである」[79]と述べているので、詩人は韻をふみながら表現する時に、軽やかさと敏捷さに留意すべきである。詩作においては、流暢な文章で書くことが大事であり、重い表現は排除すべきである。そのように書かれている詩を読むと、軽やかさと敏捷さ、流れてくるようなものを感じるであろう。

悪意と悪口などの消極的なもの一切が、詩人の「詩作流」を阻む。これを人間の生き方に移すと、悪意と悪口などの消極的なもの一切が、生命流を阻むことになる。ここで「自然詩文」から現実の生活へと移ることができるもう一つの共通点が明らかになった（生命哲学の第3定義）といえよう。

執筆流・詩作流、生命流さえも支障なく自由に流れるべきものである。そして詩人は韻をふみながら表現する時の軽やかさに留意しながら、詩の内容をいっそう充実すべきである。「自然詩文」においては、詩の内容には重要な役割がある。充実した内容であるべきで、しかもつねに内容をよ

78　同書、90頁。
79　同書、90頁。

りいっそうよくすべきである。では「自然詩文」の内容はどのような内容であるべきか。詩の内容をどうしたらいっそう充実させることができるのかを論じる。

2. 詩文（文学）の内容は自己の生活（生命・人生）の内容である

ゲーテは詩文の内容について「ところで、詩文（文学）[80]の内容は自己の生命（生活）[81]の内容である。何人もそれをわれわれにあたえることはできず、時として曇らすことはできても、侵害することはできない」[82]と述べている。「自然詩文」の内容は自己の生命の内容にすぎない。従って詩人の生活・生命が充実すればするほど、その詩文の内容もいっそう充実する。詩文の内容が充実したものになるためには、詩人の生活・生命の内容も充実していなければならない。そのため詩人は、挑戦と試練で溢れる人生を送ることを当然とすべきであろう。偉大な詩文と作品は、大きな試練の中でできたものかもしれない。経験豊富であること、そして挑戦と試練は偉大なものを創造するために重要な条件である。それによって人生が深まり、人生の浅薄なものから離れていく。これはゲーテをはじめ、偉大な創造者の人生に通じるものであろう。ゲーテの人生は苦難で溢れていたが、それにもかかわらず負けなかった。逆に、彼はすべての悩みと苦難を変形し、それによって時代を越えた詩文・作品を創った。『若きヴェルターの悩み』(*Die Leiden des jungen Werthers,* 1774) というゲーテの有名な作品はその一つの例として取り上げられる。この小説の中では、ゲーテが自身の失恋の経験を作品へと昇華しているように考えられる。

ゲーテが述べているように、詩文の内容は自己の生活・生命の内容であり、この内容は「何人もそれをわれわれにあたえることはできず、時として曇らすことはできても、侵害することはできない」[83]。他の人は詩文の内

80　ここで「文学の」を「詩文の Poetisch」に入れ替えた。

81　ここで「生活」を「生命 Leben」に入れ替えた。

82　『ゲーテ全集 13』、90 頁。(*Goethe Werke.* Bd. 6, 2007, S. 375)

83　同書、90 頁。

容を曇らすことができても、侵害することはできない。他の人が詩人の気分に悪い影響を与えることによって、詩文の内容も影響を受けるであろう。しかしこの人は生活・生命の内容である詩文の内容を侵害し、停滞させることができない。もし詩文の内容が侵害されるならば、生活あるいは生命はそのままに発展をやめるであろう。しかし生命は何があっても、常に発展し続けているのである。それゆえに詩文の内容も常に発展し続けている。何故かというと詩文の内容は詩人の生活・生命の内容と共に発展し続けるからである。

3.　うぬぼれ―「自然詩文」においても望ましくない特質

ゲーテは「うぬぼれ、すなわち、なんら根拠のない自己満足にすがっていると、これまでよりもいっそう痛い目にあうだろう」[84]と述べて、詩人に、詩作しながら一切のうぬぼれを排除するように戒める。詩作においてのうぬぼれは痛い目にあうかもしれないからである。

『箴言と省察』の「遺稿から」の他の箇所の中でゲーテはうぬぼれについて「うぬぼれは個人的な名誉心であり、自分の特質や功績や行為のためではなく、自分の小さい存在のためにだけ尊重されたり、敬われたり、求められたりして欲しい。」[85]と述べている。彼はうぬぼれを、自分のすべてを優れた個人的な名誉心と同等にさせる、非常に悪い特質と見ている。うぬぼれの人は自己中心的であり、苦労せず、自分が良い振る舞いと行為をしなかったのに自分が偉いと思いこんでいるのである。従って、うぬぼれはなんら根拠のない自己満足なのである。基づくべき根拠がないのであるから、単に認められたいだけである。このようなうぬぼれは詩作において望ましくない。ゲーテによれば、このような詩人のうぬぼれは人々から見抜かれ、批判され、覆されるであろう。

84　同書、90頁。

85　Johann Wolfgang von Goethe: *Wilhelm Meisters Wanderjahre. Maximen und Reflexionen. Aus dem Nachlass,* 1991, S. 870. 筆者訳。

（第３節の）1. でみたように、ゲーテは、詩人はすべての否定するものを排除するように指導している。そして本節でゲーテが詩人にうぬぼれを排除するように戒めていることをみた。「自然詩文」を生活と比較してみれば、人間にとって望ましくない特質は生活において役立つよりも害するものであるように、「自然詩文」においても排除すべきである。これは「自然詩文」における生命哲学の第３定義に当てはまる問題である。

第４節　自由と前進する生

ゲーテは自分を、詩人たちの師ではなく、彼らの解放者として考える。内面から制作することは彼が詩人たちに課した、唯一の規範である。ゲーテは詩人たちに、新しく得られた自由のほかに、さらなる規範を与えるのだろうか、ということについて論じたい。

1.　自由の公言は思い上がりである

ゲーテは若い詩人たちに与えた自由について改めて次のように言及している。

> 自分が自由であると公言するのは、たいへん思いあがったことである。というのも、それは同時に、自分で自分を御していこうとすることを表明しているからである。誰にそんなことができるであろうか。この点について、私は私の友人である若い詩人たちにつぎのように言っておこう。いま、きみたちは規範というものを全然もってはいないのだ。その規範はきみたちが自分自身にあたえなくてはならないものであろう。ひとつひとつの時について、それが体験されたものを含んでいるか、その体験が自分を進歩させたかどうかを、自分に問うてみるがよい。[86]

86 『ゲーテ全集 13』、90 頁。

ここでゲーテはさらに人間の特質、すなわち自分で自分を御することについて述べている。この特質を以下に「自制心」と呼ぶ。詩人たちの解放者として、ゲーテは彼らに自由を与えて、彼らはそれによって外面的ルールから解放されることになった。と同時にゲーテはこのような与えられた自由は思い上がることだと指摘している。自分の考えと言葉についてよく観察することが大事である。そしてうぬぼれも詩人を害する。「自制心」は詩人にとって望ましい特質の一つである。ゲーテが詩人に要求するものは、良い生き方をしている良い人間として期待されるものである。「自然詩文」における「生命哲学」の中では、人生における道徳の一般的な規範は詩人にも当てはまる。この「生命哲学」はまったく同様に人間にも当てはまるし、日常生活にも転用されうるからである。従って詩人はその意味で自制心という良い特質をもつべきだといってよい。

ゲーテは、若い詩人たちに与えた次のアドバイスに従えば、詩人が自分で自分を御し、思い上がらないことができるという。

> この点について、私は私の友人である若い詩人たちにつぎのように言っておこう。いま、きみたちは規範というものを全然もってはいないのだ。その規範はきみたちが自分自身にあたえなくてはならないものであろう。ひとつひとつの詩について、それが体験されたものを含んでいるか、その体験が自分を進歩させたかどうかを、自分に問うてみるがよい。[87]

ゲーテは詩人たちに自由を与えると共に次の規範も与える。すなわち彼らは自分の詩が体験されたものを含んでいるか、その体験が自分を進歩させたかどうかを自分に問うてみるべきである、と述べて、ゲーテは詩人が体験されたことによって成長すると仮定している。「自然詩文」の詩は自分の経験と自分の人生、そして体験されたことを表現している。「自然詩文」の内容は人生・生活・生命からとったものであり、描いた絵のように詩人

87　同書、91頁。

の体験を示している。この意味では、写真とも比べることができる。写真はある瞬間の撮影である。詩は絵のように、詩人の体験あるいはその瞬間の心情を認める、「人生の窓」とも呼ぶことができるであろう。窓から家の内側が見られるように、詩から詩人の人生が見られる。それは詩人の人生の瞬間、あるいは、その人生の一コマの撮影であるといっていい。この体験は日常生活の体験の他に、精神的な体験も精神的な成長も含んでいる。この体験は人間が体験できることをすべて含んでいる。ただゲーテはこの体験が詩人を進歩させることを前提としている。ゲーテは詩人が自分を進歩させなかった例について次のように述べている。

> もしもきみたちが、恋人が遠く離れて行ったために、裏切ったために、あるいは死んだために恋を失ったといっていつまでも嘆き悲しんでいるようなら、きみたちには進歩がないことになる。たとえきみたちがどれほど才能をかたむけ、技巧をこらしたにしても、その作品は一文の値打もないのだ。[88]

ゲーテはいつまでも失ったものを嘆き悲しむべきではないといっている。彼によれば、詩文においても現実の人生においても、絶えず悲しみを表現することは、価値がないのである。悲しい体験はいつかは乗り越えて、進むべきである。「自然詩文」を通して、詩人は悲しい出来事を精神的に消化することができるであろう。悲しみの中に立ち止ったり、沈んだりしてはいけない。この悲しみをばねとして進歩させる体験に変えることが大事である。あらゆる苦い体験を変形し、朗らかに自分を進歩させる新たな体験をしていくことである。随筆の最後の段落で、ゲーテはどういう風にこのような禍難を乗り越えるのかについて述べているので、次節ではこれについて論じよう。

88　同書、91頁。

2.　前進する生を支えとする

詩人は失った恋人を嘆き悲しむ代わりに何をすべきか、という問いに対してのゲーテのアドバイスは次のようである。

> 前進する生を支えとし、折にふれて自分をためしてみよ。というのも、そうすればたちまち、われわれが生きているかどうかが証明されるからであり、またあとから振り返ってみたときに、われわれが生きていたかどうかが明らかにされるからである。[89]

彼は詩人に、前進する生を支えとするように激励している。従って彼らは前向きに生きるべきである。ゲーテは詩人たちを、過去・後ろを振り向かずに前を見ながら、すべてを乗り越えて、自分を進歩させる体験を形成するように励ましている。悲しい出来事も自分を成長させる体験へと形成し、人生を充実させることができる。詩人の人生の内容がいっそう充実すると、彼の詩の内容もいっそう充実する。

詩人は常に前進する生を支えとすべきである。そうすれば彼はもっとも充実した瞬間を生きることができる。過去に立ち止ることでもなく、常に将来を見つめ夢を描くでもない、今の瞬間において心をこめて、一生懸命生きることである。そのために自己観察と自分の行動についての自己反省も必要である。

もし詩人がこのような生き方をするならば、それは彼の作品の中にも顕れる。体験や経験は詩人の知覚の仕方によって記されて、伝えられるのである。このように詩人は人生や生命を含んだ、そして人生を語る詩を制作する。人生・生命・生活を含んだ詩は、読者にこの瞬間の感情を伝える。読者は「自然詩文」を読むと、詩人が詩を書いたその場とその時に感じたものに共感することができる。従って「自然詩文」は、詩人の命と読者の命の間の仲介役になるのである。

89　同書、91頁。

第５節　「自然詩文」と「世界文学」

「世界文学」は「自然詩文」と直接関係はないが、本節では「自然詩文」を「世界文学」の観点から確認したい。「世界文学 Weltliteratur」という概念はゲーテの造語である。ゲーテが「世界文学」という語を使ったのは、諸国民がその精神上の独自性と財宝を文学によって交易するという意味においてである。「世界文学」という概念は文学による民族間の会話であり、国民文学のより民族相互の理解を深め、自らの文学の価値をさらに深く知ろうとするものである。[90] ゲーテは文学において世界的なレベルを目指すべきだと述べ、1827 年 1 月 31 日にエッカーマンに次のように述べている。

> われわれドイツ人は、われわれ自身の環境のようなせまい視野をぬけ出さないならば、ともするとペダンティクなうぬぼれにおち入りがちとなるだろう。だから、私は好んで他国民の書を渉猟しているし、誰にでもそうするようすすめているわけさ。国民文学というのは、今日では、あまり大して意味がない、世界文学の時代がはじまっているのだ。だから、みんながこの時代を促進させるよう努力しなければだめさ。[91]

このような「世界文学」を達成するために、翻訳が大事な作業であるとゲーテは考えている。[92]「世界文学」と「自然詩文」というゲーテの概念の共通点は普遍性の中にあると考えられる。ゲーテによれば、一般的に認められて、賞賛されている文学と詩は「世界文学」となる。普遍性をもっている文学と詩が目指すべきものということである。

ゲーテはさらに 1827 年 7 月 20 日のカーライル宛の手紙の中で「真に普遍的な寛容が最も確実に達成されるのは、われわれが各個人、各民族の特

90　エッカーマン（2001）『ゲーテとの対話（上）』、383 頁参照。

91　同書、292 頁。

92　『ゲーテ全集 15』、233 頁参照。

殊性をそのまま認め、しかも、真の美点長所は、それが全人類に属することによってきわ立つものであるという確信を片時も忘れぬ場合になされます。」[93]と述べている。ゲーテによれば、「各個人、各民族の特殊性」を認めることは真に普遍的な寛容に貢献する。さらに、「真の美点長所」が全人類の共有[94]だと述べている。「世界文学」と「自然詩文」においても、ある意味で個性と普遍性の両方を求めるべきである。

章のまとめ

本章ではゲーテの書物、特にゲーテの「文学論」からの随筆「さらに一言、若い詩人たちのために」に基づいて、生命哲学について多くの答えを見出すことができた。この随筆は、ゲーテの詩・詩作に秘められている生命哲学の概観を示しているといえよう。

第1節では、まずゲーテが詩人の世界の中で自分をどう位置付けられるかについて述べ、次に芸術家や詩人、そして詩や芸術や学問という定義の明確化について論じた。第2節では、まず詩作は詩人が内面から制作する自然的な過程であることを述べ、次にゲーテの「自然詩文」という概念を検討し、そしてゲーテの「自然詩文」における生命哲学を明らかにした。次に第3節では、「自然詩文」における詩人の振る舞い、特に自制心とうぬぼれについて述べ、そして「自然詩文」の内容を明らかにした。最後に第4節では、詩人たちには内面から制作する自由があるが、詩人たちはどうすべきかについて論じ、そしてゲーテが詩人たちに与えた自由の他に規範があるかどうかについて検討した。そして第5節では、「世界文学」と「自然詩文」の共通点を確認した。

本章では、ゲーテの作品、とくに詩・詩作において哲学を見つけることができるかどうか、をテーマとして論じた。そして、ゲーテの詩・詩作の

93　同書、233頁。

94　„das wahrhaft Verdienstliche sich dadurch auszeichnet, daß es der ganzen Menschheit angehört" (FA 37, S. 498.)

中に哲学を表現されていること、またゲーテの詩・詩作において哲学があること、両方が互いに関連すること、が明らかになった。

以上のことから、ゲーテの「自然詩文」の詩作の仕方は、生き方・生活と比較することができることがわかる。何故かというと、詩人は人間が内面から生きるように、内面から制作すべきであるからである。ここにゲーテの「自然詩文」における生命哲学の要素が見つかる。このような生き方や制作の仕方は内面から流れてくる川のようなものと比べられる。人間の場合この川を「生命流」(生命の流れ)、芸術家あるいは詩人の場合「制作流」あるいは「詩作流」と名付けた。「生命流」と「詩作流」の共通点は、人間の内面から来て、内面から流れていることである。

以上のことから、ゲーテの詩は生命そのもの、そして空間と時間や、生死や、有限性と無限性の次元をも包括しているように考えられる。何故かというとゲーテの生命観はそれらすべての次元を包括し、その詩の中で、生きて動きつづけているものについて書いているからである。筆者は生命を顕し内面から制作する詩人の制作の仕方と、生命の表現である詩人の詩そのものが哲学であると考え、本章のテーマを「ゲーテの『自然詩文』における生命哲学」と名づけた。

このように、ゲーテは詩人の振る舞いに関してもアドバイスを与えている。「自然詩文」における生命哲学の中においては、人生における道徳の一般的な規範は詩人にも当てはまると考えられる。この生命哲学は人間一般に当てはまるし、日常生活で用いられるものだからである。すなわち詩人はある意味で良い性格(消極的なものを排除し、うぬぼれをもたず、思い上がらない人、自制心をもち自己観察ができる人、生活の内容自身が充実しているが、いっそう充実させる人、前向きであり、自分の体験を生かすことができる人)をもつべきことが結論づけられる。言い換えれば、詩人としての良い生き方は良い書き方と関連しているのである。

ゲーテの文学と「自然詩文」が彼の生命哲学を含んでいるのと同じように、ゲーテの「世界文学」も彼の生命哲学を示しているといえよう。重要なことは、文学と詩において永遠性と普遍性を求めることと、このような作品を全人類で共有することである。

第２章　「生の哲学」の由来及び詩文・スピノザ論争・ゲーテとの関係

ゲーテの自然詩における生命哲学を深く理解するために、本章では「生の哲学」という思潮の由来を確認する。「生の哲学」の由来及び文学とスピノザ論争（汎神論論争）との関係、さらに「生の哲学」とゲーテがどのような関係にあるかを明らかにする。

第１節　「生の哲学」の由来（「生命哲学」の第１定義）

『哲学事典』[95]の中で「生の哲学」が以下のように紹介されている（要約）。生の概念は多義的である。広い意義では生活、生命についての哲学を総称しており、これには人生哲学のごとく人生観の確立をめざす哲学、生活との結びつきを強調する実践哲学、生命を把握しようとする哲学から哲学的人間学までがふくまれている。狭い意義では、哲学の一潮流をなし、「体験としての生」から出発し､生の直接的把握をめざす哲学を意味している。「生の哲学」といえば、普通この狭い意義である。

狭い意義の「生の哲学」はフリードリヒ・ニーチェ（Friedrich Nietzsche, 1844-1900）、ベルグソン、ヴィルヘルム・ディルタイ（Wilhelm Diethey, 1833-1911）、ゲオルク・ジンメル（Georg Simmel, 1858-1918）という哲学者によって代表される。アルトゥル・ショーペンハウアー（Arthur Schopenhauer, 1788-1860）を祖とすることに示されるように､ゲオルク･ヴィルヘルム・フリードリヒ・ヘーゲル（Georg Wilhelm Friedrich Hegel, 1770-1831）哲学に代表されるドイツ観念論の理性主義、主知主義への反対から生まれたと考えられる。それゆえ共通の特徴としては、凝結し硬化し固定した生ではなく、生きている生、つねに新しい内容を創造していく生を把握するという意図がある。そしてまた、かかる生を捉える方法として、概

95 『哲学事典』1971。

念、判断など合理的方法ではなく、生そのものにおいて生に即して生を捉えるという直観的、非合理的方法をもっているが、かれらの間にもかなりの差異がある。

なおマックス・シェーラー（Max Scheler, 1874-1928）に代表される哲学的人間学、カール・ヤスパース（Karl Jaspers, 1883-1969）、マルティン・ハイデッガー（Martin Heidegger, 1889-1976）の実存哲学もこの流れをくむものといえる。前者はいろいろな問題を人間の本質構造から理解しようとする点で、後者は実在の意味を人間存在に求め、それを通路として存在一般を問う点で「生の哲学」と共通点をもっている。[96]

Historisches Wörterbuch der Philosophie[97] というドイツ語の哲学事典における「生の哲学 Lebensphilosophie」の事項の中には、「生の哲学」は単一の、明確に規定された哲学的方向や哲学的原理として指定することはできないものだと書いてある。この用語は多くの場合、哲学的な命題の作成者には使用されなかった。時間の経過と共にさまざまな意図を説明するためには使用されてきたが、二次的にのみ命題の特徴付けや若干の歴史的発展の系譜の呼称として使用されたにすぎない。さらに「生の哲学」という用語は、主にドイツ語圏の哲学には普及したが、英語圏やフランス語圏の哲学では同じようには普及しなかった。[98] ドイツ語圏の哲学では、「生の哲学」という用語が好ましく使用されていた時期が二回ある。それは18世紀から19世紀への転換期と、20世紀の始めであり、両方とも約50年の期間である。[99]

バウムガルトナー（Baumgartner）によれば、「生の哲学」は第2期にヨーロッパの近代哲学に入ってきた思潮となった。この生の哲学の思潮に関与したのは次の哲学者である。ドイツのディルタイとニーチェ（Friedrich Nietzsche, 1844-1900）、ジンメル（Georg Simmel, 1858-1918）、ルートヴィ

96　同書、819-820頁参照。

97　*Historisches Wörterbuch der Philosophie*. Bd. 5, 1980.

98　同書、135頁参照。

99　同書、136頁参照。

ヒ・クラーゲス（Ludwig Klages, 1872-1956)、オスヴァルト・シュペングラー（Oswald Spengler, 1880-1936)、フランスのジャン・マリー・ギュイヨー（Jean-Marie Guyau, 1854-1888)、ベルクソン、スペインのミゲル・デ・ウナムーノ（Miguel de Unamuno y Jugo, 1864-1936)、ホセ・オルテガ・イ・ガセット（José Ortega y Gasset, 1883-1955）などである。細かな点においては違いがあるにもかかわらず、共通点は創造的な人生の見方にあり、合理主義に反対する傾向もある。[100]

O.F. ボルノーは『生の哲学』[101]という著作の中で「生の哲学」という用語の由来を紹介している。「生の哲学 Lebensphilosophie」はかなり古い言葉であり、すでに 18 世紀の人々が日常生活の中で「生の哲学」という言葉を用いて、生命あるいは人生と世界について考察している。[102]

さらにボルノーは「生の哲学の根源が最初文学的な関連 (dichterischen Zusammenhang) の中で形を表わしたと同様に、生の哲学は、その後も（これは普通、哲学の思潮に見られるのとはまったく別の事態である）文学的な運動 (dichterischen Bewegung) と密接に結びついている。」[103]と述べている。

「生の哲学」という用語がタイトルの中で使用された最古の証拠は 1772 年にゴットロープ・ベネディクト・シーラッハ（Gottlob Benedikt von Schirach, 1743-1804）により匿名で出版された『道徳的な美しさと人生（生）の哲学』(*Über die moralische Schönheit und die Philosophie des Lebens,* 1772) という書であるが、その精神はすでにフェデル（J.G.H. Feder, 1740-1821）の教科書に先取りされた。それに続いてカール・フィリップ・モーリッツ（Karl Philipp Moritz, 1756-1793）の『生の哲学への寄与』(*Beiträge zur Philosophie des Lebens,* 1781）が 1781 年に出版された。[104]

---

100 Baumgartner 2015 参照。

101 *Die Lebensphilosophie,* Berlin-Göttingen-Heidelberg, 1958. 日本語訳は O.F. ボルノー（1975）『生の哲学』。

102 O.F. ボルノー（1975）『生の哲学』、18 頁参照。

103 同書、26 頁。

104 *Historisches Wörterbuch der Philosophie.* Bd. 5, 1980, S. 136-137 参照。

「生の哲学」は概念として、初めて生という概念自体が強く精神史に取り入れられた時に、より内容のある意味へと発展した。それは、若いヘルダー、ゲーテ、ヤコービのシュトゥルム・ウント・ドラングの世代に、特に18世紀の終わりにドイツで起こった。固定した型にはまった生に対して、社会的慣習の抑圧と、現実とは無縁な知識の強制的な教授に対して、また外面化された生活の一切の技巧性に対して、人々は新しい根源と直接性を取り戻そうと努力した。この新しい根源と直接性を当時の人々は「生Leben」と呼んだ。この概念で人々は、一切の外面化し、固定化した状態を向こうにまわし、真の紛れのない現実を把握できると信じていた。[105]ボルノーによれば、それ以来、外面化した文化に対する批判はあらゆる「生の哲学」の不変の基盤となった。この点においてジャン＝ジャック・ルソー(Jean-Jacques Rousseau, 1712-1778) を、その後のすべての生の哲学の、重要な先達の一人に数えることができる。この時代人々は、文明によって疎外された生活の技巧性から抜け出し、純粋な自然に戻ろうと努力して、まだ生活の力と充実をつかみとることができると信じていた。この発端がその後ドイツにおいてシュトゥルム・ウント・ドラングの新しい世代によって新しい情熱をもってとらえられた。この新しい世代は、外面的な生活条件ではなく、人間の内的本性と関係のあるこの根源的本性を、「生」の根本概念としてとらえようとしていた。[106]

ボルノーによれば、「生」という概念はこれによって初めから特徴のある革命的な精神運動と共に現れ、その後生の哲学の本質の特徴を表わすものであり、ある特定の相手と常に自らを区別する闘争概念である。それは一面においては慣習のもつ保守性に対して生の躍動を意味し、また凝固し、固定した存在に対して生命一般を指して、悟性の一面的な支配に対して、人間の中にある心的な力、特に感情と情熱の力を意味している。[107]この形式

105　O.F. ボルノー（1975）『生の哲学』、19頁参照。
106　同書、19頁－20頁参照。
107　同書、20頁－21頁参照。

の発端はまずシュトゥルム・ウント・ドラングの世代によって完成されて、その後ロマン派の人々に受け継がれている[108]。

フリードリヒ・シュレーゲル(Friedrich Schlegel, 1772-1829)は、イマヌエル・カント（Immanuel Kant, 1724-1804）やヘーゲルに対して完全な意識（道理だけではなく）の先験哲学（超越理念）としての「生の哲学」を作ろうとしていた。ヨハン・ゴットリープ・フィヒテ（Johann Gottlieb Fichte, 1762-1814）とフリードリヒ・ヴィルヘルム・ヨーゼフ・シェリング（Friedrich Wilhelm Joseph Schelling, 1775-1854）のドイツ観念論も「生の哲学」に関連している[109]。

一般に「生の哲学」の発端は、常に革命的な精神運動と共に現われ、この点から非合理主義と文化批判は、「生の哲学」の不可分な随伴現象に数えることができ、19 世紀のそれらの現象のその後の運命と、今日現代の思潮において「生の哲学」としてとらえているものへの発展をも特徴づけている[110]。

ニーチェとディルタイは対蹠的な人物でありながら、この新しい「生の哲学」の指導的な代表者であり、二人によって初めて、これまで詩文的な・文学的な形態をもった生の概念が、真の「生の哲学」の形に凝縮されたとボルノーが述べている[111]。ニーチェはこの運動に対して、当時の時代の文化の崩壊を激しく訴え、すべてのまやかしの幻想を破壊し、彼によって初めて明らかにされた「ヨーロッパのニヒリズム」の全貌を背景にして、新しい偉大さを取り戻すように呼びかけるのである。それは特にその後の時代の詩文・文学に大きな影響を与えている。それに対してディルタイは科学的な問題意識、特に諸精神科学の方法的な自立を目指す努力から、徐々に生の総合的な哲学の基礎づけに向かっていく[112]。ニーチェとディルタイ

108 同書、21 頁参照。

109 Baumgartner 2015 参照。

110 O.F. ボルノー（1975）『生の哲学』、21 頁参照

111 同書、22 頁参照。

112 同書、23 頁参照。

と同時に、あるいはそのすぐ後に、幾人もの同じ志向をもった思想家たちが輩出している。[113] ディルタイはゲーテから影響を受けた生の哲学者の一人である。大槻裕子の『ゲーテとスピノザ主義』によると、ディルタイは歴史を生み出すものが人間の生であるがゆえに、生から出発すると考えた。そして生を生きるとは生を体験することに他ならない。すなわち物語ることで体験はようやく歴史となり得るという立場からディルタイはゲーテやヘルダーを解釈する。『体験と文学』(*Das Erlebnis und die Dichtung,* 1905) という著作の中でディルタイはゲーテの「歴史篇」を扱っている。[114]

アンリ＝ルイ・ベルクソン（Henri-Louis Bergson, 1859-1941）は生の問題を包括的な生物学的、さらにそれを超えて宇宙論的な関係にすえて、抽象的な物理的な時間とは異なる具体的に生きられた時間、すなわち持続という問題から出発し、新しい時間分析の恒久的な基礎を築いた。ベルグソンは特に当時のフランスの思想、すなわち哲学と文学に影響を与えて、さらにドイツにも影響を与えた。[115]

まとめてみれば、「生の哲学」は様々な思想家が関与している精神的な運動である。これは、精神的な生の様々な分野に浸透し、哲学分野の中でのみその概念の形で自分自身を印象づけている。「生の哲学」は文学から由来し、そして文学にさらに大きな影響を与えており、特にアンドレ・ポール・ギヨーム・ジード（André Paul Guillaume Gide, 1869-1951)、マルセル・プルースト（Marcel Proust, 1871-1922)、フーゴ・フォン・ホーフマンスタール（Hugo von Hofmannsthal, 1874-1929)、ライナー・マリア・リルケ（Rainer Maria Rilke, 1875-1926)、ヘルマン・ヘッセ（Hermann Hesse, 1877-1962）が影響を受けた。[116]

後期の発展ではホーフマンスタール、リルケそしてヘッセはそれぞれ別の道を行くが、すくなくとも青年期では生の神秘主義の基調がすべてを貫

113　同書、24 頁参照。
114　大槻裕子（2007）『ゲーテとスピノザ主義』、191 頁－ 192 頁。
115　O.F. ボルノー（1975）『生の哲学』、24 頁参照。
116　Baumgartner 2015 参照。

いており、すでにシュトゥルム・ウント・ドラングの特徴である汎神論的な基調、すなわちすべてを司る宇宙的な生による志向が、ここに同じような形で繰り返し現れる[117]。

また「生の哲学」は、表現主義の芸術と青年運動と教育改革で政治や社会運動に、さらにシェーラー(Max Scheler, 1874-1928)の現象学とハイデガー(Martin Heidegger, 1889-1976)の実存哲学へ影響を及ぼしている[118]。

19世紀末から20世紀の20年代にかけて、「生の哲学」は哲学の関心の焦点であり広く世間に知られるようになったが、近年になって急速に後退してしまった。「生の哲学」が目指した事柄を、深く、かつ根底から吸収し、引継いでいるのは特に実存哲学だと考えられる[119]。

このように「生の哲学」の由来はシュトゥルム・ウント・ドラングの文学運動と汎神論、さらにゲーテと密接に関連している。

第2節「生の哲学」とスピノザ論争とゲーテとの関係

Historisches Wörterbuch der Philosophie には哲学・歴史学的な観点から「生の哲学」の五つの意義が見出される[120]。三つ目の意義はゲーテの時代と関

117　O.F. ボルノー『生の哲学』、26頁－27頁。

118　Baumgartner 2015 参照。

119　O.F. ボルノー（1975）『生の哲学』、15頁参照。

120　1. 特に、18世紀の最後の3分の1と19世紀の最初の20年においては「生の哲学」という用語は実際の生活のための哲学を指した。
2. 19世紀の初め以来、「生の哲学」という用語は哲学的ではない思想家によっても用いられた。
4. 四つ目の「生の哲学」という用語の意義は有機的なものと生物学的生命の過程を記述するために用いられた（「生気論 Vitalismus」、「物活論 Animismus」、「新生気論 Neovitalismus」）。
5. 19世紀後半と20世紀初頭に「生の哲学」という用語は総合的に用いられた。思想家は内面的生活の現象とそれらの精神的、歴史・文化的表現の中で、合理主義的な主観と客観の分離（Subjekt-Objekt-Spaltung）を克服する出発点を探して

係があるので、確認する。

三つ目の意義は哲学と生命、詩作（Dichten）と考察が一緒だという哲学の理解から定められた。18世紀の前半までに起こった哲学的運動の初めにいた人物はヨハン・ゲオルク・ハーマン（Johann Georg Hamann, 1730-1788）である。「生の哲学」の形式を示しているこの哲学的運動は反合理主義的な性格によって特徴付けられていて、証拠の代わりに体験と真実の経験に置き換えようとした。このような傾向は1770年代からいわゆるスピノザ論争（汎神論論争）によって初めて広くみられ、特にフリードリヒ・ハインリヒ・ヤコービ（Friedrich Heinrich Jacobi, 1743-1819）のモーゼス・メンデルスゾーン（Moses Mendelssohn, 1729-1786）への手紙『スピノザの教説について』（*Über die Lehre des Spinoza in Briefen an den Herrn Moses Mendelssohn,* 1785）とメンデルゾーンからの返書、そしてヘルダーの著作『神』（Gott）にみられた。スピノザ論争の決定的な特徴であったのは、専門的で哲学的な論争ではなく、当時の詩人たちを中心に起こされたことである。この詩人たちは思考の合理性に対して信仰の直接性と心の避けられない必要性を対抗しようとしていた。この傾向は哲学と人生・生命を平等化するロマン主義の世代に影響を与えた[121]。*Historisches Wörterbuch der Philosophie* の「生の哲学」の項には述べられていないが、ゲーテ自身もこのスピノザ論争に参加した一人の詩人であった。本書の第2部ではゲーテ自身の生命哲学の根底にあるスピノザ主義について詳しく論じていく。

Historisches Wörterbuch der Philosophie の中で「生の哲学」の三つ目の意義は哲学と生命、詩作と考察が一緒だという哲学の理解から定められているが、第1部第1章の中ですでに論じたゲーテの「詩文（文学の）[122]内容は自

いた。(ベルグソン、ディルタイ)（*Historisches Wörterbuch der Philosophie.* Bd. 5, 1980, S. 136-140 参照）

121　*Historisches Wörterbuch der Philosophie,* Bd. 5, 1980, S. 138 参照。

122　ここで「文学の」を「詩文の Poetisch」に入れ替えた。

己の生命（生活）[123]の内容である」[124]という言葉は、このような「生の哲学」の理解をぴったり表現している。ゲーテはこの発言によって、詩文・詩命が密接に関連していることを示したのである。

章のまとめ

ゲーテの自然詩における生命哲学を深く理解するために、本章では「生の哲学」という思潮の由来を紹介し、「生の哲学」の由来とゲーテがどのような関係にあるかを明らかにした。

「生の哲学」は18世紀に起こったスピノザ論争（汎神論論争）ときわめて近い関係がある。ゲーテもこのスピノザ論争に参加した人物の一人である。第2部ではゲーテ自身の生命哲学とスピノザ主義との関係を明らかにする。

123　ここで「生活」を「生命 Leben」に入れ替えた。

124　『ゲーテ全集 13』、90 頁。(*Goethe Werke.* Bd. 6, 2007, S. 375)

部のむすび

第1部ではゲーテの生命哲学について論じる場合、「生命哲学」という言葉に第1・2・3定義の区別をする必要を述べた。第1章では、ゲーテの「自然詩文」の概念を通して彼の生命哲学を明らかにし、第2・3定義と関係があることがわかった。随筆「さらに一言、若い詩人たちのために」は、詩人と人間に関係しているゲーテの詩文・詩作に秘められている生命哲学を示しているといえる。

以上のことから、詩人は、人間が内面から生きるように、内面から制作すべきであるから「自然詩文」の詩作の仕方は、生き方と比較することができる。ここにゲーテの「自然詩文」における生命哲学の要素がある。このような生き方や制作の仕方は、内面から流れてくる川のようなものであり、人間の場合この川を「生命流」（生命の流れ）、と芸術家あるいは詩人の場合「制作流」あるいは「詩作流」と名付けた。

ゲーテの生命観（生命哲学の第2定義）は、すべての生命の次元を包括していると考えられるゆえに、彼の詩文も生命そのもの、すなわち空間、時間、生死、有限性、無限性などの次元を包括しているといってよい。この点については本書でさらに深く論じている。生命を表し内面から制作する詩人の制作の仕方、そして生命を表現する詩人の詩文そのものが、哲学であると考えられる。

ゲーテは詩人の振る舞いに関してもアドバイスを与えている。「自然詩文」における生命哲学の中にある、人生における道徳の一般的な規範は詩人のためであるが、日常生活で用いられるゆえに人間一般にも当てはまる。つまり詩人は良い特質をもつべきと結論づけられ、詩人としての良い生き方は良い書き方と関連しているといえる。

第2章では「生の哲学」という思潮の由来を確認し、「生の哲学」の由来、及び詩文とスピノザ論争と、ゲーテがどのような関係にあるかを明らかにした。ここには生命哲学の第1定義が含まれている。このように、「生の哲学」は18世紀に起こったスピノザ論争（汎神論論争）ときわめて近い関係があることがわかる。ゲーテ自身もこのスピノザ論争に参加したことから、本書の第 2 部ではゲーテの生命哲学とスピノザ主義との関係を明らかにしていく。

第2部
ゲーテの「生命哲学」の根底にあるスピノザ哲学

第2部では、ゲーテが「自然詩文」の中で表現し、詩人として生きてきたゲーテの「生命哲学」の根源になる思想を見出すために、ゲーテの思考にもっとも影響を与えたものを調べる。ゲーテは様々な人物から影響を受けたが、その一人はスピノザであった。彼に大きな影響を与えた人物または思想について、『詩と真実』(*Dichtung und Wahrheit*) の第14章の中で述べている。スピノザについて次のようにいう。

> これほど決定的に私に働きかけ、私の考え方の全体にあれほど大きな影響をあたえたこの人物は、スピノザであった。つまり私は自分の特異な本性を陶冶する手段をあらゆるところに探し求めて得られなかったその果てに、とうとうこの人の『エチカ』にめぐり合ったのである。[125]

ゲーテは生涯数回にわたってスピノザを研究したが、スピノザの作品の中で彼に一番大きな影響を与えたのが『エチカ』[126]であった。『エチカ』に出会ったことで、ゲーテには感性的世界にも道徳的世界にも、大きな自由な眺望が開かれてゆくように思われた。森鷗外は「哲学」[127]という随筆の中で、ゲーテが1773年の夏にスピノザを読み、彼自身が生涯スピノザ派の一人となったことを強調している。ドイツ文学史記述において、ゲーテのスピノザ理解が汎神論的だったということについて、ハインリヒ・ハイネ (Heinrich Heine, 1797-1856) からヘルマン・ヘットナー (Hermann Hettner, 1821-1882) まで疑われなかったが、ベルンハルド・スファン (Bernhard Suphan, 1845-

125 『ゲーテ全集 10』、178頁－179頁。

126 Spinoza, Baruch de: *Ethica ordine geometrico demonstrata,* 1677.

127 森林太郎（1924）『鷗外全集 9』。

1911) とヴィルヘルム・ディルタイは、ゲーテのスピノザ主義を問題化した。そしてマルチン・ボラッハー (Martin Bollacher) とヘルマン・ティム (Hermann Timm) がゲーテのスピノザ主義を再評価した[128]。ボラッハーは『若きゲーテとスピノザ』(*Der junge Goethe und Spinoza,* 1969) という著作の中で「スピノザの形而上学はゲーテの自然哲学と自然の直観において実現された。(略) 若きゲーテの哲学概念はスピノザ体系とスピノザ哲学によって作られたものである[129]」と述べ、ゲーテの自然哲学、自然の直観、哲学概念はスピノザ哲学に基づいていると明言している。

さらに、ゲーテは長い人生にあって、子供のころから様々な人物や思想から影響を受けた上に、宗教的経験も重ねてきた。ハンス・ヨアヒム・シム (Hans-Joachim Simm) の『ゲーテと宗教』(*Goethe und die Religion,* 2000) という、ゲーテの宗教についての対話と手紙からなる証言集によって、ゲーテの宗教的経験の諸段階が明らかにされた。シムは次のように述べている。

> すなわち最初のプロテスタンティズムに対する批判から、汎神論的宗教観を経て、後の人間主義の理想と晩年の神秘主義に至るが、それは彼が 1813 年のヴィーラントが死んだ時とエッカーマンとの対話の中で、超越と輪廻についての自分の考えを詳しく表現しているときである[130]。

このような宗教的経験がゲーテの生命哲学に大きな影響を与えたと考えられる。若いゲーテはスピノザの影響を受けたが、若きゲーテのスピノザ受容は、年月を経て変化したかどうか。さらにゲーテの自然哲学、自然の直観、哲学概念はスピノザ哲学に基づいているが、ゲーテの生命哲学 (第 2・3 定義) もスピノザ哲学に基づくものかどうか、という問題がある。本部では特にゲーテの生命哲学が、どこまでスピノザに基づいているか、どこ

128 G-Hb, S. 1000 参照。

129 Bollacher (1969: S. 116) 筆者訳。

130 Simm (2000: S. 12) 筆者訳。

からゲーテ自身の解釈と見解であるかを述べ、また他のいかなる思想から影響されたか、ということについて論じたい（本書の第３・４部)。

第２部ではゲーテ自身と彼の「生命哲学」、作品と「自然詩文」（生命を一般に表現し、顕示する詩・詩作）へのスピノザの影響を調べていく。作品と手紙のいくつかの箇所をもってこのことを示し、証明する。まず第１章では、ゲーテがスピノザを研究した時期について考察し、次は当時のドイツ語地域でのスピノザ受容について論じる。そして第２章では主にスピノザ『エチカ』のゲーテの生命哲学への影響について論じていく。ゲーテがスピノザについて直接述べたことを通してゲーテのスピノザ受容を確認し、ゲーテの作品に統合された宗教についての考察を調べる。

第1章　ゲーテのスピノザ受容と研究時期

本章では、ゲーテのスピノザ哲学の研究と、ゲーテを含む当時のドイツ語圏でのスピノザ受容について確認する。

日本の代表的な研究は以下に紹介する。大畑末吉が『ゲーテ哲学研究――ゲーテにおけるスピノチスムス』(1964)の中で5つのゲーテのスピノザについての研究時期を紹介している。すなわち、第1期はフランクフルトの少年時代からライプチヒ時代をへて第2次フランクフルト時代までであり、汎神論的な雰囲気のうちに、将来のスピノチスムス受容の温床が用意された時期という。第2期は1770-75年までの時期であり、スピノザへの道を進んだ時代という。第3期は第2期の一部であるが、1773-74年までのスピノザとの出会いの時期であるという。第4期は1780年代の半ばを中心とし、『エチカ』の研究時期という。第5期は19世紀に入ってから晩年までのスピノザ研究の回顧と反省の時期であるという[131]。

さらに土橋寶は『ゲーテ世界観の研究――その方法と理論』(1999)の中で三つのゲーテのスピノザについての研究時期を紹介している。つまり、1770-74年までの最初のスピノザ研究が行われた時期である。そして第2期は1784-85年までの時期であり、第3期は1811-12年までの時期であるという[132]。

平尾昌宏は「ゲーテ・スピノザ・スピノザ主義――誰が『神即自然』を語ったのか」という論文の中で、主に三つのゲーテのスピノザの研究時期を紹介している。第一期は1773-74年までであり、第2期は1784-86年であり、第3期は1811-13年であるという。ゲーテの『エフェメリデス』の中のスピノザ主義についての発言は、ゲーテの第1期スピノザ受容に先立つ言葉として紹介し、その中でゲーテがスピノザに距離をとる姿勢を見せている

131　大畑末吉(1964)『ゲーテ哲学研究――ゲーテにおけるスピノチスムス』、7頁－8頁参照。

132　土橋寶は(1999)『ゲーテ世界観の研究――その方法と理論』、60頁－62頁 参照。

という。[133]

ドイツではボラッハなどの『若きゲーテとスピノザ』（*Der junge Goethe und Spinoza,* 1969）が原点とされる。この著作の中ではゲーテの「スピノザ研究」が執筆される前までの時期、つまりゲーテのスピノザ哲学との取り組みについて、非常に詳しく議論されている（本書の中でこの研究時期は第１期と第２期の研究時期に該当している）。

さらにゲロ・フォン・ウィルペルト（Gero von Wilpert, 1933-2009）『ゲーテ辞典』（*Goethe-Lexikon,* 1998）[134]の中では、ゲーテのスピノザについての研究時期が、三つ紹介されている（本書の第２期、第３期、第４期の研究時期に該当し、第１期には触れてない）。

ドイツ語のフランクフルト版のゲーテ全集の第25巻の中に（*Goethe Sämtliche Werke.* Bd. 25, 1989）[135]「スピノザ研究」の注解がある。その中では、ゲーテが全部で４回スピノザと取り組んだことがあると述べられている。筆者は主に、以上のフランクフルト版のゲーテ全集に基づいて、４回にわたるスピノザ哲学の研究時期について論じる。ゲーテがどのようにスピノザ哲学を研究し、どのような影響を受けていたかを調べていく。

第１節　スピノザについての第１の研究時期（1770年に初めての言及）

ゲーテはいくつかの時期にわたってスピノザを研究した。若きゲーテが「スピノザ主義」について初めて言及したのは、1770年１月－３月のゲーテの『エフェメリデス』(*Goethes Ephemerides*)[136]の中である。これは、抜き書き、

133　平尾昌宏（2013）「ゲーテ・スピノザ・スピノザ主義――誰が『神即自然』を語ったのか」『モルフォロギア 35』「ゲーテと自然科学」、4頁－５頁、14頁参照。

134　Wilpert, Gero von: *Goethe-Lexikon,* 1998.

135　FA 25, S. 865-867.

136　FA 28, S. 192.

本のタイトル、読書についての印象を書いたものである。[137] スピノザ主義についての抜き書きは、ラテン語で書かれているが、ヨハン・クリスチャン・ファブリチウス（Johan Christian Fabricius, 1745-1808）の『古典書誌学』(*Bibliographica antiquaria,* 1713) のスピノザ主義の一ヵ所についてのコメントである。ここでゲーテは、「純粋な理性」と「流出説」との一致について述べている。その上で、「スピノザ主義 Spinozismus」を酷評し、次のように述べている。

> 神を離れて、物事の本性について話すのは難しくて、危ないことである。我々が体と魂を分けて考察するのと同様である。我々は魂をそれを媒介する体を通してのみ認識し、神を自然の詳しい観察によってのみ認識する。ゆえに、主として哲学的推論を用いて、神と世界を関連させた人々を不条理で訴えることは馬鹿げたことだと思う。神のみが自分自身を通して存在し、全てを把握しているので、存在するすべてのものは神と関連して存在せざるを得ない。聖書も我々の捉え方に反対していない。根気をもって聖書の文章をそれぞれが一人ひとりの自分の観点から捉えている。古代全体は同じ観点であり、このような一致を私は非常に重要視している。
>
> すなわちこんなに偉大な人たちの判断は私にとって、流出説が純粋な理性と大幅に一致する証拠となる。私はどんなセクトにもなるべく所属したくない。スピノザ主義から最悪の過誤が生じる。この極めて純粋な教えに対して全く不似合いな兄弟としてスピノザ主義が生まれたことは実に遺憾なことである。[138]

137　FA 28, S. 703 参照。

138　ゲーテはこの段落をもともとラテン語で書いたが、筆者は原文のドイツ語訳から和訳した。„Getrennt von Gott und über das Wesen der Dinge zu sprechen, ist schwierig und gefährlich, so wie wenn wir getrennt voneinander über den Körper und die Seele nachdenken; wir erkennen die Seele nur durch den vermittelnden Körper, Gott nur durch genaue Naturbetrachtung, darum scheint es mir absurd zu sein, diejenigen der

この『エフェメリデス』の段落はすでに汎神論的考えを示している。しかしゲーテがこれを書いた時には、スピノザ主義について、歪められた二次的な情報しか知らなかった。[139] このファブリチウスの『古典書誌学』のスピノザ主義についての情報はヨハン・クリストフ・ゴットシェット(Johann Christoph Gottsched, 1700-1766) が翻訳したピエール・ベイル（Pierre Bayle, 1647-1706）の『歴史批評辞典』[140]（*Dictionnaire historique et critique,* 1695-1697）に基づいている。[141] 啓蒙主義において最も有力な作品の一つであったこの辞典には、スピノザとスピノザ主義についての項が載っている。[142] この辞典はゲーテの父の図書館にあったので、ゲーテが『エフェメリデス』の中で「スピノザ主義 Spinozismus」に言及する箇所はファブリチウスの『古

Absurdität anzuklagen, die mittels vornehmlich philosophischer Schlußfolgerung Gott mit der Welt in Zusammenhang gebracht haben. Alles, was existiert, muß sich auf die Existenz Gottes beziehen, weil Gott allein durch sich selbst existiert und alles umfaßt. Auch widerspricht der Codex Sacer (die heilige Schrift) unserer Auffassung nicht, wobei wir mit Geduld hinnehmen, daß dessen Sätze von einem jeden für seine eigene Ansicht zurechtgelegt werden. Das ganze Altertum war derselben Ansicht, dieser Übereinstimmung (Konsens) messe ich viel bei.

Zum Zeugnis dient mir nämlich das Urteil so großer Männer, daß das emanative System mit der reinen Vernunft weitestgehend übereinstimmt; ich möchte möglichst keiner Sekte meine Unterschrift geben, und ich bedauere sehr, daß der Spinozismus, weil die schlimmsten Irrtümer aus dieser Quelle fließen, dieser reinsten Lehre als ein gänzlich ungleicher Bruder geboren wurde." (FA 28, S. 717. 筆者訳)

139　G-Hb 2, S. 829 参照。

140　この作品は哲学辞典であり、哲学者たちの知識と言説を歴史的批判的合理的な検討をし、神学的な伝統においても過誤と迷信を体系的に論破している。(FA 14, S. 1131 参照)

141　FA 28, S. 716 参照。

142　FA 14, S. 1131 参照。

典書誌学』だけではなく、ベイルの『歴史批評辞典』に依拠しての発言という可能性がある。[143] ゲーテはベイルの『歴史批評辞典』に、すでに1764年に出会ったが、彼がいつごろスピノザ主義についての項を読んだのかがはっきりしない。1770年に『エフェメリデス』を書いた時、あるいは1773年に、ゲーテが初めて集中的にスピノザを研究した時だろうか。次節で紹介するが、ボラッハは1773年を集中的に取り上げている。[144]

ゲーテは『詩と真実』の第16章の中でも、このベイルの『歴史批評辞典』のスピノザ項について述べている。この項はスピノザに対立して述べられており、このスピノザ評価に対してゲーテは、不快と不信の念をいだいたようである。ゲーテ自身の発言によれば、彼は以前、『歴史批評辞典』を読む前に、すでにスピノザの『遺稿集』(*Opera Posthuma*, 1677)を読んでいたという。その際、「心のなごむようなそよ風が、そこから流されてきたようだ」と述べている。

> 長いあいだ私はスピノザのことを考えなかったが、たまたまある反論を手にしたことによって、また彼にひき寄せられたのであった。父の蔵書のなかで一冊の小冊子[145]を目にしたが、その著者はあの独自な思想家を激しく罵倒し、しかもいっそう効果的に事を運ぶために、表題の反対側のページにスピノザの像をかかげて、その下に Signum reprobationis in vultu gerens、すなわち、彼はその顔に永劫の罰と錯乱の相をそなえているという銘を記していた。このことは、肖像画を見たかぎりではもちろん否定できなかった。というのは、その銅版画はみじめなほど出来の悪いものであり、また完全な戯画であったからである。それを見て私は、自分が憎んでいる人をまず歪曲し、ついでそれを怪物だといって攻撃するあの反対者たちのことを思い浮か

143 FA 25, S. 865 参照。

144 Bollacher (1969: S. 75)

145 ヨハネス・コレールス(Johannes Colerus, 1566-1639)の『スピノザの生涯』(*Das Leben Des Benedikt Von Spinoza,* 1733)

べないわけにはいかなかった。

しかし私はこの小冊子からなんらの印象をも受けなかった。私はつねに、他人の口から、ある人がこう考えていたはずだという意見を聞くよりは、むしろ、直接その人から、その人がどのように考えているかを聞きたいと考えていたので、一般に私は論争というものを好まなかったからである。しかし私は好奇心のおもむくままに、ベイルの辞典のスピノザの項を読んでみた。この辞典は無用な饒舌のために馬鹿げた有害な書物であると同時に、その博識と鋭い洞察によって貴重で有益な書物でもあるのである。

「スピノザ」の項は私のうちに不快と不信の念を呼び起こした。まず最初にこの人が無神論者であると記され、この人の意見がきわめて忌まわしいものであると述べられていた。ところがそれに続いて、この人が静かに思索し、自分の研究に専心する人、善良な市民、話ずきな人、温厚な私人であったことを認めている。しかしこれでは、「さらばその果によりて彼らを知るべし」[146]という福音書の言葉がすっかり忘れられているとしか思えなかった。――なぜなら、有害な教義から、人にも神にも好感をあたえる生活が生ずるはずはないからである。

私はかつてあの注目すべき人の遺著のページをめくったとき、なんともいえず安らかな透明な気持にひたされたことをまだよく覚えていた。細かい点まで思い出すことはできないにしても、この印象はまだ鮮やかに私の心に残っていた。そこで私はまたあらためて、あのように教えられるところの多かった作品に急いで返って行った。そしてこのたびもまたまえと同じように、心のなごむようなそよ風がそこから流されてきた。私はこの読書に熱中し、自分自身を振り返ってみて、いままで世界をこれほど明快に見たことはいちどもなかったような気がした。[147]

146　マタイによる福音書、第７章 20。

147　『ゲーテ全集 10』、218 頁－ 219 頁。

ゲーテがベイルの『歴史批評辞典』のスピノザ項を読んだのが、恐らく1773年であったとすれば、ゲーテはスピノザの『遺稿集』をどれぐらい前に読んだのだろうか。同じ1773年であったか、もしくは、1770年に『エフェメリデス』を書いた時であった可能性もある。だとすれば、『エフェメリデス』の中のスピノザ主義についての記述を、新しく解釈することができるのではないだろうか。ゲーテ自身、「私はつねに、他人の口から、ある人がこう考えていたはずだという意見を聞くよりは、むしろ、直接その人から、その人がどのように考えているかを聞きたいと考えていたので、一般に私は論争というものを好まなかったからである。」[148]と述べているが、1770年にファブリチウスの『古典書誌学』のスピノザ主義についての段落を読んだ時には、まだベイルのスピノザ項を読んでいなかった可能性が高い。従って、最も推測できる順番は次のようである。①「かつて[149]（1770年？ 1773年？）」『遺稿集』。② 1773年、コレールスの『スピノザの生涯』。③ 1773年、ベイルの『歴史批評辞典』のスピノザ項。④ 1773年、「また改めて」[150]『遺稿集』。

以上をまとめると、次のように言える。従来、ゲーテは1770年頃はスピノザに反対の立場をとり、のちに、その考えを改めるようになったと考えられてきた。しかし、『エフェメリデス』の記述を丁寧に読むと、ゲーテは1770年頃にすでにスピノザに親近感をいだいており、ゲーテが反対したのはいわゆる「スピノザ主義」であった。つまり、スピノザその人の哲学と、世の中で語られているスピノザについての解説とを、区別していた。

つづく年月にゲーテはスピノザの主著『エチカ』（*Ethica ordine geometrico demonstrata,* 1677）と他の作品を研究していく。この読書によってゲーテのスピノザ受容が大きく変わる。この研究はゲーテの個々の作品と書簡、執筆活動（「自然詩文」）、そして彼の生き方と「生命哲学」にまで影響を

148 『ゲーテ全集10』、218頁。

149 同書、218頁。

150 同書、218頁。

与えたが、それについては後に論じる。

第２節　スピノザについての第２の研究時期（1773-74年）

『エフェメリデス』1770年での最初のスピノザについての言及の後に、ゲーテは1773年５月７日に書いたルードウィッヒ・ユリウス・フリードリヒ・ヘップフネル（Ludwig Julius Friedrich Höpfner, 1743-1797）宛ての手紙の中で、改めてスピノザについて述べている[151]。1773年の４月と５月にヨハネス・コレールス（Johannes Colerus, 1566-1639）の『スピノザの生涯』（*Das Leben Des Benedikt Von Spinoza,* 1733）を研究したが、まだ深いものではなかった[152]。これに関しては『詩と真実』の第16章の中でも述べている。

ボラッハはゲーテの1773年のスピノザの読書について次のように述べている。

> ゲーテは当時スピノザの『遺稿集』（*Opera Posthuma*）の中で読んでいただろう。その中に『エチカ』と『国家論』（*Politischer Traktat*）と『知性改善論』（*Abhandlung über die Verbesserung des Verstandes*）と往復書簡が載っていた。『プレファッチオ』（*Praefatio*）はスピノザの教えを真のキリスト教の実現として紹介する。そのうえヤッリグ・イェッレスはこの作品の中で細かく『神学・政治論』（*Theologisch-politischer Traktat*）について述べている。ベイルとアルノルドと特にヨハネス・コレールス（その伝記がラヴァーターの報告を思い出させる）によってゲーテはスピノザをもっとも穏和な人間として捉えたうえに、スピノザの作品の内容についても十分情報を得ることができた。これについては特にコレールスの『スピノザの生涯』の13番目のパラグラフに述べられていた。ラヴァーターの報告によるとゲーテは特にスピノザの往復書簡をよく知っていた。その中に人間についてというスピノザ哲学の

151　FA 28, S. 305参照。
152　FA 25, S. 865参照。

主要なテーマが述べられており、スピノザ主義の問題点とスピノザ主義についての早い受容が読者に示されている。[153]

このスピノザの読書は、その時(1774年)ヨハン・カスパー・ラヴァーター(Johann Caspar Lavater, 1741-1801)との対話にも、そして「プロメートイス(Prometheus)」という詩にも影響を及ぼした。[154] 1774年7月22日にゲーテは、ついにフリードリヒ・ハインリヒ・ヤコービと知り合った。[155] これについてはゲーテが『詩と真実』において述べている。ヤコービはゲーテにスピノザの哲学を詳しく紹介した。第16章で、ゲーテはこの時期にスピノザの影響で自分の世界観が固まったということを述べている。

1773年の秋と1774年の秋の間にゲーテが「プロメートイス」という詩を書いた。[156] 彼は「プロメートイス」を、まず近い友達の中だけに回覧させた。10年後の1785年にヤコービは、自身が発刊した『スピノザの教説について』の中で、この詩をゲーテの知らないうちに仮名で載せた。「プロメートイス」は1785年の出版で、ゲーテは『詩と真実』の第16章で述べているように「この詩はある爆発の導火線の役割を果たし、これがもとで品位あるひとびとの極秘の諸関係が暴露され、ひとびとに噂の種が提供されることになった。このような諸関係は、その他の点ではきわめて高度に啓蒙された社会にあって、当事者の彼らには意識されずに眠っていたのである。[157]」ここで、ゲーテが述べていることは汎神論論争のことを指している。

この詩は同じタイトルをつけた断片「プロメートイス」と同じ時期に制作された。詩の制作された日にちは明確には知られていないが、断片と同じ日であるとすれば1773年10月12日である。[158] 詩は以下のようである。

153 Bollacher (1969: S. 75) 筆者訳。

154 FA 25, S. 865 参照。

155 FA 28, S. 1021 参照。

156 FA 29, S. 1105 参照。

157 『ゲーテ全集 10』、192 頁。

158 FA 1, S. 924-925 参照。

「プロメートイス」

なんじの空をおおえ、ゼウスよ、
雲霧をもって。
またあざみの頭をむしる
少年のごとくに、
かしの木や山の頂になんじの力を振るえ！
されどわが大地に
なんじの触るるを許さず、
なんじの建てしにあらざるわが小屋、
またわがかまど、
その火を、なんじねためども、
みなこれわがものぞ。

太陽の下、なんじら神々より
あわれなるものを我は知らず。
なんじらはささげものや
祈りの息吹によって
なんじらの威厳を
細々と養うにあらずや。
幼な児や乞食のごとき
はかなき望みを抱く痴者なくば、
なんじらは飢えはてしならん。

われ幼なかりしころ、
せんすべも知らずして、
惑えるまなざしを太陽に向けぬ、
そこにこそ、わが嘆きを聞く

耳やあらんかと、
悩めるものをあわれむ心や
わが心にも似て、あらんかと。

おごれる巨人族に対し、
たれかわれを助けしぞ？
死と屈従とより
たれかわれを救いしぞ？
きよく燃ゆるわが心よ、
すべてなんじ自ら果たせる業ならずや？
しかも、なんじは若くお人よくも、
欺かれつつ、救いの感謝を
天上にて惰眠をむさぼる者に熱烈に述べしか。

なんじを崇めよというか。何の故に？
なんじはかつて、重荷を負えるものの
苦痛をやわらげしことありや？
なんじはかつて、悩めるものの
涙をしずめしことありや？
われを男子に鍛えしものは、
わが主にしてなんじの主なる
全能の時と、
久遠の運命ならずや？

はなやかなる夢の
みのらざりしものあればとて、
わが生を憎みて
荒野にのがれよと、
なんじはさかしらに言うや？

われはここに坐し、人間をつくる、
わが姿に似せて、
われに等しき一族をつくる。
われに等しく苦しみ泣き
楽しみまた喜ぶ一族を——
またわれに等しく
なんじを崇めざる一族を！[159]

出典によって「プロメートイス」の日本語表記が異なる。もう一つの書き方は「プロメテウス」であるが、プロメートイスの方がドイツ語の発音に近いので、本書ではプロメテウスが使われる引用文以外では、プロメートイスを用いることにした。

ゲーテのプロメートイスのモチーフは、スピノザと密接に関連しあっている。この詩が書かれたゲーテのスピノザについての第2の研究時期(1773-74年）は、ドイツ文学史上で言えば、シュトゥルム・ウント・ドラング（疾風怒濤　1765-85年）である。ゲーテのスピノザについての第3の研究時期（1784-85年）もシュトゥルム・ウント・ドラングに当たる。

ゲーテは、この時期に古代神話の英雄や古代及び近代の天才と呼ばれた偉人たちを創作の対象にしている。この文学運動の時期は天才時代(Geniezeit）と呼ばれている。[160]巨人とは古代神話の巨人たちにならって命名された天才的な人物であり、若いゲーテにとって、スピノザもその一人であった。なかでもゲーテにとってプロメートイスの存在は芸術の創造性ともあいまって、最も興味のあるテーマの一つであった。[161]天才時代はゲーテが古代神話の英雄のような天才になろうとした文学活動の時期である。

159　『ゲーテ詩集1』、68頁－72頁。

160　Wilpert, Gero von: *Sachwörterbuch der Literatur.* 1969, S. 747 参照。

161　佐竹正一(1993)「ゲーテの詩 „Das Göttliche“ について—主として『プロメートイス』と『スピノザ研究』との関連で」、68頁参照。

ゲーテは1814年に出版された『詩と真実』の第3部第15章の中で「プロメートイス」という詩について、以下のように、40年あまりの間にドイツ文学史で様々な出来事があったことを振り返っている。

> プロメテウスの寓話は、私の心のなかで生き生きとした姿となってきた。昔の巨人の服装を私は自分の身の丈けに従って裁断し、それ以上よく考えたりしないで作品を書きはじめた。ここにはプロメテウスが自分の手で人間を創造し、ミネルヴァの好意で人間に生命を吹き込み、第三の王朝を築いたことによって、ゼウスや新しい神々と抗争におちいる葛藤が描かれている。たしかに現在の支配者である神々は、巨人と人間とのあいだに割りこんだ存在だという不当な見方をされているといえるから、不平をならすのも当然なのである。この珍しい構図の一部として独自の形で書かれた例の詩は、ドイツ文学史上有名なものとなった。というのは、この詩が機縁となって、レッシングが思考と感情の重要な点に関して、ヤコービに反対の立場を明らかにしたからである。この詩はある爆発の導火線の役割を果たし、これがもとで品位あるひとびとの極秘の諸関係が暴露され、ひとびとに噂の種が提供されることになった。このような諸関係は、その他の点ではきわめて高度に啓蒙された社会にあって、当事者の彼らには意識されずに眠っていたのである。この爆発の威力は猛烈なもので、このために私たちは、たまたま偶然の事件が発生したこともあって、もっとものりっぱな人物の一人であるメンデルスゾーンを失ったのである。[162]

「プロメートイス」という詩は神に逆らう巨人主義を格調高く謳っている。プロメートイス自身は地上の主として、天上の主たる神と対立している。

「爆発の導火線」という言葉は汎神論論争を意味している。「プロメテウス」という詩は当時、汎神論論争のきっかけとなったと言われる。汎神論

162 『ゲーテ全集10』、192頁。

論争とは、18世紀後半にドイツで起きたスピノザの哲学をどう受け入れるか、という一連の論争のことをさす。ゆえにこれをスピノザ論争ともいう。この論争にはゲーテをはじめ、レッシング、モーゼス・メンデルスゾーン、ヤコービ、カント、ヘルダーなどといった当時ドイツを代表する学者（哲学者、文学者、劇作家など）が参加したのである。

第3節　スピノザについての第3の研究時期（1784-85年）

1784年と1785年の研究時期に、ゲーテはワイマールでスピノザについての知識を深めた。1784年11月から1785年の春までには、部分的にヨハン・ゴットフリート・ヘルダーとシャルロッテ・フォン・シュタインと一緒に研究していた。[163] 1784-85年の冬にシュタイン夫人と共に、まずはドイツ語、そしてラテン語の原本を読んだ。[164] この研究によってゲーテの世界観の基盤が作られ、彼の詩に対する考え方、人間観、宗教観と自然観の多様性を包括的な一体として捉えるようになって、ゲーテの生命哲学の基盤が形成されたといえる（生命哲学の第2・3定義）。汎神論論争が始まり、続くこの時期にはゲーテと同時代の人との間に数多くの書簡がある。[165]「スピノザ研究（Studie nach Spinoza）」というノートもこの時期に生まれた。このノートはシュタイン夫人に口述筆記させて（内容に聞き間違いがあることから口述筆記と見られる）、当時まだタイトルがなかったものであった。いくつかの箇所でのエッカーマンの訂正が入っていることからすると、後から出版する予定だったのかもしれない。[166]「スピノザ研究」というタイトルを付したのはワイマール版第2版第2巻（1892年）であった。[167]

163　FA 2, S. 1173 参照。

164　G-Hb 2, S. 1001 参照。

165　本書の付録①「ゲーテのスピノザ論―スピノザ論争をめぐる書簡を中心に―」でまとめてある。

166　*Goethes Werke.* Bd. 8, 1955, S. 562 参照。

167　FA 25, S. 863 参照。

「神性 (Das Göttliche)」という詩は1783年に生まれた。初めて掲載されたのは1783年、『ティーフルター・ジャーナル』(*Tiefurter Journal*) という雑誌の中であった。その後、1785年にヤコービの『スピノザの教説について』の第一版の中に掲載されたことがある。ヤコービはゲーテの承諾なしで、まずこの著作の中にゲーテの名で「神性」を載せ、次に仮名で「プロメートイス」を載せた。

ここで、ゲーテと『エチカ』、また『エチカ』ドイツ語及びラテン語版について言及しておきたい。

1785年10月21日のヤコービあての手紙の中で、ゲーテはスピノザの『エチカ』について「スピノザを読むとその著作自体からスピノザのことが理解できるものだ。そして彼の自然観を僕は共有しなくても、僕の自然観に一番近い本を一つ挙げよと言われれば、知っているなかでは『エチカ』を挙げざるを得ない」[168]と述べている。ゲーテは自分の自然観をスピノザの教えの中で再確認することができた。

1774年に『エチカ』は、ドイツで初めてラテン語から翻訳されて出版された。これは同時に初のスピノザのドイツ語訳でもあり、次の50年間も、1793年までの唯一の『エチカ』のドイツ語訳でもあった。そしていわゆる汎神論論争でも使われたものであった。[169]ヨハン・ロレンツ・シュミット (Johann Lorenz Schmidt, 1702-1749) は、この発行の匿名の翻訳者であり発行者であった。彼の『ヴェルトハイメル聖書』(*Wertheimer Bibel*, 1735) ともいわれる『トーラー』訳によって、神学哲学的論争が始まったがゆえに、彼は迫害の恐れがあったので『エチカ』を翻訳した時には、偽名で隠れて暮らした。[170]

168　„Daß ich den Spinoza wenn ich ihn lese mir nur aus sich selbst erklären kann, und daß ich, ohne seine Vorstellungsart von Natur selbst zu haben, doch wenn die Rede wäre ein Buch anzugeben, das unter allen die ich kenne, am meisten mit der meinigen übereinkommt, die Ethik nennen müsste.“ (FA 2, S. 603. 筆者訳)

169　*Spinoza in der europäischen Geistesgeschichte* (1994: S. 107-125) 参照。

170　同書 参照。

ラテン語の『遺稿集』は当時あまり調達することはできず、多くの人が買えるものではなかった。[171] ゲーテは二つのスピノザ本を持っていた。一つはハインリッヒ・エベルハルト・ゴットローブ・パウルス（Heinrich Eberhard Gottlob Paulus, 1761-1851）が出版した上下2巻の本である（イエナ1802年－1803年）。[172] その下巻にスピノザの『エチカ』が入っているが、129ページ（第2章の終わり）までしか切り開かれていない。[173] 彼の二つ目のスピノザ本は1677年にアムステルダムで出版された『遺稿集』[174] であり、その中にも『エチカ』が入っている。

ここで、ゲーテと当時のドイツ語圏でのスピノザ受容について紹介しておこう。

バールーフ・デ・スピノザ（Baruch de Spinoza, 1632-1677）はポルトガル出身の家系で、オランダのユダヤ教徒であるとともに哲学者である。彼によって一貫した汎神論体系が作られた。スピノザの体系は、デカルト（René Descartes, 1596-1650）の思考と延長の二元論を唯一実体によって止揚し、神と自然の一体性を主張している。[175] 神観が彼にとって思考の内容であり、これは証明を必要としない。神は実体と同等にされ、すべてのものがこの一体の形態として現われている。この前提は、神の超越性の止揚を示しており、神即自然 (deus sive natura) という汎神論へ導いている。自然認識は相当の神認識を伴っている。スピノザ体系は、特殊と一般、または個人と神の対立の仲裁という、当時の大きな要求に応えたものである。後につづく世代の人々の精神を形成した。[176]

1785年に汎神論論争によって喚起されたと同時に、ドイツ語地域でのスピノザ受容が始まったと考えられる。この汎神論論争は、ヤコービの無

171　*Christentum und Judentum* (2012: S. 49-50) 参照。

172　Ruppert (1958: S. 457) (Nr. 3132)

173　GT 4,2, S. 1344 参照。

174　Ruppert (1958: S. 457) (Nr. 3133)

175　G-Hb 2, S. 828 参照。

176　Wilhelm Totok (1981) 参照。

記名の『スピノザの教説について』の出版によって開始された。この作品においてヤコービは、スピノザ主義を無神論と称した。最初にメンデルスゾーンとヤコービの往復書簡から、ヤコービの書簡のみが作品の中に掲載された。ヤコービとメンデルスゾーンの間の論争はゴットホルト・エフライム・レッシングのいわゆるスピノザ主義についてであった。ヤコービが目指したスピノザ主義からの離脱は、この作品の出版によって実現されることはなく、逆に特に、ゲーテを初めとする若い世代が、スピノザの哲学を研究し始めたのである[177]。

二人の間の論争は、「プロメートイス」という詩についての対話を通して明らかになった、レッシングのいわゆるスピノザ主義についてであった。ゲーテはおそらく1770年に読んだとされる『歴史批評辞典』のスピノザの項についての印象を、『詩と真実』第16章の中で、「『スピノザ』の項は私のうちに不快と不信の念を呼び起こした。まず最初にこの人が無神論者であると記され、この人の意見がきわめて忌まわしいものであると述べられていた[178]」と述べている。『歴史批評辞典』の中と同様に、法学者であり哲学者でもあるクリスチャン・ヴォルフ（Christian Wolff, 1679-1754）もヤコービも、スピノザは「無神論者」とされた。しかしゲーテは『歴史批評辞典』を読んだ後も、スピノザの読書を続けたため、スピノザについての独自の見識を持つようになった。1785年6月9日にヤコービ宛の手紙の中で次のように述べている。

> すべてのスピノザ主義の根源である最高の真実をあなたが認めている。すべてがこの最高の真実に基づいていて、そこからすべてが流れてくる。彼は神の存在を証明するのではなく、存在自体が神なのだ。そして他の人が彼をこのことによって無神論者と非難するならば、私は彼を最も有神論的でキリスト教徒的と呼んで、賞賛する[179]。

177 *Christentum und Judentum* (2012: S. 47-48) 参照。

178 『ゲーテ全集 10』、218頁。

179 „Du erkennst die höchste Realität an, welche der Grund des ganzen Spinozismus

または1785年10月21日にヤコービ宛の手紙の中で「この件に関しては僕の意見が君とは違うのは分かるね。スピノザ主義と無神論とは僕にとっては別物だ[180]」と述べている。　さらに1786年5月5日のヤコービ宛の手紙の中で「ちなみに君はいい人間だ。君とは意見が違っても、友達でいられる。この本自体を読んではっきり分かったのは、我々の意見がどれほど違うかということだ。僕は無神論者（略）としての神の礼拝を固く、より固く守っていく[181]」と述べている。ここでゲーテは、自分をあえて無神論者と呼びつつ、真の宗教者の立場であると主張しているといえよう。

以上のように、ゲーテはスピノザ哲学を無神論として捉えることには明確に反対しているといってよい。

『エチカ』を匿名で翻訳、編集したヨハン・ロレンツ・シュミットの追放からもわかるように、当時スピノザの研究に取り組むことは、身が危険になる可能性があった。なぜならスピノザを支持するということは、すなわち無神論者であるとされ、異端者として見られたからである[182]。ゲーテ自身は、自分の恐れを1785年9月11日のヤコービへの手紙の中で次のように述べている。

君が私にあなたのスピノザを送ってくれた。歴史的な形がこの作品

---

ist, worauf alles übrige ruht, woraus alles übrige fliest. Er beweist nicht das Daseyn Gottes, das Daseyn ist Gott. Und wenn ihn andre deshalb Atheum schelten, so mögte ich ihn theissimum ia christianissimum nennen und preisen.“ (FA 2, S. 582-583. 筆者訳)

180　„Du weißt daß ich über die Sache selbst nicht deiner Meinung bin. Daß mir Spinozismus und Atheismus zweyerlei ist.“ (FA 2, S. 603. 筆者訳)

181　„Übrigens bist du ein guter Mensch, daß man dein Freund seyn kann ohne deiner Meynung zu seyn, denn wie wir von einander abstehn hab ich erst recht wieder aus dem Büchlein selbst gesehn. Ich halte mich fest und fester an die Gottesverehrung des Atheisten.“ (FA 2, S. 629. 筆者訳)

182　FA 2, S. 1106参照。

をよく見せるね。しかし君が私の詩を名前付きで巻頭に掲げた結果、怒れるプロメテウスの詩に関しても人は私を作者として名指すでしょう。それが良かったかどうかを君にそれを命じた精神と共に決定するがいい。ヘルダーは、これがきっかけとなって私はレッシングと共に火刑の薪の山に座らされるということをおかしがっている。[183]

ここでゲーテは、ヤコービが『スピノザの教説について』の中で、ゲーテの知らないうちに無記名の「プロメートイス」とゲーテの名前を付した「神性」を掲載したことについて述べている。このようなヤコービの出版によって「プロメートイス」がゲーテによって書かれたものであることが明らかになってしまったのである。

ギリシャ神話からとった対立行動を描写する詩は、時代のコンテキストを背景にすると、神学批判的意義をもった。[184]そのゆえに、ゲーテは自分が異端者として見られることを恐れた。しかし結果として、当時の若い世代がスピノザの哲学を、深く研究するようになったことによって、それまで無神論として異端視され、認められなかったスピノザの哲学が花開くことになった。すなわちスピノザの哲学が、無神論ではなく汎神論的だとされ、一つの哲学として認められるようになった。ゆえに、ゲーテは異端者とみられずにすんだのである。

---

183 „Du sendest mir deinen Spinoza. Die historische Form kleidet das Werckgen gut. Ob du aber wohl gethan hast mein Gedicht mit meinem Nahmen vorauf zu setzen, damit man ia bey dem noch ärgerlichern Prometheus mit Fingern auf mich deute, das mache mit dem Geiste aus der dich es geheisen hat. Herder findet lustig daß ich bey dieser Gelegenheit mit Lessing auf Einen Scheiterhaufen zu sitzen komme.“ (FA 2, S. 596-597. 筆者訳)

184 FA 2, S. 1105 参照。

第４節　スピノザについての第４の研究時期（1811-13 年）

ゲーテがスピノザの研究にさらに取り組んだのは、1811 年から 1813 年の時期であった。1811 年 11 月 12 日、13 日、14 日にゲーテは「スピノザ」の名を日記に書き、そして 12 日に「ヤコービの神の事柄」と記した[185]。この日記の記述は彼の読書を示すものであるといってよい。ヤコービの依頼で彼の新作「神の事柄とその啓示について」が、1811 年 11 月 7 日にゲルハルト・フライシャー・ライプチヒ出版社からゲーテに送られた[186]。次の日の朝（11 月 12 日）にゲーテはこの本を読み始め、次の二日間に『エチカ』を手に取った[187]。彼はヤコービのはっきりした自然と神の分離を拒否した。そしてこのことが、二人の関係が最後まで修復されない原因となった[188]。

さらに 1813 年 8 月 27 日の日記に「スピノザ」、8 月 29 日の日記に「スピノザ。エチカ。第一部神について」[189]と書いてある。このさらなる読書は『詩と真実』の執筆のためであった[190]。そして 1813 年 9 月 15 日の日記に「ベイル　スピノザ項」[191]と書いてあるが、このさらなる『歴史批評辞典』の読書も『詩と真実』の第 16 章の執筆のためであった[192]。この章の中でスピノザ哲学との取り組みについて述べている。1813 年 10 月 7 日の日記の最後に「スピノザ」と書かれてあるが[193]、その時まで 8 月 27 日・28 日からの読書を続けていたのかもしれない[194]。

185　GT 4,1, S. 291. 筆者訳。
186　Ruppert (1958: 395) (Nr. 2671)
187　FA 25, S. 867 参照。
188　FA 25, S. 867 参照。
189　GT 5,1, S. 87-8.
190　GT 5,2, S. 584 参照。
191　GT 5,1, S. 91.
192　GT 5,2, S. 592 参照。
193　GT 5,1, S. 95 参照。
194　GT 5,2, S. 597 参照。

『詩と真実』の第1部（第1章－第5章）は1811年に出版された。第2部（第6章－第10章）は1812年に、第3部（第11章－第15章）は1814年に出版された。1813年にすでに第16章と第18章の冒頭の執筆が終わり、第19章も部分的にできた。しかし、この偉大な作業の続きはしばらく差し置かれた。1831年の秋に度重なる再執筆をした第4部（第16章－第20章）は一応、編集が終了した。しかしゲーテは逝去する前に、この『詩と真実』の執筆を終えることができなかった。ゆえに、テキストは下書きのままであった。遺産管理者であるヨハン・ペーター・エッカーマンとフリードリヒ・ウィルヘルム・リーマー（Friedrich Wilhelm Riemer, 1774-1845）、そしてフリードリヒ・フォン・ミュラー大臣（Friedrich von Müller, 1779-1849）の協力によって原稿が直され、1833年に出版された[195]。第1章から第20章まではゲーテが生まれてから1775年までの期間が描写され、第14章と第16章はスピノザとの経験について記載されている。

ここで、『詩と真実』にだけ見られる「スピノザ論」をまとめる。『詩と真実』はゲーテの自伝の一部である。なぜ一部であるかというと、ゲーテは1749年から1832年まで生きて82歳になった。しかしこの自伝は、ゲーテの幼年期と青年期、1749年から1777年までの人生のみを描写している。ゲーテは亡くなる一年前の1831年、第4部を完成させた。一生涯を描写する予定であったが、1814年に第3部を出版した後に、他の作品『西東詩集』と『ファウスト2』に力を入れたので、『詩と真実』の中で一生涯を描くことができなかったのである。

ゲーテのスピノザに対する考えの多くは『詩と真実』の第3部第14章と第15章と第4部第16章にある。第3部の第15章ではゲーテの「プロメートイス」と汎神論論争とも呼ばれるスピノザ論争について描いている。本節では主に第3部第14章と第4部第16章からの引用文を紹介する。

本節の引用文の①から④までは『詩と真実』の第3部第14章からである。第14章ではゲーテが主に同時代の人々を紹介し、その中でフリードリヒ・ハインリヒ・ヤコービとの友情についても述べている。ゲーテはヤコービ

195　FA 14, S. 1005 参照。

によってスピノザの哲学を詳しく知ることができた。第14章の中にゲーテはスピノザの哲学から受けた影響とその印象も述べている。

①第３部第14章から（ここではスピノザの影響について述べている。）

これほど決定的に私に働きかけ、私の考え方の全体にあれほど大きな影響をあたえたこの人物は、スピノザであった。つまり私は自分の特異な本性を陶冶する手段をあらゆるところに探し求めて得られなかったその果てに、とうとうこの人の『エチカ』にめぐりあったのである。[196]

②第３部第14章から（ここではゲーテが『エチカ』から引用し、その感想について述べている。ゲーテは特にスピノザの完全な無私の精神に惹きつけられたようである。）

この書物から私がなにを読み取ったか、この書物のなかにどのような意味をもちこんで読んだか、それについて説明することは私にはできない。要するに私は、本書に私の情熱が静められるのを感じたのである。私には感性的世界にも道徳的世界にも、大きな自由な眺望が開かれてゆくように思われた。しかし私をとくに彼にひきつけたものは、あらゆる文章から輝き出てくる完全な無私の精神だった。「神を真に愛する者は、神も自分を愛してくれることを望んではならない」というあの驚くべき言葉は、その言葉の基礎である前提のいっさい、およびその言葉から生まれる帰結のいっさいとともに、私の思索のすべてを満たした。なにごとにおいても無私であること、なにより愛と友情においてもっとも無私であることは、私の最高の願望であり主義であり実践だったのであるから、「私があなたを愛したからといって、あなたにはなんの関係もないわ」という、あの後年の大胆な言葉は、まぎれもなく私の心から語られたものだった。[197]

196　『ゲーテ全集10』、178頁－179頁。
197　『ゲーテ全集10』、179頁。

③第 3 部第 14 章から（ここでゲーテは自分とスピノザを比較し、スピノザの熱狂的な弟子になった理由について述べている。）

ところで、ここでも見過ごされてはならないのは、もっとも緊密な結合は元来正反対のものから生まれるということである。いっさいを調和させるスピノザの平静は、いっさいをつき動かす私の志向と対照的だった。彼の数学的方法は、私の詩的な考え方、表現方法の正反対だった。そして道徳的な問題にふさわしくないとされる、あの規則的な取扱い方法こそが、私を彼の熱狂的な弟子とし、徹底的な崇拝者としたのである。精神と心情、悟性と感性とが、必然的な親和力でお互いを求めあっていた。そしてそのような親和力によって、正反対の性質をもつ事物の結合が可能になったのである。[198]

④第 3 部第 14 章から（ここではゲーテがヤコービとの出会いについて述べている。ヤコービがゲーテの先輩として、彼を導き啓発しようとしていた。ゲーテにとってはこのような純粋な精神の親和が新しい経験だったようである。）

しかし私の心のなかでは、いっさいが最初の作用、反作用のうちに発酵し煮えたぎっていた。フリッツ・ヤコービは、私が混沌とした心の状態を打ち明けた最初の人だった。私と同じく、彼の本性はもっとも奥ふかいところで作用していたから、私の告白を心から受け入れてくれて、自分も胸のうちを明らかにして私に応え、私を彼の志向のなかに導き入れようとした。彼もまた、言葉には言い表しようのない精神的欲求を感じて、この欲求を他人の助けを借りて癒そうとはせず、自分自身でこれをはぐくみ、明らかにしようとしていた。彼が自分の心境について私にうちあけた事柄を、私は理解できなかった。私が自分自身の心境をはかりかねていたのだから、それはなおさらのことであった。しかし哲学上の思索においても、またスピノザの考察においてさえもはるかに私をしのいでいた彼は、暗中模策していた私を導き啓発しようと努めた。これ

198　同書、179 頁。

ほどに純粋な精神の親和は私には新しい経験だったので、もっと胸襟を開いて語り合いたいという激しい願望が生じてきた。いちど別れて寝室へ退いたのち、夜おそくなって私はもういちど彼を訪れた。月光が広いラインの河面にゆらめいていた。そして私たちは窓辺にたたずみながら、これから開けゆこうとする青年期に、こんこんといかにも豊かに湧き出る思索の広がりを、われを忘れて互いにうちあけあったのである。[199]

引用文⑤から⑬は『詩と真実』の第４部第16章からである。この章ではスピノザに関しての記述が多い。スピノザの作品を読む度に、ゲーテは安らかな透明な気持ちにひたったのである。そしてゲーテは自身をスピノザと比較している。

⑤第４部第16章から（ここでは、ベイルの『歴史批判辞典』に記された「スピノザ」の項について述べている。この項は対立的スピノザについて述べられており、ゲーテは、不快と不信の念を呼び起こしたようである。彼は以前スピノザの哲学書を読んだ際、「心のなごむようなそよ風が、そこから流されてきたようだ」と述べている。この箇所はすでに本章の第１節で述べたので、ここは述べない。）

⑥第４部第16章から（ここでゲーテはスピノザのような人々が「永遠なもの、必然的なもの、法則的なものを確信している」ことについて述べている。）

仕事、嗜好、趣味、道楽、あらゆるものをわれわれは試みてみる。そしてあげくは、「いっさいが空である」という嘆声をもらすのである。

この誤った、それどころか、神をないがしろにする箴言を耳にしても驚く者は一人もいない。むしろなにか賢明な否定しえないことを語ったような気になっている。ただ少数の人だけが、このような耐えがたい感懐を予感して、すべてを一つ一つ諦めることを避けるために、一挙にひ

199　同書、179頁－180頁。

とまとめにして断念するのである。

こういうひとびとは永遠なもの、必然的なもの、法則的なものを確信している。そして不壊の観念を、すなわち、無常なものを目にしても廃棄されることなく、むしろ確証されるような観念を築きあげようとつとめる。しかしこのような考え方にはたしかに超人間的なところがあるので、これらの人たちはえてして非人間、神と世界をないがしろにする人と考えられがちである。いや、それどころか、すべてが悪魔の角と爪の仕業のようにいいふらされる恐れさえないではないのである。

スピノザに対する私の信頼の念は、スピノザが私のうちに呼び起こした心の安らぐような印象にもとづいている。私の尊敬する神秘思想家たちが、スピノザ主義のゆえをもって弾劾されたときも、私の信頼の念は増すばかりであった。ライプニッツさえこの非難をまぬかれることができなかったと聞いたときも、またブールハーヴェが、同じ思想を抱いているという嫌疑を受けて、神学から医学に移らざるをえなかったことを知ったときも、そのことに変わりはなかった。[200]

⑦第4部第16章から（ここでゲーテは、「スピノザの思想」を完全に理解することができない、と述べている。）

しかし私が､彼（＝スピノザ）の著書に自分の名を記したいほどに思っているとか、文字どおりにそれを信奉しているなどとは考えないでいただきたい。というのは､誰も他人を理解できるものではないということ、同じ言葉を聞いても誰も他人と同じことを考えるものではないということ、ひとつの会話、ひとつの読書でも、人がちがえばそれぞれにちがう考えを呼び起こすものであることなどを、私はすでにあまりにも明白に理解していたからである。『ヴェルター』と『ファウスト』の著者であり、このような誤解を骨身にしみて知っている私が、デカルトの弟子であり、数学とユダヤ神学の教義によって思想の頂点に達し、今日にいたるまであらゆる思弁的努力の目標とされているかにみえる人を、完全に

200 『ゲーテ全集 10』、219 頁－ 220 頁。

理解することができるなどという自惚れさえ抱いてはいなかったということを、読者はおそらく信じてくれるであろう。[201]

⑧第4部第16章から（ここでゲーテは自分が書こうとしていた『ユダヤ人物語』に言及している。この物語の中でスピノザについて書こうとしていたが、断片（1774年）のみが残されているだけだ。[202]）

ところで、私がスピノザからなにをえたかは、あの永遠のユダヤ人がスピノザを訪れるくだりが（私はこれを『永遠のユダヤ人』の重要な一要素として考え出したのである）、書き記されて残っているならば、きわめて明白にこれを示してくれるであろう。しかし私はこの着想がひどく気に入って、静かに想をめぐらしては楽しんでいたので、ついになにかを書きとめるまでにはいたらなかった。しかしこれによって、挿話ふうな戯れとしては面白味がないではなかったこの思いつきは、しだいに規模が大きくなり、その味わいがなくなってしまったので、私もついめんどうになって諦めてしまった。しかし私がスピノザに親しんでえた主要なものは、忘れがたいものとしてあとあとまで残り、その後の私の人生に重大な影響をおよぼしたのであるから、それをここにできるかぎり簡潔に明らかにし、述べておきたいと思う。[203]

⑨第4部第16章から（ここではゲーテが、「自然は永遠の、必然的な、神自身でさえなんら変更することのできない神的な法則に従って働いている」ことと、「自然の働きと動物が人間に驚異の念をもたらす」ことについて述べている。）

自然は永遠の、必然的な、神自身でさえなんら変更することのできない神的な法則に従って働いている。これについてはすべての人間が、意識することなく、完全に一致している。悟性を、理性を、いや、時には

201　『ゲーテ全集10』、220頁。

202　FA 14, S. 1248参照。

203　『ゲーテ全集10』、220頁－221頁。

恣意のみ暗示しているかにみえる自然現象が、いかにわれわれに驚異の念を、いや、畏怖の念をもたらすかを考えてみるがよい。

動物のうちになにか理性に似たものが現われると、われわれは驚異の念から容易に立ち直ることができない。なぜなら、動物はわれわれのごく身近に立っているけれども、彼らは無限の深淵によってわれわれから分かたれ、必然性の領域に追いやられているかに見えるからである。それゆえにわれわれは、動物たちのかぎりもなく精妙ではあるが、厳密に局限された技術を、あくまで機械的なものであると説明するあの思想家たちを悪く思うわけにはいかない。[204]

⑩第 4 部第 16 章から（ここでゲーテは、「植物の例を通してわれわれ自身の優越性の観念」について述べている。）

植物に目を向けるとき、われわれの主張はいっそうみごとに証明される。人の手にふれられたねむり草が、繊毛の生えた葉を一対ずつたたみ合わせ、ついには関節でも折り曲げるように、その葉柄を垂れるのを目にするとき、われわれをとらえる感情に説明を加えてみるがよい。さらに、蝶形花が、目に見えるような外的な誘因もないのに、その葉を上げたり下げたりして、自らたわむれるようにも、われわれの観念をあざわらうようにも見える様子を観察するとき、この感情（私はこれに名前をあたえようとは思わない）はいちだんと高められる。その巨大な葉の傘を自分の力で交互に高く掲げたり沈めたりする能力をあたえられているかに見えるバナナ樹のことを思い浮かべてみるがよい。これを初めて目にする人は、驚きのあまりあとずさりするであろう。われわれ自身の優越性の観念は、われわれのうちに深く根をおろしているので、外界がこのような優越性をもつことを、われわれはけっして認めようとしない。それどころか、できさえすれば、外界の優越性に、それがわれわれのものと似たものである場合でさえ、難癖をつけたがるのである。[205]

204 『ゲーテ全集 10』、221 頁。

205 同書、221 頁。

⑪第４部第16章（ここでゲーテは「人間道徳律にそむいた非常識な行動」について述べている。）

　ところが、人間が一般に認められている道徳律にそむいた非常識な行動をし、自分の利益にも他人の利益にもならない訳のわからない振舞に出るのを目にするときも、同じような驚きにわれわれは襲われる。そのときに感ずる恐怖の念をまぬかれるために、われわれはそれをただちに非難と嫌悪に変え、現実に、あるいは観念のなかで、そのような人間から逃れようとつとめる。[206]

⑫第４部第16章から（ここでゲーテは「彼のうちにある詩的天分をまったく自然として考えるようになった」ということと「詩的天分の発信についての経験」について述べている。）

　スピノザがあのように力をこめて説いたこの対立を、しかし私は、まことに奇妙なことであるが、私自身のあり方にたいして適用してみた。そしてもともと私は、これから述べることをわかりやすくするのに役だてるためにのみ、上のようなことを述べたのであった。

　私は私のうちにある詩的天分を、しだいにまったく自然として考えるようになっていた。私は外的な自然を私の詩的天分の対象として眺めるように生まれついていただけに、なおさらそうであったのである。このような詩的天分の発言は、もちろんなんらかの誘因によって呼び起こされ規定されることもあったが、もっとも喜ばしくもっとも豊かにそれが現われるのは、無意識のうちに、むしろ意思に反して現われてくる場合であった。

　野ゆけど、森ゆけど
　わが歌は、ひねもす
　わくがごと、唇にいず

206　『ゲーテ全集10』、222頁。

夜、目を覚ますときにも同じようなことが起こった。しばしば私は、先人の一人[207]の例にならって革の胴着を作らせ、思いかけず胸に浮かんできたものを、暗闇のなかでも手さぐりで書きとめる習慣をつけたいと思った。歌がおのずと口をついて出てきて、あとになってそれを書きとめておこうとしても、うまくいかないことがよくあった。そのため私は、立ち机にかけよって、ゆがんでいる紙を直す暇も惜しんで、身じろぎもせずに、その詩を始めから終わりまで、はすかいに書きおろすというようなことがなんどかあった。同じ意味あいから私は、ペンよりはなめらかに字の書ける鉛筆を好んで用いた。というのは、ペンがきしんだりひっかかったりして、私を夢遊病者的な詩興から呼び覚まし、私の気を散らして、まさに生まれ出ようとしている小さな生き物の息をとめたことが、二、三度あったからである。私はこれらの詩にたいして、いわば、自分の孵化した雛鳥たちが可愛い鳴き声をたてて自分のまわりを歩いているのを見ている雌鶏のような気持を感じていたので、ある種の特別な畏敬の念を抱いていた。まえまえから私は、自分の詩を朗読によってだけ人に伝えたいという気持ちをもっていたが、この気持ちがまた新たに私のうちに起こってきた。詩を金にかえるのは、私には嫌悪すべきことに思われた。[208]

①〜⑫のテーマをまとめると次のようになる。1. スピノザの決定的な影響／2. 無私の精神／3. スピノザとの比較、表現方法の違い（スピノザの数学的方法、ゲーテの詩的な考え方）、スピノザに対する熱狂的徹底的崇拝／4. ヤコービとの出会い／5. ベイルの『歴史批判辞典』の「スピノザ」項／6. スピノザのような人々の永遠なもの、必然的なもの、法則的なものについての確信／7. スピノザの思想を完全に理解することの不可能性／8.『ユダヤ人物語』についての言及／9.「自然は永遠の、必然的な、神自身でさえなんら変更することのできない神的な法則に従って働いてい

207　フランチェスコ・ペトラルカ（Francesco Petrarca, 1304-1374）

208　『ゲーテ全集 10』、222 頁－ 223 頁。

る」ことと「自然の働きと動物」／10.「植物の例を通してわれわれ自身の優越性の観念」／11.「人間道徳律にそむいた非常識な行動」／12. ゲーテのうちにある詩的天分と「詩的天分の発信についての経験」

『詩と真実』の中で述べているゲーテのスピノザ受容には主に以上のようなテーマが見られる。第２章では主に②、③、⑫のテーマについてゲーテがどのようにスピノザを読んだのか、検討していきたい。

章のまとめ

本章では、ゲーテが生涯の４回の時期にわたって、スピノザを研究したことを詳しく紹介した。そこで、主に第１期に新しい解釈を見出した。1770年にファブリチウスの『古典書誌学』のスピノザ主義についての段落を読んだ時には、まだベイルのスピノザ項を読んでいなかった可能性が高い。従って、最も推測できる順番は次のようである。①「かつて[209]（1770年？ 1773年？）」『遺稿集』。② 1773年、コレールスの『スピノザの生涯』。③ 1773年、ベイルの『歴史批評辞典』のスピノザ項。④ 1773年、「また改めて」[210]『遺稿集』。

以上をまとめると、次のように言える。ゲーテのスピノザ理解における従来の研究では、ゲーテは1770年頃はスピノザに反対の立場をとり、のちに、その考えを改めるようになったと考えられてきた。しかし、『エフェメリデス』の記述を丁寧に読むと、ゲーテは1770年頃にすでにスピノザに親近感をいだいており、ゲーテが反対したのはいわゆる「スピノザ主義」であったことがわかる。つまり、スピノザその人の哲学と、世の中で語られているスピノザについての解説とを、ゲーテは区別していたということである。

つづく年月に、ゲーテはスピノザの主著『エチカ』（*Ethica ordine geometrico demonstrata,* 1677）と他の作品を研究した。この研究によってゲー

209　『ゲーテ全集 10』、218頁。
210　同書、218頁。

テのスピノザ受容が大きく変わる。ゲーテのスピノザの理解は、年月とともに、また経験と研究とともに深められ、最晩年の豊かな認識へといたったのである。スピノザの著作の中に、ゲーテは自分自身を見出し、自然、そして世界と神の理解について確信したのである。スピノザはゲーテに大きな影響を与えたといってよい。

この研究はゲーテの個々の作品(「プロメートイス」、「スピノザ研究」、『詩と真実』など）と書簡、執筆活動（「自然詩文」)、そして彼の生き方と「生命哲学」にまで影響を与えた。

次に当時のドイツ語圏でのスピノザ受容について論じた。ゲーテは異端者として見られることを恐れていたが、当時の若い世代が、スピノザ哲学を深く研究したことによって、それまで無神論として異端視され、社会的に認められていなかったスピノザ哲学が、無神論ではなく汎神論的だとされ、一つの哲学として認められるようになったのである。

『詩と真実』の中で述べているゲーテのスピノザ受容にはいくつかのテーマが見られる。第2章では主に「無私の精神」、「永遠の、必然的な、神自身でさえなんら変更することのできない神的な法則」、「詩的な天分」などのテーマについてゲーテがどのようにスピノザを読んだのか、検討していきたい。

第２章　スピノザ『エチカ』がゲーテの「生命哲学」に及ぼした影響

本章では、スピノザ『エチカ』のゲーテへの影響を明らかにし、ゲーテの倫理的基盤となるスピノザ『エチカ』の「完全な無私の精神」について論じる。次にスピノザ『エチカ』の形而上学に基づくゲーテの生命哲学を分析し、「無限なもの」と「永遠の、必然的な、神的な法則」などを明らかにする。

次にゲーテの生き方と執筆から読み取れるスピノザ思想の影響を、ゲーテ自身の直接および間接的表現で明らかにする。第３節ではゲーテが見る詩歌と宗教について論じ、彼の作品に統合された宗教と宗教についての哲学的考察を示す。

第１節　スピノザと『エチカ』のゲーテへの影響

ゲーテは『詩と真実』の第14章の中でスピノザの安らかで、平和的な印象について述べている。この印象によってゲーテはスピノザを信頼していた。スピノザの作品を読む度にゲーテは安らかな透明な気持にひたったのである。ゲーテはスピノザの読書によって、内面を見ることで、今までにない明瞭な感覚をもって世界を理解することができた。ゲーテは自分を「彼の熱狂的な弟子とし、徹底的な崇拝者としたのである[211]」。つづくパラグラフでゲーテは自分とスピノザを比較している。

> ところで、ここでも見過ごされてはならないのは、もっとも緊密な結合は元来正反対のものから生まれるということである。いっさいを調和させるスピノザの平静は、いっさいをつき動かす私の志向と対照的だった。彼の数学的方法は、私の詩的な考え方、表現方法の正反対だった。そして道徳的な問題にふさわしくないとされる、あの規則的

211　『ゲーテ全集10』、179頁。

な取扱い方法こそが、私を彼の熱狂的な弟子とし、徹底的な崇拝者としたのである。[212]

1784年12月27日のシュタイン夫人宛の手紙の中でゲーテは『エチカ』への接し方を次のように述べている。「昨日、意に反して勉強し、最後に我々の聖なるものを読んで、君のことを考えた。」[213]ここで「聖なるもの」とは『エチカ』を指しているが、ゲーテにとって『エチカ』が『聖書』のような貴重なものとして扱われたことが読み取れる。

また、1785年10月21日のヤコービ宛の手紙の中で、ゲーテはスピノザ『エチカ』について「スピノザを読むとその著作自体からスピノザのことが理解できるものだ。そして彼の自然観を僕は彼と共有しなくても、僕の自然観に一番近い本を一つ挙げよと言われれば、知っているなかでは『エチカ』を挙げざるを得ない」[214]と述べている。そして、「つまり私は自分の特異な本性を陶冶する手段をあらゆるところに探し求めて得られなかったその果てに、とうとうこの人の『エチカ』にめぐり合ったのである。」[215]と述べている。ゲーテは自分の自然観、さらに生命観をスピノザの思想の中で再確認することができたのである。

1. 無神論者あるいは最も有神論的でキリスト教徒的

『詩と真実』第16章の中でゲーテは『歴史批評辞典』のスピノザの項についての印象を次のように述べている。

212　同書、179頁。

213　„Gestern Abend war ich nur wider Willen fleisig und las noch zuletzt in unserm Heiligen und dachte an dich." (FA 29, S. 568. 筆者訳)

214　„Daß ich den Spinoza wenn ich ihn lese mir nur aus sich selbst erklären kann, und daß ich, ohne seine Vorstellungsart von Natur selbst zu haben, doch wenn die Rede wäre ein Buch anzugeben, das unter allen die ich kenne, am meisten mit der meinigen übereinkommt, die Ethik nennen müsste." (FA 29, S. 603. 筆者訳)

215　『ゲーテ全集10』、178頁－179頁。

「スピノザ」の項は私のうちに不快と不信の念を呼び起こした。まず最初にこの人が無神論者であると記され、この人の意見がきわめて忌まわしいものであると述べられていた。ところがそれについで、この人が静かに思索し、自分の研究に専念する人、善良な市民、話ずきな人、温厚な私人であったことを認めている。しかしこれでは、『さらばその果によりて彼らを知るべし』という福音書の言葉がすっかり忘れられているとしか思えなかった。――なぜなら、有害な教義から、人にも神にも好感をあたえる生活が生ずるはずはないからである。[216]

『歴史批評辞典』の中だけではなく、法学者と哲学者であるクリスチャン・ヴォルフもヤコービもスピノザを無神論者と呼んだ。ヤコービは『スピノザの教説について』の中でスピノザ主義を無神論とみなした。[217]ゲーテの書簡から読み取れるように、彼は深めたスピノザの読書によってヤコービと同じ見識をもたなかった。

すでに第１章でもあげたように、1785年６月９日にゲーテはヤコービ宛の手紙の中で「すべてのスピノザ主義の根源である最高の真実をあなたが認めている。すべてがこの最高の真実に基づいていて、そこからすべてが流れてくる。彼は神の存在を証明するのではなく、存在は神なのだ。そして他の人が彼をこれで無神論者と非難するならば、私は彼を最も有神論的でキリスト教徒的と呼んで、賞賛する」[218]と述べている。ゲーテはスピノザ主義を無神論として捉えることにはっきり反対し、彼によると神はすべての存在するものの中にある。

216　『ゲーテ全集 10』、218 頁。

217　G-Hb 1, S.82 参照。

218　„Du erkennst die höchste Realität an, welche der Grund des ganzen Spinozismus ist, worauf alles übrige ruht, woraus alles übrige fliest. Er beweist nicht das Daseyn Gottes, das Daseyn ist Gott. Und wenn ihn andre deshalb Atheum schelten, so mögte ich ihn theissimum ia christianissimum nennen und preisen.“ (FA 29, S. 582-583. 筆者訳)

2. ゲーテの倫理的基盤となるスピノザ『エチカ』の「完全な無私の精神」（「生命哲学」の第3定義）

ボラッハはゲーテの断片『永遠のユダヤ人』（*Der ewige Jude,* 1774/1775）を解釈しながら、若きゲーテのスピノザ受容について「スピノザは、若いゲーテにとって『人間愛』の宗教である人間主義化されたキリスト教の代表者であった」[219]と述べている。ゲーテは特にスピノザの倫理的概念と、この概念の実践に興味があったと思われる。ゲーテ自身は1814年に出版された『詩と真実』第14章の中で、スピノザの作品から受けた安らかで、平和的な印象について述べている。この印象によってゲーテはまずスピノザを人間として信頼した。スピノザの作品を読む度にゲーテは安らかで透明な気持にひたったのである。ゲーテがスピノザの読書によって、内面を見ることで、今までにない明瞭な感覚をもって世界を理解することができた。ゲーテは自分をスピノザの「熱狂的な弟子とし、徹底的な崇拝者としたのである」[220]と述べている。特にスピノザ『エチカ』に出てくる「完全な無私の精神」の概念に感銘を受け、『エチカ』第5部第19定理[221]を引用し、次のように述べている。

> 「神を真に愛する者は、神も自分を愛してくれることを望んではならない」というあの驚くべき言葉は、その言葉の基礎である前提のいっさい、およびその言葉から生まれる帰結のいっさいとともに、私の思索のすべてを満たした。なにごとにおいても無私であること、なにより愛と友情においてもっとも無私であることは、私の最高の願望であり主義であり実践だったのであるから、「私があなたを愛したからといって、あなたにはなんの関係もないわ」という、あの後年の大胆な言葉は、まぎれもなく私の心から語られたものだった。[222]

219　Bollacher (1969: S.76) 筆者訳。

220　『ゲーテ全集 10』、179 頁。

221　スピノザ（2006）『エチカ（下）』、116 頁。

222　同書、179 頁。

ヘルマン・ティムは『神と自由』(*Gott und die Freiheit,* 1974) という本の中で「無私の愛」について「『エチカ』の体系の位置によってゲーテは神の愛を自己中心性からの解放として捉えた。この解放が本来の存在の無私への意識的な還帰を開始する」[223]と述べている。言い換えれば「無私の愛」と「完全な無私の精神」はゲーテを自己への執着から離れた本来の存在へ戻ることを可能にした。これによって彼は自己中心主義を克服することが可能になった。

この「完全な無私の精神」がゲーテの「最高の願望であり主義であり」[224]そして生きた実践である。筆者はこの「完全な無私の精神」、すなわち「無私の愛」の実践はゲーテ自身の「生命哲学」として見る。ここでの「生命哲学」は「生命哲学」の第３定義、すなわち「人間の生活に生かす哲学（実践する哲学)」に関わる。「完全な無私の精神」という概念はゲーテにとって倫理的な意味もあり、彼の行動と生き方に影響を与え、彼の宗教観にも影響を与えたといえる。実践にいたるため、生命論的宗教観と呼ぶことができる。

すべてのものごとにおける「完全な無私の精神」は、ゲーテを愛と友情において寛容な人間にし、無限の創造力をもつ詩人にしたと思われる。この思想によって彼は自身の殻を破ることができ、自己中心的な小我の有限性を乗り越え、全生命と関連し、自身の大我を実現することができて、全生命の脈動と結合することができた（「自然詩文」の詩人として必要)。

ゲーテは『エチカ』の同じ箇所を 1786 年 2 月 20 日のヘルダー宛の手紙の中でも引用している。

> そして僕の方は家で夕べの祈りの時にスピノザの書物を開いて数ページを読んで、神を真に愛する者は、神も自分を愛してくれることを望んではならないという命題から、大いに教化されるところがあっ

223　Timm (1974 : S. 314) 筆者訳。
224　『ゲーテ全集 10』、179 頁。

た。このすべてのことから私はあなたたちに「使徒ヨハネの遺言」を読むように繰り返し推薦したい。この著作の内容はモーゼや預言者や福音書記者と使徒たちを含んでいる。
子供たち、愛し合いなさい。
私にも同じように。[225]

ここでゲーテはレッシングの作品『使徒ヨハネの遺言。ある対話』(*Das Testament JohanniS. Ein Gespräch,* 1777) の中で解釈される「子供たち、愛し合いなさい」という言葉を引用し、レッシングがキリスト教的な愛の実践を強調することに賛成している。[226]

3. スピノザの形而上学に基づくゲーテの生命哲学と宗教の概念 (「生命哲学」の第１・２定義)

3.1 「無限なもの」・「永遠」とゲーテの神理解

ゲーテによるとスピノザは神の存在を証明するのではなく、スピノザにとっては存在が神なのである（1785 年 6 月 9 日、ヤコービ宛）[227]。ゲーテは「スピノザ研究」でもこの思想について論じている。

存在 (das Dasein) と完全性 (die Vollkommenheit) の概念は一つであり、まったく同じものである。この概念を可能なかぎり探究していくときに、我々は無限なもの (das Unendliche) を考えると言う。

---

225 „Und daß ich gleich den Spinoza aufgeschlagen und von der Proposition: qui Deum amat, conari non potest, ut Deus ipsum contra amet, einige Blätter mit der grösten Erbauung zum Abendsegen studirt habe. Aus allem diesem folget daß ich euch das Testament Johannis aber und abermal empfehle, dessen Innhalt Mosen und die Propheten, Evangelisten und Apostel begreift. Kindlein liebt euch.und so auch mich.“ (FA 29, S. 625. 筆者訳)

226 FA 29, S. 1127 参照。

227 FA 29, S. 582-583 参照。

しかし無限なもの、あるいは完全な存在 (vollständige Existenz) を我々は考えることはできない。(略)

無限なものが部分をもつということはできない。あらゆる有限な存在は無限なもののうちにあるが、しかし無限なもののいかなる部分でもなく、むしろ無限なものに関与するのである。(略)

要するに、実在しているすべてのものは、自身の存在を自己の中にもち、そうしてまたそれにしたがって存在するところの調和をもっている。[228]

ゲーテはこのノートの中で「存在」と「無限なもの」とその中に実在している「もの」との関係を自身の思考で示している。彼は「もの」の間の関係も叙述している。「スピノザ研究」は 1784-85 年の集中的な『エチカ』研究時期の後にできたノートであるため、『エチカ』と似ているところがあり、この「スピノザ研究」の中でスピノザの形而上学について論じているともいえよう。「存在」と「完全性」と「無限なもの」などの概念によって、ゲーテがこの同じスピノザが使った概念で同じ理解を得ているかどうかについては、さらなる研究を必要とする。本書では、これについてさらに言及することはできないが、スピノザ『エチカ』とゲーテの「スピノザ研究」の詳しい比較が必要とされる。これが「生命哲学」の第１・２定義に関する問題である。

「無限なもの」と関係しているが、『エチカ』の第５部第 23 定理では「人

228　Der Begriff vom Dasein und der Vollkommenheit ist ein und Eben derselbe, wenn wir diesen Begriff so weit verfolgen als es uns möglich ist so sagen wir daß wir uns das Unendliche denken./Das Unendliche aber oder die vollständige Existenz kann von uns nicht gedacht werden. (. . .) /Man kann nicht sagen daß das Unendliche Teile habe. Alle beschränkte Existenzen sind im Unendlichen sind aber keine Teile des Unendlichen sie nehmen vielmehr Teil an der Unendlichkeit. (. . .) /Jedes existierende Ding hat also sein Dasein in sich, und so auch die Übereinstimmung, nach der es existiert. (FA 25, S. 14. 筆者訳)

間精神」について「人間精神は、身体が亡びると同時に、完全に破壊されるものではありえない、むしろ、精神の何ものかはそのまま存続する。それは永遠である[229]」と述べている。

さらに、第5部第23定理の備考の中でスピノザは次のように述べている。

> 私たちは、身体の存在する前に私たちが存在していたのを思いおこすことはできない。なぜなら、それについて、身体内には何の痕跡も残ってないし、また永遠性は、時間によって規定されえないばかりか、絶対に時間とは無関係だからだ。しかし、それにもかかわらず、私たちは、私たちが永遠なものであることを感じ、そして経験する[230]。

この『エチカ』の二箇所は人間精神の永遠性を説くとともに、精神はすでに体に入り込んで生まれる前に存在していたように解釈することができる。ただ、このような霊魂先在を私たちは覚えられない。精神は永遠であると説くスピノザ哲学はゲーテの生命観でもある。この『エチカ』の二箇所には輪廻の概念も入っているという風に解釈することもでき、それは本書の第3・4部で論じるように、ゲーテ自身の輪廻概念とつながることができる。

ゲーテは彼の最晩年である1831年2月28日にエッカーマンと宗教について対話したが、宗教への理解や立場をエッカーマンは次のようにまとめている。

> キリストは、唯一の神を考え、その神に、自分自身の心の裡で完全なりと感じたすべての性質を付与したのである。神はキリスト自身の美しい心そのものであり、キリスト自身のように善意と愛にみちあふれていた。それで善良な人たちが信頼の念を込めて彼に献身し、その教えを天国につうじる最も甘美な架橋としてうけ入れたのもきわめて

229 『世界の大思想9』「スピノザ」1966、249頁。

230 同書、250頁。

> 自然なことであった。
>
> しかしながら今、私たちが神とよんでいる偉大な存在は、たんに人間のなかだけではなく、豊かで力強い自然や、大きな世界的事件のなかにもあらわれるので、人間の性質に適応させて人間の手でつくられた概念では間に合わないのもまた当然である。それで、注意深い人ならすぐに不完全さと矛盾に突きあたってしまい、その場かぎりの口実で自分をごまかしている小人物か、あるいはより高い見識の立場に達するほどの大人物でないならば、懐疑に、いやそれどころ絶望に、陥ってしまうであろう。
>
> ゲーテはこのような高い立場を、早くからスピノザの裡に見出していた。そしてこのすぐれた思想家の見識が自分の青年期の要求にきわめて適しているのを知って喜んだ。彼はスピノザのなかに自分自身を見出し、そうしてまた、スピノザによってこの上なくみごとに自己を確立することができたのである。[231]

エッカーマンは、ゲーテの神への理解の汎神論的アプローチについて叙述し、ゲーテは、これがスピノザの哲学と一致することを見出した、と述べている。この理解は青年時代から深められ、年月とともに、また経験とスピノザの研究とともに、最晩年の豊かなものへといたった。この理解はゲーテの生命哲学の概念あるいは宗教観と詩作、自然詩文を含めた執筆活動など、すべての活動の中に表われている。

3.2 「永遠の、必然的な、神的な法則」(「生命哲学」の第１・２定義)

前節で述べた対話 (1831 年 2 月 28 日) の中で、ゲーテは彼自身が、あるがままの神を知っているなどとは決して考えていなかったと述べている。エッカーマンによるとゲーテが書き、話したすべての言葉は、神が「究めがたいものであり、人間はそれについてただ、その現れてくる痕跡と予感

231　エッカーマン（2001）『ゲーテとの対話（中）』、318 頁－ 319 頁。

をおぼろげに感じているにすぎない」[232]ものであると述べている。『詩と真実』第16章の中で、ゲーテはスピノザのような人々について「こういうひとびとは、永遠なもの、必然的なもの、法則的なものを確信している。そして不壊の観念を、すなわち、無常なものを目にしても廃棄されることなく、むしろ確証されるような観念を築きあげようとつとめる。」[233]と述べている。つまり、ゲーテ自身は「永遠なもの、必然なもの、法則的なもの」の存在を意識し、スピノザの哲学の中にこれを読み取ったといってよい。

同じ第16章の中では、ゲーテは自然の働きについて「自然は永遠の、必然的な、神自身でさえなんら変更することのできない神的な (göttlich) 法則に従って働いている。これについてはすべての人間が、意識することなく、完全に一致している」[234]と述べている。この箇所からゲーテは、すべての人間が意識しているかどうかにかかわらず、自然の中の神的な法則に完全に一致している、と思っていたことが分かる。第1章で述べたように、ゲーテが『詩と真実』第16章を書いたのは1813年であるが、彼はこの執筆のためにスピノザ『エチカ』「第一部神について」[235]などをさらに読んでいた。ゲーテが『詩と真実』第16章で描写する神的法則と、スピノザが『エチカ』の中で描写するものとを比較すると若干異なるところがある。

スピノザは「そして生起する一切のことは神の無限なる本性の諸法則によってのみ生起しかつ神 (Gott) の本質の必然性から生ずる」[236]と述べている。さらに「神 (Gott) は単に自己の本性の諸法則のみによって働き、何ものにも強制されて働くことがない」[237]（『エチカ』第1部第17定理）と述べている。スピノザは「神 (Gott) の諸法則」、すなわち「神の無限なる本性の諸法則」や「自己（神）の本性の諸法則」という言葉を使っているが、ゲー

232　同書、216頁。

233　『ゲーテ全集10』、220頁。

234　『ゲーテ全集10』、221頁。

235　GT 5,1, S. 87-8 参照。

236　スピノザ（2006）『エチカ（下）』、59頁。

237　同書、60頁。

テは「自然は永遠の、必然的な、神 (Gott) 自身でさえなんら変更することのできない神的な (göttlich) 法則」という言葉を使っている。ゲーテは「自然」の働きを強調し、スピノザは「神」の働きを強調している。『詩と真実』はゲーテの自伝として見られるため、ゲーテの最終的「自然」、「神」、「法則」についての考察として捉えることができる。ゆえに、彼は自然の中に神的な法則があると信じていた。

1813 年の冒頭、1 月 20 日にゲーテの親友、ヴィーランドが亡くなったことを受けて、1 月 25 日にファルクと「霊魂の不滅や霊魂の本質」について対話している[238]。ヴィーランドの死をきっかけにゲーテは 1813 年に『エチカ』を再読し、生命の永遠性について、すなわち「自然の永遠の、必然的な、神自身でさえなんら変更することのできない神的な (göttlich) 法則」、さらに霊魂不滅と輪廻について深めて考察した可能性がある。ただし、ゲーテはすでに 1776 年に最初の「霊魂の不滅」と「輪廻」について発言したことがある。その時にはすでにスピノザの哲学を知っていたが、ゲーテの「輪廻」についての考察がスピノザ哲学と関係しているかどうかについては本書の第 3 部と第 4 部で明らかにしたい。

第２節　ゲーテのスピノザに対する直接及び間接的表現（「生命哲学」の第３定義）

資料についてまとめよう。ゲーテのスピノザに対する考えの多くは『詩と真実』の記述、特に第 14 章と第 16 章の中にある。ここでゲーテは率直に自分のスピノザ受容に関しての感情と認識を述べている。数多くの書簡の中で、ゲーテは当時の知人とスピノザの思想について議論していた。この箇所はゲーテのスピノザ受容を深く理解するために重要である。

ゲーテのスピノザ受容を描写しているもう一つの大事な資料は「スピノザ研究」である。この随筆はスピノザ『エチカ』と関連しているが、そこではスピノザあるいは『エチカ』という名前は直接に取り上げられなかっ

238　FA 34, S.683ff 参照。

た。そしてエッカーマンの『ゲーテとの対話』(*Gespräche mit Goethe,* 1836)の中、1831年2月28日に記した箇所でエッカーマンがゲーテの最晩年の宗教における立場、そしてゲーテのスピノザ受容について述べている。以上は、スピノザあるいはスピノザ哲学に対して直接言及している資料といえる。

さらにゲーテの詩と作品の中に、ゲーテのスピノザ受容が、直接及び間接的言語表現で示されているといえる。ゲーテの作品に出てくる主人公である「プロメートイス」のプロメートイスと『ファウスト1/2』(*Faust* I/II, 1808/1832)のファウストと、『若きヴェルターの悩み』(*Die Leiden des jungen Werthers,* 1774)のヴェルターは、「ひそかに燃える自然の神聖な生命」[239]について述べている。ディルタイは、一つ、そしてあらゆるところで平等である、自然の内面の神的力がある、と述べている[240]。このすべてと関連している生命感情がゲーテの作品の中でより多く表現されている。『若きヴェルターの悩み』の中では若きヴェルターの感情が自然現象と一体として描写され、自然との一体性を伝えている。この万物との一体感は他の詩にも表されている。例えば、「マホメットの歌」、「ガニュメーデース(Ganymed)」、「神性」などに示されているということができる。

ゲーテは作品において自分の経験を、直接及び間接的に表現している。これはゲーテが定義する「自然詩文」に相当し、随筆「さらに一言、若い詩人たちのために」[241]によると、詩人は「自然詩文」の中で、自分の経験を生かすべきだからである。ゲーテの「自然詩文」は、自然と宇宙と全生命が直接に人間と関連した、汎神論的詩ともいうべき、ゲーテの執筆方法を示している。

---

239 『ゲーテ全集6』、44頁。

240 Dilthey (1970: S. 126) 参照。

241 『ゲーテ全集13』、89頁－91頁。

第３節　詩歌と宗教――作品に統合された宗教概念と宗教についての考察（「生命哲学」の第３定義）

ゲーテの宗教的考察と信仰が、彼の人生と作品の基盤となっており、彼の世界観や言葉を決定していた。シムは「ゲーテは宗教、そして宗教についての考察を彼独特のやり方で自らの作品や言葉に統合した。その際彼は常に反論の自由を自らにゆるしたが、それは自分自身の立場に向けられることさえあった」[242]と述べている。本章の第１節で紹介したようにゲーテのスピノザ思想についての考察も、彼の作品に統合されたと思われる。シムはさらに「どこに隠れていようとも神的なものを顕示することは彼のねらいだった。しかし彼は同時に自分が本当に信じているものを隠そうとし、あるいは詩的形姿において把握しようと努めた」[243]と述べている。ゲーテはすでに若いころから詩と宗教の関連性に気づき、次のように述べている。

> 古代のひとびとや学派において私にもっとも気に入ったのは、詩と宗教と哲学が完全に一つにとけあっているということであった。そして私にはヨブ記、ソロモンの雅歌や箴言、およびオルフェウスやヘシオドスの歌は、私のあの最初の意見にたいして適切な証明をあたえてくれるように思えたので、私はいっそう熱心に私の意見を主張した。[244]

ゲーテは詩の中で宗教と哲学についての考察を表現した。「詩と宗教と哲学が完全に一つにとけあっている」ことは古代の人々や学派の特徴であった。詩という芸術的な文学表現の中で、人間の最も高い思想または信仰でもある宗教と哲学が顕されている。ゲーテはこのような古代の人々と学派から感銘を受けた。それはまた彼の執筆活動にも大きな影響を与えたといえる。

242　Simm (2000: S. 11) 筆者訳。
243　Simm (2000: S. 9) 筆者訳。
244　『ゲーテ全集９』、196 頁。

アレッサンドロ・マンゾーニ（Alessandro Manzoni, 1785-1873）の讃歌に関連してゲーテは詩歌と宗教の関連性について「時代の様々な出来事のために人々が分裂するとすれば、宗教と詩歌は全世界を厳粛で深遠な奥底の部分で結合する[245]」と述べている。

この世に人々を分裂する力が数多くあるという事実を意識しながら、ゲーテは宗教と詩歌の中に人々を結合する力があることを見出している。さらにゲーテは1815年4月27日のフリードリヒ・ヴィルヘルム・フォン・トレブラ（Friedrich Wilhelm Heinrich von Trebra, 1740-1819）宛の手紙の中で「詩歌が個別なものへの関心を越えて、全体的展望へと我々をいざなうとき、それは常に調和的なはたらきをもつ[246]」と述べている。

全世界を結合する調和的力は、あらゆるものを結びつける善なる力であるが、それに反対する力もある。いつの時代でも分離する力が働く中、結合する力が必要であるだろう。ゲーテの名作『ファウスト』の中でも主人公ファウストは「世界をその最も奥深いところで総べているものをこれぞと認識することもできる[247]」と述べている。ゲーテによると全世界を厳粛で深遠な奥底の部分で結合するのは、宗教と詩歌である。その上に彼は自然が永遠の、必然的な、神的な法則に従って働いていることを確信した。

ゲーテは詩と宗教の共通点について「詩（文学）[248]においては不可能なものにたいするある種の信仰が、宗教においては不可説な（不可測な）[249]ものにたいする同様な信仰が生ずるはずである[250]」と述べている。

245　„Wenn sich über mannichfaltige Vorkommenheiten der Zeit die Menschen entzweien, so vereinigt Religion und Poesie auf ihrem ernsten tiefem Grunde diesämmtliche Welt.“ (FA 20, S. 423. 筆者訳)

246　„Poesie habe doch immer etwas Versöhnendes, wenn sie uns mehr zum Überschauen, als zu einer besondern Theilnahme auffordert.“ (FA 34, S. 430. 筆者訳)

247　ゲーテ（1958）『ファウスト 1』、34 頁。

248　「文学」を「詩」に入れ替えた。

249　「不可測な」を「不可説な」に入れ替えた。

250　『ゲーテ全集 9』、196 頁。

ゲーテによるとこの共通点はすなわち「不可能なもの」と「不可説なもの」に対する信仰にある。従って人々を分裂させようとする力に対して、宗教と詩における信仰の力は、人々や全生命や全世界を結合する鍵を持っているのではないか。

章のまとめ

本章では、スピノザ『エチカ』の読書が与えたゲーテ自身の生命哲学への影響について論じた。ゲーテは『エチカ』を『聖書』のように貴重なものとして扱った。そして当時の識者が、スピノザ主義を無神論とみなしたにもかかわらず、ゲーテはスピノザ主義を無神論として捉えることにはっきりと反対し、スピノザを「最も有神論的でキリスト教徒的」と呼んでいた。『エチカ』の「完全な無私の精神」はゲーテの倫理的基盤となり、彼の生き方に影響を与えた。この「完全な無私の精神」の実践は、ゲーテ自身の「生命哲学」（第３定義）として捉えることができる。「完全な無私の精神」は彼を無限の創造力をもつ詩人にしたといえる。また、ゲーテが述べている「永遠の、必然的な、神的な法則」も『エチカ』に基づいている。さらに、『エチカ』の「無限なもの」と「人間精神」の永遠性はゲーテの生命観でもあり、ゆくゆくはゲーテの輪廻概念とつながる可能性をもつものである（ただし、ゲーテの輪廻概念がスピノザ哲学と関係しているかどうかについては、本書の第３部・第４部で改めて検討することにしたい）。

スピノザ哲学の影響はゲーテの生き方と執筆活動の中で読み取ることができ（生命哲学の第３定義）、ゲーテのスピノザに対する直接および間接的な言及が見られる。

以上のスピノザ受容は、ゲーテのなかで汎神論的詩文ともいうべき形式と結びつく。もとよりゲーテによると、全世界を厳粛で深遠な奥低の部分で結合するのは宗教と詩である。詩と宗教の共通点は「不可能なもの」と「不可説なもの」に対する信仰にある。この思想もまた、ゲーテの生命哲学の第３定義に相当するものといえる。

部のむすび

第2部では、ゲーテに大きな影響を与えたと考えられるスピノザ哲学に基づくゲーテの生命哲学の形成について論じた。若きゲーテのスピノザ受容と、最晩年のゲーテのスピノザ受容は全く同じものではないことがわかる。ゲーテは、スピノザの哲学と自身の中にあった汎神論的な神への理解と、世界観と、生命論的宗教観の大部分の一致を再確認でき、彼の哲学概念、あるいは宗教概念を、作品を含めた諸活動の中に表わしていた。最晩年のゲーテのスピノザ受容は、若きゲーテのスピノザ受容より、数回にわたるスピノザ思想の研究と読書と経験によって、極めて進化し深いものになり、豊かな認識へと至ったといえる。

以上のように、ゲーテの生命哲学と宗教概念も、スピノザ哲学に基づくものだということが明らかになった。ゲーテは特にスピノザ『エチカ』に感銘を受けた。『エチカ』の「完全な無私の精神」はゲーテの倫理的基盤となり、彼の「最高の願望であり主義」であり、そして生きた実践となり、彼自身の実践した「生命哲学」となったといえる。それは「生命哲学」の第3定義に相当する。

そして『エチカ』の「形而上学」はゲーテの宗教観の基盤となり、「無限なもの」、「永遠の、必然的な、神的な法則」などの概念は、ゲーテの経験（ヴィーランドの死）とスピノザ研究などを通して、より深く理解され、ゲーテ自身のものになったのであろう。『エチカ』の第5部第23定理とその備考は、精神の永遠性を説くとともに、精神は、すでに体に入り込んで生まれる前から存在していたと、解釈することができる。精神は永遠であると説くスピノザ哲学は、ゲーテの生命観でもあり、ゲーテ自身の輪廻概念とつながることができる。

ゲーテが『エチカ』の「形而上学」から得た理解と自分なりの解釈は、彼の「生命哲学」の第2定義に相当する。

親友ヴィーランドが亡くなったことを受けて、ゲーテはファルクと

1813年1月25日に、「霊魂の不滅や霊魂の本質」について対話している。[251] ヴィーランドの死をきっかけにゲーテは1813年に『エチカ』を再読し、生命の永遠性について、すなわち「自然の永遠の、必然的な、神自身でさえなんら変更することのできない神的な法則」、さらに霊魂不滅と輪廻について深めて考察した可能性がある。ただし、ゲーテはすでに1776年に最初の「霊魂の不滅」と「輪廻」について発言したことがある。その時点ではすでにスピノザ哲学を知っていたが、ゲーテの「輪廻概念」がスピノザ哲学と関係しているか、あるいは他の思想と関係しているか、については本書の第3部と第4部で明らかにしたい。

スピノザは「神の諸法則」、すなわち「神の無限なる本性の諸法則」や「自己（神）の本性の諸法則」という言葉を使っているが、ゲーテは「自然は、永遠の、必然的な、神自身でさえなんら変更することのできない神的な法則」であるという表現をしている。ゲーテは「自然」の働きを強調し、スピノザは「神」の働きを強調している。『詩と真実』はゲーテの自伝として見られることから、ゲーテの最終的な「自然」や「神」や「法則」の考察の表明として捉えることができる。ゆえに、彼は自然の中に神的な法則があると信じていた。このように、ゲーテの生命論的宗教観は、主にスピノザに基づくと考えられるが、ゲーテが理解する神の諸法則は、スピノザが述べた法則と異なっている。

ゲーテによると、全世界を厳粛で深遠な奥底の部分で結合するのは宗教と詩歌である。その上に彼は、自然が永遠の、必然的な、神的な法則に従って働いていることを確信した。

同じく「スピノザ研究」の中のゲーテの「無限なもの」についての考察は、彼の霊魂の不滅の概念だけではなく、彼の輪廻の概念とも関係するということから、スピノザの形而上学の範囲を超えていると考えられる。ゲーテの「輪廻概念」についての考えが、スピノザ哲学と関係しているものか、あるいは他の思想から影響されたものかについては、本書の第3部と第4部で考察する。

251　FA 34, S. 683ff 参照。

ここでのもう一つの結論をいえば、ゲーテのスピノザ哲学に基づいた宗教概念は、実践（「生命哲学」の第3定義）までに至ったということである。すなわちゲーテはスピノザ、あるいは宗教についての考察を、著作などで直接及び間接的表現で表したのである。ゲーテは、人々を結合する宗教と詩歌における信仰の力が、偉大な可能性を秘めていると確信していた。このようなゲーテの信仰は、彼の生命哲学となり、彼の行動と人間性に影響を与えた（生命哲学の第2・3定義）。

『エチカ』の研究を通して理解し実践した「完全な無私の精神」という概念は、ゲーテの活動と作品、「自然詩文」の中に反映された。この「完全な無私の精神」、すなわち「無私の愛」の実践は、彼自身の「生命哲学」だといってよい。これによって、ゲーテは自己中心主義を克服することが可能になった。そして全生命の脈動と結合することが可能になった。『詩と真実』の第16章のスピノザについてのパラグラフの中でゲーテは次のように述べている。

> 私は私のうちにある詩的天分を、しだいにまったく自然として考えるようになっていた。私は外的な自然を私の詩的天分の対象として眺めるように生まれついていただけに、なおさらそうであったのである。このような詩的天分の発言は、もちろんなんらかの誘因によって呼び起こされ規定されることもあったが、もっとも喜ばしくもっとも豊かにそれが現われるのは、無意識のうちに、むしろ意思に反して現われてくる場合であった。[252]

ゲーテは彼の「うちにある（内的な）詩的天分」と「外的な自然」を一体として捉えている。この詩的天分は意思に反している状態で現れて、内面から流れてくるものの源のようなものである。この無私の精神、そして大我とすべての生き物との一体感が、彼の詩人としての才能を無限に成長させたといってよい。常に自身を観察しながら、自身の経験から学びなが

252 『ゲーテ全集10』、222頁。

ら前進する。—この意味において、ゲーテの詩人としての成長と、人間としての精神的な成長が一つとなって、彼の「自然詩文」に結晶しているといえる。なぜならば、詩人は常に自身の経験について書くべきだからである。それはゲーテが、たとえばヴィーラントの死を通して自分の姿で見せているといってよい。

第3部
ゲーテの「輪廻」概念と「霊魂」概念
(西洋思想における)

第2部で論じたようにゲーテはスピノザの哲学に大きな影響を受けた。しかし、ゲーテの霊魂の不滅についての考察は、スピノザの形而上学における「無限なもの」の範囲を超えていると考えられる。スピノザ自身は『エチカ』の中で輪廻について述べていないが、ゲーテの場合、無限なものと霊魂不滅についての考察は、輪廻の考察にまでいたる。

ゲーテの輪廻についての考えがどのような哲学思想から影響を受けたかについて、第3部と第4部で論じていく。本第3部では、ゲーテの「輪廻」概念と「霊魂」概念に影響を与えた他の思想があるかどうかを検討し、彼が「輪廻」、「霊魂」、「霊魂不滅」などについて発言した箇所を時系列で解釈し、論じる。

現在は、ゲーテの「輪廻」概念についての研究はまだ少ない状況である。ヘルムート・オブスト(Helmut Obst)の『輪廻』(*Reinkarnation – Weltgeschichte einer Idee,* 2009)[253]という著作の中で、輪廻の世界史が紹介されているが、ヨーロッパの哲学史の部の中で、ゲーテの輪廻についての考察が簡単に述べられている。簡単ではあるが、この内容をまとめる。ヘルダー、シュロッサー、ヴィーラントに触れてから、オブストはゲーテが1772年9月10日に恐らく初めて輪廻について発言したと述べている。それはケストネルとシャルロッテ・ブッフとの対話の中であった。ゲーテはシャルロッテ・ブッフとシュタイン夫人との失恋を輪廻で説明しようとしていた。オブストによると、ゲーテが初めて輪廻について発言してから晩年までこのテーマに取り組んでいた。それに対して、フリードリヒ・シラー(Friedrich Schiller, 1759-1805)と比較すると、シラーはこのテーマに取り組んだのは一時的であった。1815年8月11日のスルピッツ・ボワスレー(Sulpiz

253　Obst, Helmut: *Reinkarnation - Weltgeschichte einer Idee,* 2009.

Boisserée, 1783-1854）との会話の中で、ゲーテはさらに輪廻について話し、自身がすでにハドリアヌス（Hadrian, 76-138）の時代に生きていたということを述べている。そしてオブストは簡潔にファウスト第2部に出てくるホムンクルスについて述べて、ホムンクルスは、鉱物質の、植物の、動物の、人間の、そして精神的な世界をも経ているという。オブストはさらにゲーテとヨハンネス・ダニエル・ファルクとの輪廻についての対話に言及し、この対話はゲーテの来世についての考え方を一番詳しく示しているという。この対話の中で、人間の霊魂は人間としてだけではなく、世界として、星として生まれ変わることができる、ということについての考察もある。

また、グロリア・コロンボ（Gloria Colombo）は「ゲーテと輪廻」（*Goethe und die Seelenwanderung,* 2013）という随筆の中で、ゲーテのいくつかの作品を輪廻の視点から解釈している。彼女はまずゲーテの『詩と真実』[254]の第8章の中の引用文に基づいて、ゲーテの輪廻観に影響を与えた作品を紹介している。それはプロティノス（Plōtinos, 205-270）の『エンネアデス』（*Enneades*）、ポルピュリオス（Porphyrios, 234-305）の『妖精の洞窟』（*De antro Nympharum*）、プルタルコス（Ploutarchos, 45-125）の『モラリア』（*Moralia*）という新プラトン主義の作品、またジョルダーノ・ブルーノ（Giordano Bruno, 1548-1600）などの伝統的でヘルメス主義[255]の作品、そして『ルリアのカバラ』（lurianische Kabbala）とヒンドゥー教の伝統に基づいたインドの『バガヴァッド・ギーター』（*Bhagavad-Gītā*）である[256]。彼女はゲーテの作品の輪廻を基にした解釈について「詩人の輪廻論についてのすべての発言に関しての研究は、ゲーテの作品の解釈について今まで無視されてきた新しい貢献となるので、ゲーテのこのような発言は特別な傾聴に値する。」[257]と

254 『ゲーテ全集9』、311頁。

255 ヘルメス・トリスメギストス（Hermes Trismegistos）の『タ―ブラ・スマラクディナ』（エメラルド色の板）をさす。この著書は古代後期の密儀説の一つである。（『ゲーテ全集9』、419頁参照）

256 Colombo, Gloria (2013): *Goethe und die Seelenwanderung,* S. 39-41 参照。

257 Colombo (2013: S. 47) 筆者訳。

述べている。

ゲーテの作品と詩文のキリスト教的、またはスピノザ的・汎神論的解釈はすでに多くあるが、ゲーテの輪廻概念に基づく解釈はまだ少ない。このような解釈を可能にするためには、まずゲーテの「輪廻」概念そのものを明らかにする必要がある[258]。第3部でこの問題について論じる。第1章では、ゲーテの生涯における「輪廻」概念の成長を明らかにする。ドイツでは知識人の集まりで1780年から輪廻思想に対する論争が起きたが、ゲーテ自身はすでにこの論争が始まる前に輪廻について考察をし、論争が終わってからもこのテーマに関しての自身の考察を述べ続けている。

そして彼の輪廻概念と霊魂不滅についての考察を示しているゲーテとファルクとの対話を解釈する。クラウディア・ヒルゲルス（Claudia Hilgers）は『エンテレヒー・モナド・メタモルフォーゼ（変身）』（*Entelechie, Monade und Metamorphose,* 2002）という本の中で、ファルクとの対話が現在の研究状況において一般的に参考にされているが、これまでまだ広い文脈で解釈されていなかった。しかしここには、不死というテーマに関してのゲーテの重要な発言が含まれている、と述べられている[259]。

ゲーテの霊魂概念は彼の輪廻概念と霊魂不滅概念と緊密に関係していると考えられるゆえに、第2章ではゲーテの霊魂概念について論じる。オルフェウス教と他の哲学思想がゲーテの霊魂概念に影響を与えたと考えられるので、彼の詩「始原の言葉・オルフェウスの教え（Urworte. Orphisch)」をはじめとした、彼の霊魂概念を明らかにする。

258　Bollacher (1969) と Timm (1974) と Simm(2000) 参照。

259　Hilgers (2002: S. 211) 参照。

第1章　ゲーテの生涯における「輪廻」概念の進展

ゲーテは輪廻や霊魂の不滅を信じていたのだろうか、という議論がしばしばなされるが、この議論に関して本章では、ゲーテが「輪廻」、「霊魂不滅」について発言した箇所を時系列でまとめ、多少の注釈を付しつつ検討していきたい。そしてゲーテの生涯における「輪廻」概念の進展について論じる。

第1節では若きゲーテが研究した輪廻思想を確認し、第2節ではゲーテの輪廻についての最初の対話と詩などを紹介する。第3節では60代のゲーテの輪廻概念についてファルクとの対話を中心に論じる。ドイツの文学者であり作詞家でもあるヨハネス・ダニエル・ファルクとゲーテが最も親しく交流した時期は、1806-13年の間であった[260]。ゲーテが亡くなった直後にファルクの著作『親しい交際から語るゲーテ』(*Goethe aus näherm persönlichen Umgange dargestellt,* 1832) が出版された。ヴィルヘルム・フォン・フンボルト (Wilhelm von Humboldt, 1767-1835) とハインリヒ・ハイネ (Heinrich Heine, 1797-1856) はこの著作を賞賛したが、フリードリヒ・ヴィルヘルム・リーマー (Friedrich Wilhelm Riemer, 1774-1845) は批判した[261]。

第4節ではゲーテが用いた言葉と哲学用語、「精神 Geist」、「エンテレヒー　Entelechie」、「モナド Monade」、「エンテレヒー的モナド entelechische Monade」という概念を通して、彼の晩年・最晩年の輪廻概念を明らかにしたい。

第1節　若きゲーテの輪廻思想の研究（プラトンなど）

ゲーテはすでに若い時に輪廻の思想と出会い、探求するようになった。1768年7月に、ライプツィヒで学生だった頃、ゲーテは結核にかかり、回復のために8月28日にライプツィヒを出て、9月1日にフランクフル

260　G-Hb 4, 289 参照。

261　G-Hb 4, 290 参照。

トに戻った。同じ年の12月7日にゲーテは危篤に陥り、「ある晩、激しい吐血とともに目を覚ました。(省略)数日間生死の境をさまよった[262]」という。彼は、病による心的不安から、内省的、宗教的省察をするようになった[263]。そして自分に希望を与えてくれる永遠なものや、生死について真剣に考察していった。

そうした考察の結果、彼はいう。「私たちをもっとも魅了したのは、古代人が死を眠りの兄弟とみなし、両者を双生児にふさわしく取りちがい(え) かねないほど似た姿に形成したというあの思想の美しさであった[264]。」ここには「輪廻」といってよいものへの気づきがある。この時期に、ゲーテはあらゆる思想を研究していく中で、様々な輪廻の思想なども知るようになって、これに親しみを感じるようになっていった。彼は『詩と真実』の第8章の中でこの時期の研究活動について次のように述べる。

> 私は熱心に種々の意見を研究し、そしてどんな人間もけっきょく自分自身の宗教をもつものだ、ということを幾度も聞かされていたので、私もまた自分の宗教を築きうるということほど当然のことはないと思われた。そして私はごく気楽にこの試みをやってみた。新プラトン主義[265]を根底にすえ、これに古代密儀的なもの[266]、神秘的なもの、ユダヤ秘教的なもの[267]などを加味し、こうしてひどく異様に見えるひとつの世

262　『ゲーテ全集9』、293頁。

263　*Goethe Werke.* Bd. 5, 2007, S. 772 参照。

264　『ゲーテ全集9』、281頁。

265　プロティノスの『エンネアデス』、ポルピュリオスの『妖精の洞窟』、プルタルコスの『モラリア』という新プラトン主義の作品を指す。(Colombo (2013: S. 40) 参照)

266　ジョルダーノ・ブルーノ（Giordano Bruno, 1548-1600）などの伝統的でヘルメス主義の作品を指す。(Colombo (2013: S. 40) 参照）

267　『ルリアのカバラ』(lurianische Kabbala) を指す。(Colombo (2013: S. 41) 参照）

界を私は築きあげた。[268]

第3部の小序で紹介したコロンボの解釈はこの箇所に基づいている。同じ時期にゲーテはフリードリヒ・クリストフ・エティンゲルス（Friedrich Christoph Oetingers, 1702-1782）の著作も読み、ライプニッツのモナド論に注目している。[269]ゲーテは、自身の霊魂不滅[270]と輪廻概念[271]を説明するために「モナド」というライプニッツの哲学用語も用いている。さらにこのフランクフルト時代からゲーテは、「自分の宗教」を築き始める。[272]ゲーテは新プラトン主義、ユダヤ秘教的なもの、神秘主義などの「あらゆる宗教と哲学の歴史」を研究して、その頃に読んでいた作品を自分なりにまとめている。[273]

ゲーテの輪廻概念と霊魂概念を全体的に把握するために、ここでプラトンからの影響も確認したい。ゲーテは1770年に、プラトンにおける魂の先在（Präexistenz der Seele）[274]という問題を探求した、ということが知られている。ゲーテの『エフェメリーデス（1770年1月－3月）』の読書メモによれば、ゲーテはプラトンの『パイドン』（*Phädon,* 1769, Johann Bernhard Köhlerの翻訳）とメンデルスゾーンの『パイドン、あるいは魂の不死について（に関する三つの対話）』(*Phädon oder Über die Unsterblichkeit der Seele, in drey Gesprächen,* 1767)[275]を読んで、比較したことがわかる。この読書メモは、ゲーテの輪廻思想について初期の学習の証拠である。ゲーテは、プラトンの「イデア論」の「アナムネーシス（ἀνάμνησις: 想起）」、「魂の先在と死後

---

268 『ゲーテ全集9』、311頁。

269 Hilgers (2002: S. 205) 参照。

270 Hilgers (2002: S. 205) 参照。

271 Im Gespräch mit Falk über die Seelenwanderung (FA 34, S. 169 ff.)

272 『ゲーテ全集9』、313頁。

273 *Goethe Werke.* Bd. 5, 2007, S. 772.

274 現在のあり方以前のあり方のこと。

275 FA 28, S. 737 参照。

の存続 Prä- und Postexistenz der Seele」についての自身の考えを次のようにまとめている。

> これまでプラトンのソクラテス[276]は我々が考えていることのすべてが想起であることを表明していた。我々の誕生の前に存在していたに違いない「同じもの」に関する概念があればこそ、我々の魂は我々の誕生前から存在すると言わざるをえない。
>
> 目に見えぬ霊的なものは複合的な我々の魂でもなく分離されることもできず、したがって死後に存続し続けている。[277]

歴史から見るとプラトンは、ピタゴラス学派とオルフェウス教の文化的根源から不死の魂という概念を受けついでいる。不死の魂の概念と関連するのが､魂の先在（現在のあり方以前）と死後の存続（現在のあり方以後）についてである。魂はすでにこの世以前に存在し、死後にも存在し続けている。魂はイデアを前世から知っている。イデアは想起されるものであり、すべての認識と学習は想起、すなわちアナムネーシスである。実在する以前に魂はイデアを看取していたが、自身が体の中に入った時に忘れてしまった。つまり魂は前世にイデアを見て、体に入り込んだ時に忘れたのである。魂はヌース、神的なもの、理性的なものの領界から由来しており、煩悩によって化身している（inkarnieren）。そしてこの世での生の目標は魂が根本状態（Urzustand）へ戻ることである。[278] これが「アナムネーシス（想

276　プラトンの『パイドン』のこと。

277　„Biss hierher hat Platons Sokrates erwiesen es sey alles Erinnerungen was wir in unserm Leben dencken. Und weil wir einen Begriff vom Gleichen hätten, dasdoch vor unsrer Geburt müsse da gewesen seyn, so müsse unsre Seele auch vorunsrer Geburt da gewesen seyn.
Das Unsichtbaare Geistische ist nicht zusamengesetzt unsre Seele auch nicht kann also nicht getrennt werden und bleibt also nach dem Todte.“ (FA 28, S. 201. 筆者訳)

278 『カラー図解　哲学事典』、2010。*dtv-Atlas Philosophie* (2010: S. 33-34) 参照。

起)」の概念が意味するものなのである。

若きゲーテのプラトン研究以外の研究については、第2章でさらに詳しく論じるが、彼が数年後オルフェウス教とギリシャ神話を探求するようになり、そこで学んだ思想も彼の輪廻概念と霊魂概念とに関連していると考えられる[279]。

第2節　輪廻についての最初の対話と詩など

輪廻の思想を研究した後に、輪廻に関することが対話の中で始めて登場するのは、1772年9月10日である。彼がヨハン・クリスチアン・ケストネル（Johann Christian Kestner, 1741-1800）とシャルロッテ・ブッフ（Charlotte Buff, 1753-1828）と対話したことについて、ケストネルが次のように述べている。

> 夕方にゲーテ博士はドイツの家に来た。彼、ロッテそして私は、現在の生の後の状態、去ることと戻ってくることについて不思議な話をした。この話は彼からではなく、ロッテから始まった話だった。私たちが互いに口約したことは、私たちの中で最初に亡くなる人は、できれば生き残った二人にその状況について報告するということだ。ゲーテはとても落ち込んでしまったが、それは次の日の朝には出発せねばならないということがわかっていたからだ[280]。

279　Trevelyan (1981: S. 63ff.) 参照。

280　„Abends kam Dr. Goethe nach dem Deutschen Hause. Er, Lottchen und ich hatten ein merkwürdiges Gespräch von dem Zustande nach diesem Leben, vom Weggehen und Wiederkommen etc. welches nicht er, sondern Lottchen anfing. Wir machten miteinander aus, wer zuerst von uns stürbe, sollte, wenn er könnte, den Lebenden Nachricht von dem Zustande geben. Goethe wurde ganz niedergeschlagen; denn er wußte, daß er am andern Morgen weggehen wollte.“（*Goethes Gespräche*. 1889, S. 24-26. 筆者訳）

ゲーテはさらに他の人間関係を通して輪廻について考察するようになる。彼が1775年11月にシャルロッテ・フォン・シュタイン[281]と知り合い、親密な関係を結んでいる。1776年4月14日にゲーテはシュタイン夫人宛に手紙を書いたが、その中に「アナムネーシスの詩（*Anamnesis*-Gedicht）[282]」として知られる詩が入っていた。彼はこの詩を書写せず、保存もせずに、手紙とともにシュタイン夫人に送った[283]。詩の中でゲーテは、シュタイン夫人に対しての感情と彼女との深い縁について発言し、彼女のことを前世から知っている人物であることを想起して、次のように述べている。

教えてくれないか、運命は私たちに何をしようとするのだろう。
教えてくれないか、なぜ運命は私たちをこれほど清らかに結びつけたのか。
ああ、あなたは前世で、
私の妹か、私の妻だった。（省略）
しかし、このような幸福も、いつかの日の仄か（ほのか）な思い出のように
定かならぬ心の回りを漂うだけ、
永久に変わることのない真実が、私たちの内部にあるかぎり、
この新しい状態は心に苦痛となる。
私たちは、半分しか生きていないように、
私たちの周りの明るい昼の光も黄昏みたい。
私たちを苦しめる運命が、ただいつまでも、
私たちを変えないことが、せめて残された幸福かもしれない[284]。

281　ワイマール公国のフォン・シュタイン男爵の夫人。以下シュタイン夫人と呼ぶ。

282　FA 29, S. 730-31.

283　*Goethe: Gedichte.* 1974, S. 520 参照。

284　Sag was will das Schicksal uns bereiten?
Sag wie band es uns so rein genau?

ゲーテはこの詩の中で、前世から知っており、想起しているシュタイン夫人との出会いを表すと共に、前世と同じように、シュタイン夫人と夫婦や兄妹として過ごすことが、この世においてはできない悲しみをうたっている。

さらに、ヴィーラント宛の日付のない手紙の断片(1776年4月?)の中で、ゲーテはシュタイン夫人の影響について次のように述べている。

> 私にとってのあの女性の重要性—威力は、輪廻でしか説明することができない。—そうだ、私たちはかつて夫と妻だった!—私たちは今、私たちのことを知っている—はっきりと、霊の香りの中で。—私は私たちのための名前を持っていない—過去—未来—宇宙。[285]

この手紙の断片には日付がないが、成立年代に関しての唯一の手掛かりはアナムネーシスの詩である。詩の内容は手紙の断片の内容に似ており、

Ach du warst in abgelebten Zeiten
Meine Schwester oder meine Frau.(省略)
Und von allem dem schwebt ein Erinnern
Nur noch um das ungewisse Herz
Fühlt die alte Wahrheit ewig gleich im Innern,
Und der neue Zustand wird ihm Schmerz.
Und wir scheinen uns nur halb beseelet
Dämmernd ist um uns der hellste Tag.
Glücklich daß das Schicksal das uns quälet
Uns doch nicht verändern mag.(FA 1, S. 229-231. 筆者訳)

285　Goethe an Wieland (Fragment) April 1776 (?)
Ich kann mir die Bedeutsamkeit – die Macht, die diese Frau über mich hat, anders nicht erklären als durch die Seelenwanderung. – Ja, wir waren einst Mann und Weib! – Nun wissen wir von uns – unverhüllt, in Geisterduft. – Ich habe keine Namen für uns – die Vergangenheit – die Zukunft – das All. (FA 29, S. 33. 筆者訳)

人間関係を通して輪廻に触れているものである。ゲーテは、前世でシュタイン夫人と夫婦だったとの推測を感情的に表現している。

ゲーテはさらに1779年の10月にシュタイン夫人に詩を送る。この詩のタイトルは「水の上の霊らの歌」であり、内容は人間の魂を水の循環と比べて、魂の輪廻観が示されたものである。

この自由韻律（freie Rhythmen）の詩の背景は次のようなものである。ゲーテが同年スイス旅行の途次、10月9日から11日までにラウターブルンネン（Lauterbrunnen）のシュタウプバッハの滝（Staubbach）の付近に滞在していた。ゲーテは滝を見物した際の直接的印象が契機となって、「人間の魂は水に似ている」とするかつての思いを新たにしたのであろう。300メートルの岩壁からほとばしり出て、空中にしぶいて落下するこの滝の景観についてのゲーテの印象は、この詩の第2節に描写されており、次のようである。[286]

人間の魂は
水に似ている――
天より来
天に登り
また下っては
地に帰る
永遠に変転しながら
(省略)
人間の魂
それはまこと水に似ている！
人間の運命
それはまこと風に似ている！[287]

286　G-Hb 1, S. 195 参照。

287　『ゲーテ全集 1』、212頁－213頁。

以上に取り上げたゲーテの輪廻に関する発言は、彼の人間関係と関連している。「水の上の霊らの歌」は、直接に人間関係には触られていないが、シュタイン夫人に送られた詩であることから、二人の関係の中から生みだされたものであることは間違いない。

日付は不明であるが、もう一つ、輪廻と人間関係に関してのゲーテの発言がある。『箴言と省察』の中でゲーテは「他人の中に自分を再現することをみるときが、もっとも美しい輪廻（Metempsychose）である」[288]と述べている。

ゲーテは生涯、輪廻に対する自分の考察を、ほとんど身近な人としか話さなかった。50代のゲーテは1802年にラウフシュタットで新しく開館された劇場のために『われわれがもたらすもの』（*Was wir bringen,* 1802）という序曲を書いたが、その序曲の中で輪廻について次のように述べている。

メルクル　「あなたは輪廻のことを聞いたことがありませんか？」
母　　　　「ああ、遍歴しているのは私の魂であるか私の体であるか
　　　　　　わかりません。」
メルクル　「われわれはみんな、時々
　　　　　ある体から他の体へと
　　　　　同じように遍歴し、
　　　　　動きまわっている魂なのです。」[289]

---

288 „Die schönste Metempsychose ist die, wenn wir uns im andern wieder auftreten sehen.“ (Goethe, Johann Wolfgang: *Werke. Maximen und Reflexionen.* Bd. 7, 1953, S. 543. 筆者訳)

289 Merkur: Und haben Sie von Seelenwanderung nicht gehört?
Mutter: Ach, ich weiß nicht ob meine Seele oder mein Körper auf der Wanderschaft ist.
Merkur: Wir eben alle sind dergleichen wandernde,
Bewegliche Seelen, die, gelegentlich,
Aus einem Körper in den andern übergehn.
(*Was wir bringen.* Vorspiel, bey Eröffnung des neuen Schauspielhauses zu Lauchstädt.

この序曲のゲーテの「動きまわっている魂」という言葉は、ゲーテが1770年に研究したプラトンの『パイドン』(*Phaedo, Phädon*)[290]に出てくるの「プシュケー psyche」と「ソーマ soma」の概念を思い出させ、ゲーテの輪廻概念を表しているといえよう。なぜならプラトンは「プシュケー」(魂)が自ら動くもの、不滅の霊魂などと解釈しているからである[291]。

第３節　60代のゲーテの「輪廻」概念（ファルクとの対話・モナド・霊魂不滅）

次にあげるものは、ゲーテの友人の死を通しての、さらなる輪廻に関する対話である。ゲーテとヨハンネス・ダニエル・ファルクとの対話が1813年1月25日に、ヴィーラントの葬儀の日に行われた。ファルクは、ゲーテがヴィーラントの死の時に記したスピーチ「ヴィーラントへの義兄弟の記念に (Zu brüderlichem Andenken Wielands)」と、『詩と真実』の中のヴィーラントについての発言を知っていたに違いない[292]。本書で示すように、ゲーテとファルクとの対話で論じる輪廻概念と霊魂不滅についての考えは、他の場所におけるゲーテの発言にも似ているともいえ、またゲーテの考えは、この対話の中でよくまとまっていると考えられる。

ゲーテの同時代人であるフリードリヒ・ウィルヘルム・リーマーの著書『ゲーテについての報告』(*Mitteilungen über Goethe,* 1841) の中にファルクについての章がある。リーマーによると、ファルクがゲーテについての情報を第三者から聞いて伝えた可能性があるため、ファルクの情報の信用性は、低いそうである[293]。そのうえ、リーマーは、ゲーテ自身が書簡と全

Von Göthe. Tübingen, In der J. G. Cotta'schenn Buchhandlung. 1802, S. 64. 筆者訳）

290　FA 28, S. 737.

291　『哲学・思想翻訳語事典』2013、180頁参照。

292　FA 34, S. 682 参照。

293　Riemer (1921: S. 40) 参照。

集の中で、一度もファルクの名前を取り上げたことがないため、ゲーテとファルクの関係は、ファルクが言ったように親しくはなかったと推測した。[294] しかし、現在の研究においては、ゲーテが実際にファルクの訪問を1813年1月25日の日記に記しており[295]、リーマーの発言は間違っていると考えられている。ヒルゲルスは、ファルクとの対話は現在の研究状況において、一般に広く参考にされていると述べている。[296]

ゲーテはヴィーラントの死をきっかけに、ファルクと共に霊魂不滅について対話している。この対話の最初のところに、ゲーテは「自然における全現象の出発点 Anfangspunkte aller Erscheinungen in der Natur」である「根源構成要素 Urbestandteile」を「霊魂 Seele」さらに「モナド」と呼び、定義している。「モナド」はドイツの哲学者・数学者であるライプニッツの概念である。ライプニッツはその哲学において、肉体と魂の調和を求め、真に存在するものはモナドという実体であると論じている。肉体と物体は「延長」であり、「現象」にすぎない、対して魂は単一的な実体である。[297]

この対話はゲーテの生命哲学（第2定義）を示していると考えられるので、以下に詳しく確認して論じたい。

1.「霊魂」と「モナド」

1813年1月25日に行われたファルクとの対話の中で、ゲーテは、自身のモナドと霊魂についての考えを次のように述べており、またイデーという概念についても取り上げている。

> ところで私たちの霊魂の死後の個性的存続に関していえば、その状態は依然として私の道程にある。霊魂の死後の状態は、私の状態、それから自然のなかのすべての生物の状態について、私がおこなった長

294 Riemer (1921: S. 40) 参照。

295 GT 5,1, S. 13.

296 Hilgers (2002: S. 211) 参照。

297 エッカーマン（2001）『ゲーテとの対話（中）』、337頁－338頁参照。

年の観察とけっして矛盾しない。それどころかむしろその死後の状態は、あの観察の成果から新しい証明力をひきだして立ちあらわれてくる。（省略）私は全生物の最終的な根源構成要素の種種な階級や序列を仮定している。この根源構成要素は、いってしまえば自然における全現象の出発点であって、この要素からすべてのものの霊化がはじまるので、これを私は**霊魂**とよびたい。あるいはむしろ**モナド**[298]（モナーデ）ともよぶことができよう――私たちはこのライプニッツの用語を手放さないようにしよう。（省略）

その結果、蟻のモナド、蟻の霊魂と同様、世界のモナド、世界の霊魂が存在する。そして両者はその起源において、まったく同一のものとはいえないにしても、根源的本質において近親関係にある。

すべての恒星、すべての惑星は自分のうちにより高い意想、より高い使命を有し、それによって彼らの発展は、バラの木の発育が葉、梗、花冠とへていくのと同じ規則正しさで、同じ法則に従って実現されねばならない。この意想をあなたがイデーとよびたかろうと、あるいはモナドと名づけたかろうと、ご勝手である。私もそれにさからう気はない。この意想が目にみえないものであって、自然のなかでこれが目にみえる形に発展する以前にすでに存在するということだけで十分である。[299]

298　筆者はこの対話で使われる「モナーデ」という言葉を「モナド」に書き換えた。

299　ビーダーマン編（1963）『ゲーテ対話録 2』、207 頁－ 208 頁。

„Was nun die persönliche Fortdauer unserer Seele nach dem Tode betrifft, so ist es damit auf meinem Wege also beschaffen. Sie steht keineswegs mit den vieljährigen Beobachtungen, die ich über die Beschaffenheit unserer und aller Wesen in der Natur angestellt, im Widerspruch; im Gegenteil, sie geht sogar aus denselben mit neuer Beweiskraft hervor. (...) Vorläufig will ich nur dieses zuerst bemerken: ich nehme verschiedene Klassen und Rangordnungen der letzten Urbestandteile aller Wesen an, gleichsam der Anfangspunkte aller Erscheinungen in der Natur, die ich *Seelen* nennen möchte, weil von ihnen die

ここでゲーテは霊魂不滅について論じるために、「モナド」というライプニッツの哲学用語と「霊魂」という言葉、また「イデー」というプラトンの哲学用語を用いている。蟻から世界まで、すべてのものには霊魂、あるいはモナドかイデーがある。そして、すべてのものは目に見えず内在している「高い意想、より高い使命」をもちながら、同じ法則に従って目に見える形に発展していく。ここでいうところの「法則」は、ゲーテがすでにスピノザの論争にめぐって述べた「神的法則」を思い出させる。ゲーテは自然に法則があることを信じていたといえる。

2.「死の瞬間」と「モナドのもっている意想」

同じファルクとの対話の中で、ゲーテはモナドと霊魂という用語を用いて、死の瞬間について次のように述べている。

> だから同様に死を一つの分解とよんでもしごく適切なのであって、死の瞬間とは、支配的モナドがこれまで従属していたものたちを、その忠実な奉仕から放免してやる瞬間なのである。形成と同様に消滅もまた、この本質的には私たちに未知な主モナドの自主的行動なので

Beseelung des Ganzen ausgeht, oder noch lieber Monaden – lassen Sie uns immer diesen Leibnizischen Ausdruck beibehalten!

(...) Es folgt hieraus, daß es Weltmonaden, Weltseelen, wie Ameisenmonaden, Ameisenseelen gibt, und daß beide in ihrem Ursprunge, wo nicht völlig eins, doch im Urwesen verwandt sind.“

„Jede Sonne, jeder Planet trägt in sich eine höhere Intention, einen höhern Auftrag, vermöge dessen seine Entwickelungen ebenso regelmäßig und nach demselben Gesetze, wie die Entwickelungen eines Rosenstockes durch Blatt, Stiel und Krone, zustande kommen müssen. Mögen Sie dies eine Idee oder eine Monade nennen, wie Sie wollen, ich habe auch nichts dawider; genug, daß diese Intention unsichtbar und früher, als die sichtbare Entwickelung aus ihr in der Natur, vorhanden ist.“ (FA 34, S. 171-172)

ある。――すべてのモナドはしかしその本性上不滅であり、分解の瞬間においてすらその活動をやめたり、失ったりすることなく、さらにこの瞬間にふたたび活動をつづけてゆくのである。こうして彼らが古い関係から離れてゆくのは、代わりにふたたび新しい場所を得るためである。この交代のさいすべてがそれにかかっていることは、これやあれやのモナドのもっている意想がどれだけ強いか（wie mächtig die Intention）ということである。教養ある人間の霊魂のモナド、海狸や鳥やまたは魚のそれ、これはたいへんな相違である。そしてここに私たちはふたたび霊魂の階級秩序の問題にぶつかるのであって、私たちが自然の諸現象をいくらかでも説明しようとおもうなら、この秩序をどうしても認めざるをえないのだ。[300]

死の瞬間に支配的モナドが、これまで従属していたものたちを放免する。例えば、肉体と物体は放免されるが、霊魂というモナド的な実体は存在し続けている。モナド自体は不滅であるから、分解の瞬間、すなわち死の瞬間においても、その活動を続けている。古い関係から離れて、代わりにふ

300　ビーダーマン編（1963）『ゲーテ対話録２』、208 頁 -209 頁。
“Der Moment des Todes, der darum auch sehr gut eine Auflösung heißt, ist eben der, wo die regierende Hauptmonas all ihre bisherigen Untergebenen ihres treuen Dienstes entläßt. Wie das Entstehen, so betrachte ich auch das Vergehen als einen selbständigen Akt dieser, nach ihrem eigentlichen Wesen uns völlig unbekannten HauptmonaS. “
„Alle Monaden aber sind von Natur so unverwüstlich, daß sie ihre Tätigkeit im Moment der Auflösung selbst nicht einstellen oder verlieren, sondern noch in demselben Augenblicke wieder fortsetzen. So scheiden sie nur aus den alten Verhältnissen, um auf der Stelle wieder neue einzugehen. Bei diesem Wechsel kommt alles darauf an, wie mächtig die Intention sei, die in dieser oder jener Monas enthalten ist. Die Monas einer gebildeten Menschenseele und die eines Bibers, eines Vogels, oder eines Fisches, das macht einen gewaltigen Unterschied. Und da stehen wir wieder an den Rangordnungen der Seelen, die wir gezwungen sind anzunehmen, sobald wir uns die Erscheinungen der Natur nur einigermaßen erklären wollen.“ (FA 34, S. 172-173)

たたび新しい関係を結ぶ。それぞれのモナドがもっている意想の強さは、交代において非常に重要なのである。

3.「モナドが現世で死んだのちにたどる歴史」・「モナドの未来」・「輪廻」概念

モナドは死後にどこへ行くのかについてはゲーテが次のように述べている。

> ここで私たちのモナドが現世で死んだのちにたどる歴史が完全にわかる。各モナドは、おのれの属するところへゆくのである。水中へ、空中へ、地中へ、火中へ、そして星のなかへ。彼らをそこへ導く秘密の引力は、同時に彼らの未来をきめる秘密をもっている。[301]

ゲーテによると、死んだ後に、モナドがある方向や場所へ導く秘密の引力は、彼らの未来を決める秘密をもっている。ここで、ゲーテの輪廻概念がすでに示されている。モナドの未来の場所、未来の世が存在するとゲーテは確信している。

4.「千度もここにいたことがあるにちがいない」・「輪廻」概念

ゲーテ自身は輪廻の概念について、すなわち生まれ変わりについて論じている。人間として生まれ変わることだけではなく、「世界モナド Weltmonade」と星としても生まれ変わることができる、ということが彼の確信である。

301　ビーダーマン編（1963）『ゲーテ対話録 2』、209 頁。
„Da haben wir völlig die Geschichte von unsern Monaden nach ihrem irdischen Ableben. Jede Monade geht, wo sie hingehört, ins Wasser, in die Luft, in die Erde, ins Feuer, in die Sterne; ja der geheime Zug, der sie dahin führt, enthält zugleich das Geheimnis ihrer zukünftigen Bestimmung.“ (FA 34, S. 175-176)

ひとつこんどは推量をはじめてみよう。ヴィーランドをこの惑星のうえに出現させたモナドが死後の新しい状態のなかで、宇宙の最高の結合をはじめるのに、なにか妨害となるようなものがあるとはおもわれない。その勤勉、その熱心、それによってあんなに多くの世界史的状況を自分のなかにとりいれたその精神、これらによってこのモナドは、どんなことにも有資格である。もしいつか私が幾千年ののち、このヴィーラントが、一つの世界モナド、いちばん大きい星となっているのにであい、彼が近づいてくるものすべてをその愛らしい光でうるおし慰めているのをながめ、その証人となることがあるとしても、私はべつに不思議におもうことはなく、そのことを私の考えにまったくぴったりしていると認めるにちがいないであろう。彗星かなにかの霧のような姿を、光と明るさのなかにつかむこと、これは私たちのヴィーラントのモナドにとってよろこばしい任務といってよかろう。そもそももこの世界状況の永遠性を考えると、モナドたちにとっては、しあわせに共同創造するちからとして彼らのがわでも永遠に神々と喜びを分かち合うという、これ以外の天職は認められない。創造生成は彼らにまかされている。よびだされてもよびだされなくても、彼らは自分からあらゆる道を、あらゆる山から、すべての海から、すべての星からやってくる。だれが彼らをとめようとするだろうか。私は、あなたが私をここにみているように、千度もここにいたことがあるにちがいないし、またこれからあと千度もここに帰ってきたいと望んでいる。[302]

302　ビーダーマン編（1963）『ゲーテ対話録2』、210頁－211頁。

„Wollen wir uns einmal auf Vermutungen einlassen“, setzte Goethe hierauf seine Betrachtungen weiter fort, „So sehe ich wirklich nicht ab, was die Monade, welcher wir Wielands Erscheinung auf unsern Planeten verdanken, abhalten sollte, in ihrem neuen Zustande die höchsten Verbindungen dieses Weltalls einzugehen. Durch ihren Fleiß, durch ihren Eifer, durch ihren Geist, womit sie so viele weltgeschichtliche Zustände in sich aufnahm, ist sie zu allem berechtigt. Ich würde mich so wenig wundern, daß ich es sogar meinen Ansichten völlig gemäß finden müßte, wenn ich einst diesem Wieland als einer

ゲーテはヴィーラントの例を通して、人間がその勤勉、熱心、精神を通して将来、世界モナド、あるいは星として生まれ変わることができるとの考えを示している。ゲーテによれば、人間の霊魂は自身の努力によって成長して、さらに大きなモナドとして生まれ変わることができる。彼自身はファルクがゲーテをここにみているように、千度もここにいたことがあるにちがいない、またこれからあと千度もここに帰ってきたいと望む、と述べている。この輪廻概念に対し、ファルクは不理解を見せ、ゲーテに問い直している。

5.「知識と信仰」と「証明できないもの」

ゲーテにとって、証明できないものは存在していた。彼は知識と信仰について次のように述べている。

> 証明が絶対にできないものは証明しないでおこう。さもなければ遅かれ早かれ私たちは私たちのいわゆる知識作業において私たち自身の欠陥を後世にさらすことになろう。知識で足りるところでは、信仰はもちろん必要でない。しかし知識が力となりえないが、またはそれが

Weltmonade, als einem Stern erster Größe, nach Jahrtausenden wieder begegnete und sähe und Zeuge davon wäre, wie er mit seinem lieblichen Lichte alles, was ihm irgend nahe käme, erquickte und aufheiterte. Wahrlich, das nebelartige Wesen irgend eines Kometen in Licht und Klarheit zu verfassen, das wäre wohl für die Monas unsers Wielands eine erfreuliche Aufgabe zu nennen; wie denn überhaupt, sobald man die Ewigkeit dieses Weltzustandes denkt, sich für Monaden durchaus keine andere Bestimmung annehmen läßt, also daß sie ewig auch ihrerseits an den Freuden der Götter als selig mitschaffende Kräfte teilnehmen. Das Werden der Schöpfung ist ihnen anvertraut. Gerufen oder ungerufen, sie kommen von selbst auf allen Wegen, von allen Bergen, aus allen Meeren, von allen Sternen; wer mag sie aufhalten? Ich bin gewiß, wie Sie mich hier sehen, schon tausendmal dagewesen und hoffe wohl noch tausendmal wiederzukommen.“ (FA 34, S. 175-176)

> 不十分にみえるところでは、私たちは信仰の権利にたいしても反対すべきでない。知識と信仰とは相抵抗するためにあるものではなく、あい補うためにあるのだという原則から出発するかぎり、それだけでもうあらゆるところで正義がみいだされることであろう。[303]

ゲーテによると、自然の現象において、どうしても証明できないものがある。さらに、彼は知識で把握できないものがあるならば、信仰で把握すればよいと考え、知識と信仰は互いを補い合うと明言している。不滅の証明についてゲーテは、1822年5月15日に政治家であるフリードリヒ・フォン・ミューラー（Friedrich von Müller, 1779-1849）との対話の中で「不滅の証明は各々が自身の中にもっていなければならない、さらにこの不滅の証明は与えることはできない。（省略）自然の中ですべてが変化していくだろうが、変化するものの奥に永遠なるものがある[304]」と述べている。霊魂不滅や輪廻というのは容易に説明できるものでも、証明できるものでもないと思われるが、ゲーテの言葉から推測するに、おそらく、人間の生命の中に存在し、信仰と悟りによって感じとるものと言えるだろう。

303　ビーダーマン編（1963）『ゲーテ対話録2』、212頁－213頁。
„Beweisen wir nicht, was durchaus nicht zu beweisen ist! Wir werden sonst früh oder spät in unserm sogenannten Wissenswerk unsere eigne Mangelhaftigkeit bei der Nachwelt zur Schau tragen. Wo das Wissen genügt, bedürfen wir freilich des Glaubens nicht; wo aber das Wissen seine Kraft nicht bewährt oder ungenügend erscheint, sollen wir auch dem Glauben seine Rechte nicht streitig machen. *Sobald man nur von dem Grundsatz ausgeht, daß Wissen und Glauben nicht dazu da sind, um einander aufzuheben, sondern um einander zu ergänzen, so wird schon überall das Rechte ausgemittelt werden.*“（FA 34, S. 177-178）

304　„Den Beweis der Unsterblichkeit muss jeder in sich selbst tragen, außerdem kann er nicht gegeben werden.“ „Wohl ist alles in der Natur Wechsel, aber hinter dem Wechselnden ruht ein EwigeS.“ (FA 36, S. 252. 筆者訳)

第４節　ゲーテの晩年と最晩年の「輪廻」概念

1.　精神の永遠性

1824年5月2日に、75歳のゲーテはエッカーマンと精神の永遠性について論じている。ゲーテは「霊魂」と「モナド」という言葉のほかに「精神」という言葉も用いて、永遠性について「われわれの精神は、絶対に滅びることのない存在であり、永遠から永遠にむかってたえず活動していくものだとかたく確信している」[305]と述べている。彼は死後の生命、そして永遠に存在し続ける生命を信じているから、死の恐怖はないと確信していた。[306]

2.　「エンテレヒー」・「モナド」・「エンテレヒー的モナド」（霊魂不滅）

「エンテレヒー」や「モナド」や「エンテレヒー的モナド」という言葉は、ゲーテが霊魂不滅と生命の永遠性について論じる時によく使われている言葉である。「エンテレヒー（εντελέχεια：エネルゲイア、Entelechie：エンテレヒー）」[307]というアリストテレスの概念はゲーテが晩年に使っている愛用語の一つである。ゲーテがアリストテレスを読んだことを証明する読書ノートはないが、この哲学用語が古代から由来していることを意識していた。ゲーテ研究で推測されることは、ゲーテはこの哲学用語を、同時代のアントン・フリードリヒ・ビュシング（Anton Friedrich Büsching, 1724-1793）とヨハン・ヤコブ・ブルッケル（Johann Jakob Brucker, 1696-1770）の哲学史から知っていたことである。[308]

エンテレヒーは一定方向へ向かう活動的な生きた力であり、決して分離できない活動的な個性である。[309]ほぼ同じ意味で、ゲーテは「モナド」と

305　エッカーマン（2001）『ゲーテとの対話（上）』、144頁－145頁。

306　同書、145頁参照。

307　ゲーテ自身はドイツ語の発音「エンテレヒー」を使っているので、本書でも「エンテレヒー」を用いる。

308　G-Hb 4, S. 264参照。

309　エッカーマン（2001）『ゲーテとの対話（中）』、332頁参照。

いうライプニッツの概念を使用している。以下の1827年3月19日付カール・フリードリヒ・ツェルター（Carl Friedrich Zelter, 1758-1832）宛の手紙の中で、ゲーテはこの二つの言葉の結合、すなわち「エンテレヒー的モナド」という複合語も使い、霊魂不滅について「エンテレヒー的（完成にむかって努力する）[310]モナドは、休みない活動によってのみ自己を維持しなければなりません。この活動が第二の天性となるならば、エンテレヒー的[311]モナドは永遠に仕事に欠けることはありません」[312]と述べている。

この手紙の背景には、ツェルターがゲーテに3月11日にツェルターのただ一人残った息子ゲオルクの死のことを報告した。「このたびの不幸」は1812年にツェルターの継子カール・フレーリッケ（Carl Flöricke）が自殺したことを指している[313]。『ファウスト』第2部第5幕最後の場の天使たちの言葉は「絶えず努め励むものをわれらは救うことができる[314]」というものであるが、この思想も繋がっているということができよう。ゲーテは宇宙の生活内容を、根源的素質の独自な発揮において、活動的な個体において求め、それをライプニッツの「モナド」、アリストテレスの「エンテレヒー」の名称で呼び、この意識に「永生」の信仰が結びづいている。それはゲーテの自然観照からの究極的結論である[315]。この天使たちの言葉は、ファウスト全曲のモットーであり、自力による努力と天上からの愛と、両者によってファウストは救われるのである[316]。ゲーテはさらに、1828年3

310　筆者が「完成にむかって努力する」を「エンテレヒー的」に書き換えた。

311　筆者が「エンテレヒー的」を書き加えた。

312　ゲーテ（1981）『ゲーテ全集15』、231頁－232頁。

„Die entelechische Monade muß sich nur in rastloser Tätigkeit erhalten; wird ihr diese zur andern Natur, so kann es ihr in Ewigkeit nicht an Beschäftigung fehlen.“ (FA 37, S. 454-455)

313　FA 37, S. 1028参照。

314　ゲーテ（1958）『ファウスト2』、485頁。

315　エッカーマン（2001）『ゲーテとの対話（中）』、332頁－333頁参照。

316　ゲーテ（1958）『ファウスト2』、540頁参照。

月 11 日にエッカーマンと対話の中でエンテレヒーについて話している。この対話の内容はエンテレヒーと永遠とこの世の肉体についてである。

> つまり、どんなエンテレヒーも永遠の一部だよ。この世の肉体と結びついているわずかな年数のために老化することはないのさ。このエンテレヒーが、とるにたらぬ類いのものなら、それが肉体に閉じこめられているあいだに、あまり力を発揮できないだろう。むしろ肉体の方の支配に屈して、肉体の老衰とともに、それは肉体を支えたり阻止したりすることはできないだろう。けれども、すべての天才的人間のばあいにそうであるように、エンテレヒーが強力なもの（mächtiger Art）であれば、それが肉体にみなぎってこれを生かし、単にその組織に作用してこれを強化し、向上させるばかりでなく、さらに、強烈な精神力によって、永遠の青春という特権を、たえず主張しようとするだろう。卓抜した人物において、老年になっても相変わらず異常な生産力の活潑な時期が認められるのは、じつにそこから来ているわけだよ。彼らにはつねに、一時的な若返りがくりかえし起るように見える。私が反復する思春期と呼びたいのは、じつにこのことなのさ。
>
> そうはいっても、若さはやはり若さだ。エンテレヒーがどんなに強力（mächtig）でも、肉体を完全に制するわけにはいかない。またエンテレヒーが肉体を味方にするか、敵に廻すかでは、大きなちがいがあるね。[317]

すでにファルクとの対話の中で、ゲーテは霊魂について論じるために「モナド」という言葉を使っている。そこで「力強い」という形容詞を使い、「力強い（mächtigen）（省略）モナド」と「モナドのもっている意想がどれだけ強いか」（wie mächtig die Intention）についても論じている。上の 1828 年 3 月 11 日のエッカーマンとの対話の中で、ゲーテは霊魂について論じるために「エンテレヒー」という言葉を使っている。そこで、同じく「力

317　エッカーマン（2001）『ゲーテとの対話（下）』、203 頁－ 204 頁。

強い」という形容詞を使い、「エンテレヒーが強力なもの」(mächtiger Art) と「エンテレヒーがどんなに強力でも」(mächtig) と述べている。「力強い」(mächtig) という形容詞は「モナド」あるいは「エンテレヒー」のもっている力、影響力あるいは生命力を表し、このような力はモナドによって異なるとゲーテは考えている。ゲーテによると、それぞれの「エンテレヒー」のもっている力が異なることによって、その影響力も異なる。このエンテレヒーのもっている力が大きければ大きいほど、人間も永遠の青春を経験することができ、一時的な若返りをくりかえしながら、思春期を永続的に経験することができる。

ゲーテは 1829 年 9 月 1 日にも、エッカーマンと対話する際に「不滅」の問題について論じながら、「エンテレヒー」という言葉を使っている。そこで、また霊魂すなわち「エンテレヒー」の影響力について述べている。

私はゲーテに、ある旅行者が、神の存在の証明についてのヘーゲル[318]の講義を聴いてきた、という話をした。そのような講義はもはや時代錯誤だという私の意見に、ゲーテも同調してくれた。

「懐疑の時代は」と彼はいった、「過ぎ去っている。今や神はおろか、自分自身を疑う人もいない。その上神の本性や霊魂の不滅や霊魂の本質やそれと肉体との関係といったようなことは、永遠の謎であって、哲学者もこの点ではわれわれを前進させてはくれないのだよ。現代のあるフランスの哲学者は、大胆にも自分の論文を次のように書き出している。『人間が、二つの部分から成り立っていることは、周知のとおりである。すなわち、肉体と霊魂である。したがって、われわれは、肉体から考察をはじめ、つぎに霊魂に移りたい。』ただ、フィヒテ[319]はすでに一歩先を歩いていて、次のような言い方で、もうちょっと賢明にこの問題から身をかわしているよ、『われわれは、肉体としてみた人間と霊魂として見た人間について論じてみたい。』彼は、これほど

318　Georg Wilhelm Friedrich Hegel (1770-1831)

319　Johann Gottlieb Fichte (1762-1814)

密接に結びついて一体化しているものは、切り離そうにも切離せないことを、よく感づいていた。カントは、今さらいうまでもなく、いちばんわれわれにとって有益だね。つまり彼は人間の精神がどこまで到達できるかを見定めて、解決できない問題には手をつけなかったからさ。霊魂不滅の問題については、あきもせず哲学されつづけてきたが、一体どれだけ進歩があったというのだろう！――私は、われわれの永生については、疑いをさしはさまない。自然は、エンテレヒーなくして活動できないからね。しかし、だからといって、われわれ誰もかれもが同じように不死というわけではないのだ。未来の自分が偉大なエンテレヒーとしてあらわれるためには、現在もまた偉大な[320]エンテレヒーでなければならない。[321]

ここで、ゲーテはもう一度「霊魂不滅」と「生命の永遠性」への信仰をはっきりと述べている。その上で、来世の話もしている。すなわちゲーテによると、現世で偉大なエンテレヒーでなければ、来世でも偉大なエンテレヒーになることができない。これはゲーテの輪廻に関する考えでもあるといえる。ゲーテはさらに1830年3月3日にエッカーマンと「エンテレヒー」について次のように対話している。

私たちはよも山話をつづける。そのうちに、またしてもエンテレヒーの話になる。「個性が決して譲歩しないこと、また人間が自分にふさわしくないものをはねつけることが」とゲーテはいった、「そのようなものの存在している証拠になると思う。」私も数分前から同じことを考えていて、ちょうど口に出そうとしたところなので、ゲーテのその言葉を聞いて私の嬉しさも倍加した。「ライプニッツは」と彼はつづけた、「こうした自立的な個性について同じような考えをもってい

320　原著のgroßeが訳されていなかったので、筆者は「偉大な」という言葉を書き加えた。

321　エッカーマン（2001）『ゲーテとの対話（中）』、136頁－137頁。

た。もっとも、われわれがエンテレヒーという言葉であらわしているものを、彼は単子（モナド）と名付けたがね。[322]」

この対話で、ゲーテにとって「モナド」と「エンテレヒー」は同じものだったということが明らかになる。彼は「エンテレヒー」の存在を確信し、疑わなかったのである。

章のまとめ

本章では、ゲーテの輪廻概念について論じた。第1節では、若きゲーテの輪廻思想の研究時期を確認し、第2節では、ゲーテの輪廻についての最初の対話と詩などを確認し、第3節では、60代のゲーテの輪廻概念について論じ、ゲーテのモナドと霊魂不滅についての考えを示した。第4節では、晩年・最晩年のゲーテの霊魂不滅と永遠性の思想を紹介し、精神の永遠性やエンテレヒー、モナドやエンテレヒー的モナドについて論じた。以上のように、多くの場合、個人的な状況（自分の病気、知り合いか友人の死、人間関係など）がきっかけとなって、死、輪廻、霊魂不滅などの考えが示されたことがわかる。

また、ゲーテは『われわれがもたらすもの』（*Was wir bringen,* 1802）という序曲の中でだけ公式に輪廻について述べている。それ以外には数少ない身近な人とだけ輪廻について話したのである。この身近な人とは、ケストネル、シャルロッテ・ブッフ、シュタイン夫人、ヴィーラント、ファルク、エッカーマン、ツェルターである。

以上の検討から、ゲーテは若い頃から最晩年まで輪廻と霊魂不滅に関心を示し、また信じていたことが分かる。概括するならば、1768年からゲーテは病気と戦う中で生命の永遠性と輪廻を説くあらゆる思想を研究していた。ゲーテは1770年にプラトンの輪廻の思想を研究した後に、1772年9月10日にケストネルとブッフと対話した時に、初めて輪廻に関する発言

322　同書、174頁－175頁。

をした。シュタイン夫人との出会いが、若きゲーテにとって輪廻に関して考えるきっかけとなり、後に、詩や手紙の中で取り上げるほど、強い関心をもつまでになった。さらに、ヴィーラントの死は、ゲーテが60代の時に輪廻について論じるきっかけとなった。その際、ゲーテが自身の考えを表現するため、ファルクとの対話の中では、ライプニッツの「モナド」という哲学用語を使い、さらに晩年および最晩年には、霊魂不滅、永遠性、輪廻についての考えを表現するために、「モナド」という哲学用語以外に、「エンテレヒー」というアリストテレスの哲学用語も同じ意味で使った。

さらに、ゲーテは「エンテレヒー的モナド」という複合語を作り出した。ゲーテが「エンテレヒー的モナド」はテロス（目標）に向かって、常に成長しようとしている根源構成要素（霊魂・モナド）であると考えている。彼にとってはすべてのものが「モナド」または「エンテレヒー」をもち、このモナドが同じ法則に従って、内在している意想や使命の道が前世・今世・来世にわたり存在し、成長している。つまりファルクとの対話で述べたように、人間は勤勉と熱心と自身の精神によってさらに大きなモナドへ成長することができる。

『ファウスト』第2部第5幕最後の場の天使たちの次の言葉「絶えず努め励むものをわれらは救うことができる[323]」という思想もこれに繫がる。ゲーテは宇宙の生活内容を、根源的素質の独自な発揮において、活動的な個体において求め、それをライプニッツの「モナド」、アリストテレスの「エンテレケイア」の名称で呼び、ゲーテがこれらの言葉を通して捉えた意識に「永生」の信仰が結びついている。それはゲーテの自然観照からの究極的結論である[324]。上にあげた天使たちの言葉は、ファウスト全編のモットーであり、自力による努力と天上からの愛、両者によってファウストは救われるのである[325]。

結論をいえば、ゲーテは若い頃から最晩年まで、輪廻と霊魂不滅に対す

323　ゲーテ（1958）『ファウスト 2』、485頁。
324　エッカーマン（2001）『ゲーテとの対話（中）』、332頁－333頁参照。
325　ゲーテ（1958）『ファウスト 2』、540頁参照。

る考えを変わらずもっており、信じていた。そして詩的な表現や哲学用語を用いながら、自分の考えを細かく表現するようになっていった。輪廻概念と霊魂不滅の思想は、ゲーテの生命哲学を理解するために不可欠なものであるといえる。

さらに、第2部と比較してみれば、ゲーテはスピノザの哲学より先に、輪廻の思想に出会った。1768-69年、病気の回復のためにフランクフルトに滞在していた時の読書を通してである。また1772年9月10日のケストネルとシャルロッテ・ブッフとの対話も、スピノザを研究する前であったことから、ゲーテは『エチカ』を読んだ際（1770(？)、1773、1784、1785年）にはすでに生命の永遠性と輪廻を意識し、輪廻の思想は彼の生命観的生命哲学（第2定義）の一部であったことが分かる。

第2章　ゲーテの「霊魂」概念
―オルフェウス教の影響を中心に―

ゲーテ自身はドイツで1780年から行われていた輪廻に対する論争（※序章第3節を参照のこと）に直接参加しなかったが、ゲーテはすでに若いころからあらゆる作品を通して輪廻概念を探求し、発言をしている。生涯において輪廻への確信は変わらず、年を経ると共に様々な表現を用いて、自身の生命観と輪廻観を表現しようとしている。ハンス・ヨアヒム・シム（Hans Joachim Simm）は『ゲーテと宗教』という著作の中で、ゲーテが常に自身の世界観と宗教観についての考察を自身の作品の中で表現しようとしていたと述べている。[326] ゲーテの考察の中に、霊魂不滅と生命の永遠についての記述があるので、本章ではこの問題について論じる。

コロンボは「ゲーテと輪廻」という随筆の中で、ゲーテの輪廻観に影響を与えた資料や作品をいくつか紹介するとともに、彼のいくつかの作品を輪廻の視点から解釈している。[327] しかし現在、ゲーテの輪廻概念についての研究とゲーテ作品の輪廻を基とした解釈はまだ十分になされていない状況である。

ゲーテの輪廻概念についての理解を深めるためには、彼の霊魂概念も明らかにする必要がある。なぜなら輪廻は霊魂の輪廻だからである。本章では、まずオルフェウス教の影響を中心にゲーテの霊魂概念について論じることにしたい。そして次に、ゲーテ自身の霊魂概念や輪廻概念と関連している重要な用語、すなわち「デーモン Dämon」・「モナド」・「エンテレヒー」・「霊魂」・「中核 Kern」・「エンテレヒー的モナド」・「太陽 Sonne」・「精神」について論じていきたい。

326　Simm (2000: S. 12) 参照。

327　Colombo (2013: S. 39-41) 参照。

第1節　ゲーテのオルフェウス教についての記述・発言

ゲーテは彼の人生において主として二つの時期にオルフェウス教を探求したが、その第2期の方が集中的で、実りがあった。第1期は1774-75年であり、第2期は「始原の言葉・オルフェウスの教え（Urworte. Orphisch）」を執筆した1817年であった。ヘルダーの紹介で、ゲーテは若い時にオルフェウス賛歌の影響を受けた。[328] 1774年6月8日にゲーテはオルフェウス教の教祖であるオルフェウス（Ὀρφεύς, Orpheus）が出てくるヘルダーの作品『人類最古の記録』（*Aelteste Urkunde des Menschengeschlechts,* 1774）について次のように述べている。

> 彼（オルフェウス）は彼の感情の深みへと降り、内面からすべての単純な自然の高い神聖な力を起こし、この力を今、うす暗がりの中で、幕電で、あちらこちらで朝やさしく微笑んでいるオルフェウスの歌へと導き、上昇することから広い世界へ導いている。あらかじめ最近の学者たち、神をすてた人々（Detheist）や無神論者、文献学者や原典編纂者や東洋学者という邪悪を火や硫黄や満ち潮で根絶してから。[329]

さらに1775年4月1日のヘルダー宛の手紙の中でゲーテは、クリストフ・マイネルス（Christoph Meiners, 1747-1810）の書籍『最古の民族、特にエジプト人の宗教史についての試み』（*Versuch über die Religionsgeschichte der*

328　Trevelyan (1981: S. 62 ff., S. 113ff.) 参照。

329　„Er ist in die Tiefen seiner Empfindungen hinabgestiegen, hat drinne all die hohe heilige Krafft der simpeln Natur aufgewühlt und führt sie nun in dämmerndem, wetterleuchtendem hier und da morgendfreundlichlächelndem, Orphischem Gesang von Aufgang herauf über die Weite Welt, nachdem er vorher die Lasterbrut der neuern Geister, De– und Atheisten, Philologen, Textverbesserer, Orientalisten, mit Feuer und Schwefel und Fluthsturm ausgetilget.“（In einem Brief an Gottlob Friedrich Ernst Schönborn, in: FA 1, S. 375-376 筆者訳）

ältesten Völker, besonders der Aegypter, 1775) に出ているオルフェウスの名を取り上げている[330]。さらに『詩と真実』の中でゲーテは古代作品との決定的な出会いについて次のように述べている。

> 古代のひとびとと学派において私にもっとも気に入ったのは、詩と宗教と哲学が完全に一つにとけあっているということであった。そして私にはヨブ記、ソロモンの雅歌や箴言、およびオルフェウスやヘシオドスの歌は、私のあの最初の意見にたいして適切な証明をあたえてくれるように思えたので、私はいっそう熱心に私の意見を主張した[331]。

当時の古典学におけるギリシャ神話と文学についての議論を通して、ゲーテは1817年にあらためて古代ギリシャ神話とオルフェウス教の文学を探求することになった。まずは『ホメーロスとヘーシオドスについての手紙、特に神統記について』(*Briefe über Homer und Hesiodus, vorzüglich über die Theogonie,* Heidelberg 1818) という作品を読んだが、その中ではゴットフリード・ヘルマン (Gottfried Hermann, 1772-1848) とフリードリヒ・クロイツェル (Friedrich Creuzer, 1771-1858) が最古のギリシャ神話について意見を交換している。ゲーテは次にフリードリヒ・ゴットリーブ・ウェルケル (Friedrich Gottlieb Welcker, 1784-1868) によって出版され、解釈されたゲオルグ・ゾエガ (Georg Zoega, 1755-1809) の『論文集』(*Abhandlungen,* 1817) を読んだ[332]。この読書によってゲーテは1817年10月8日に5つの詩句からなる「始原の言葉・オルフェウスの教え」を記した。

その後、1820年に「始原の言葉・オルフェウスの教え」が『形態学誌 I 2』(*Zur Morphologie* I 2, 1820) という冊子の中で掲載された。同じ年の5月2日から6月22日までの間に彼は自己のコメントを付した[333]。「始原の言葉・

330 FA 1, S. 444 & 947 参照

331 『ゲーテ全集 9』、196 頁。

332 FA 20, S. 1350-51.

333 FA 20, S. 1349-50 参照。

オルフェウスの教え」が「人間のメタモルフォーゼ（変容）（Metamorphose des Menschen）」と名づけられたこともある。[334]

クロイツェルとヘルマンの手紙を読むことで、ゲーテは「聖なる言葉 Hieroi Logoi」を知ることになり、このオルフェウス教文学の言葉をドイツ語で「始原の言葉 Urworte」と翻訳した。ゲーテは「始原の言葉 Urworte」で古代由来の神話上の伝統から原型的典型的な意味を与える重要な概念を理解し、さらに生命の原理の神の啓示とこれと関連している合法的な変化として捉えた。[335]この詩は生命の法則を原現象、原植物という形で認識しようとするゲーテの長年の努力・取り組みに典型的に当てはまる。[336]

また、ゾエガの『論文集』の中にマクロビウス（Macrobius, 385/390-430）の『サトゥルナリア』（*Saturnalien*）が引用されているが、『サトゥルナリア』の中ではエジプト人の教えが説明されており、この教えによれば、人間の誕生の時に、四人の神々が援助をする。それは「ダイモーン（ΔΑΙΜΩΝ：デーモン）」、「テュケー（ΤΥΧΗ：偶然）」、「エロース（ΕΡΩΣ：愛）」、「アナンケー（ΑΝΑΓΚΗ：強制）」である。ゲーテはこれに基づいて「始原の言葉」を執筆し、さらに次のドイツ語の表現を書き加えた。「ダイモーン（デーモン）、Daimon (*Dämon, Individualität, Charakter*)」と「テュケー（偶然）、Tyche (*das Zufällige, Zufälliges*)」と「エロース（愛）、Eros (*Liebe, Leidenschaft*)」と「アナンケー（強制）、Ananke (*Nöthigung, Beschränkung, Pflicht*)」である。[337]その上に彼は「エルピス（ΕΛΠΙΣ：希望）、Elpis (*Hoffnung*)」[338]という言葉を書き加えた。ゾエガが『論文集』の中で次の補訂をし「抑えがたい大胆に前進しようとする人間の心のことを私たちは別の言葉で希望と呼ぶ」[339]と述べ、これを人間の誕生の時にもう一つの働

334　Kloft (2001: S. 89) 参照。

335　G-Hb 1, S. 354-355 参照。

336　G-Hb 1, S. 355 参照。

337　FA 20, S. 1353 & G-Hb 1, S. 356. 参照。

338　Wilpert (1998: S. 1102) 参照。

339　„dem unbezähmten Erkühnen des menschlichen Geistes, das wir mit einem andern

いている運命の力として捉えた。ゲーテはこのゾエガの補訂に基づき、「エルピス」を書き加えた。[340]

「始原の言葉・オルフェウスの教え」はオルフェウス教の要素だけでなく、様々な神話の要素から組み立てられている。[341]ゆえに「始原の言葉・オルフェウスの教え」はタイトルが示す如く、オルフェウス的だけとはいえないだろう。

第2節　ゲーテが探求したオルフェウス教など

本節ではゲーテが読んだゾエガの『論文集』、及びヘルマンとクロイツェルの『ホメーロスとヘーシオドスについての手紙、特に神統記について』から、輪廻について述べられた個所を紹介する。[342]『ホメーロスとヘーシオドスについての手紙、特に神統記について』の中には次のような記述がある。

> これは古いエジプトの祭司教義にある輪廻の形容である。このような教義が播種祭と密議のギリシャの祭司長によって倫理的に健全なものとして認められ、信条として受け止められたあと、いつの時にもかりそめにされなかったのみならず、常に本質的な内容に従い、常に絵（古代ギリシャの瓶が示すように）や教えや習慣や歌の中に生かされた。[343]

Ausdruck Hoffnung nennen“　Zoega (1817: S. 40) 筆者訳。

340　G-Hb 1, S. 362 参照。

341　Dietze (1977: S. 11-37) 参照。

342　FA 20, S. 1351-52 参照。

343　„So sind dies Modificationen von einem alten Aegyptischen Priesterdogma der Seelenwanderung. Nachdem dieses Dogma von den Griechischen Vorstehern der Saatfeste und Mysterien für sittlich heilsam erkannt und als Glaubensartikel aufgenommen worden war, so ward es auch zu keiner Zeit vernachläßigt, sondern immer und immer seinem

この引用文では、「輪廻」はギリシャ人によって引き受けられたがもともとはエジプトの祭司の教義であったと紹介されている。最近の研究、オブストの『輪廻』(*Reinkarnation – Weltgeschichte einer Idee, 2009*)[344]という書によれば、輪廻の思想がどのようにしてギリシャ人社会に入り込んだかという問いは、なかなか解決することができないという。オブストによるとエジプト社会において輪廻の教えが存在したか、どうかは排除することもできないし、証明することもできない。そうではあるが、ギリシャ人の中で輪廻の概念が始めて現れたのは、オルフェウス教の人々の場合であった。

オルフェウス教は密儀的な救済宗教であり、紀元前6世紀にトラキアからギリシャおよび南イタリアで広がった。この宗教の教祖は、ギリシャ神話の詩人と預言者であるオルフェウスである。人間の霊魂は神的で不死のものとしてみられ、生々流転している。このような霊魂は常に人間になったり、動物になったりしなければならない。霊魂を生々流転から解放することはオルフェウス教の目標である[345]。ゾエガの『論文集』においては、人間の輪廻と動物の輪廻について次のように論じられている。

> ポルピュリオスは、レオンティカ祭に神聖にされた人々はあらゆる動物の像に囲まれたので、一般的に黄道の動物への暗示として捉えたが、彼によると輪廻における人間の霊魂の運命を意味していたと述べている。この最終の説明（ポルピュリオス）は疑いなく新プラトン主義的で、昔の魔術師にとって未知の発想であった[346]。

---

wesentlichen Gehalt nach in Bildern (wie die altgriechischen Vasen zeigen) in Lehren, Gebräuchen und Liedern lebendig erhalten.“ (Hermann und Creuzer (1818: S. 108) 筆者訳)

344　Obst (2009: S. 41ff.)

345　Obst (2009: S. 41ff.) 参照。

346　“Porphyrius erzählt, dass wer in die Leontica eingeweiht wurde, sich mit mancherlei Thierfiguren umgab, was man insgemein für Anspielung auf die Thiere der Ekliptik hielt, was aber nach ihm die Schicksale der menschlichen Seele in den Seelenwanderungen

ゲーテはすでに新プラトン主義派のポルピュリオス（Porphyirus, 234-304）の哲学を探求していた。ゲーテは1806年にポルピュリオスの『妖精の洞窟』をワイマールの図書館から数ヶ月借りている[347]。ゾエガはポルピュリオスを通して「輪廻における人間の霊魂の運命」に言及している。ポルピュリオスの輪廻観は新プラトン主義的であり、昔の魔術師がまだ知らなかったことである。

オブストによれば、オルフェウス教の場合は、人間の霊魂は常に人間あるいは動物として生まれ変われなければならない。他方ポルピュリオスは、人間と動物の霊魂を区別し、人間の霊魂が動物に化身することを否定している[348]。

ゾエガの『論文集』とヘルマンとクロイツェルの『ホメーロスとヘーシオドスについての手紙、特に神統記について』の論述が、ゲーテの霊魂概念や輪廻概念とどのように関係しているか、ということについてさらに詳しく検討する必要がある。

次節では、ゲーテの霊魂概念と関係している他の用語について論じる。

第3節　ゲーテの「霊魂」概念

本節では、ゲーテの輪廻観を深く理解するために、彼が使用している「デーモン」・「中核」・「モナド」・「エンテレヒー」・「霊魂」という用語がどのように関係しているかということについて論じる。

1. ゲーテの「モナド」

現在の研究において、ゲーテが「モナド」概念をどこから知ったのか、

---

bedeutete. Diese letzte Erklärung ist ohne Zweifel ein neuplatonischer, den alten Magiern unbekannter Einfall.” (Zoega (1817: S. 137-38) 筆者訳)

347　von Keundel (1931: Nr. 454)

348　Obst (2009: S. 41ff.) 参照。

またゲーテがライプニッツの哲学を研究したかどうかは、はっきりしていない。

クレーメンツ・メンツェ（Clemens Menze, 1928-2003）によると、オット・ハルナック(Otto Harnack, 1857-1914)とパウル・シッケル(Paul Sickel)はゲーテがライプニッツを深く研究したことを証明することは不可能であるという[349]。

グロリア・コロンボも最近の研究によって、ゲーテはライプニッツを深めて研究したことがないという。彼女によると、ゲーテのモナド概念はライプニッツからではなく、むしろピタゴラスとヘルメス・トリスメギストス（Hermes Trismegistos）とジョルダーノ・ブルーノ（Giordano Bruno, 1548-1600）から由来しているという[350]。コロンボによれば、ゲーテはブルーノから、常に変化するものの中に隠れ、それとは永続的に接続しない永遠なもの、不変なものを称するために、モナドという言葉を使ったという。

ディートリッヒ・マーンケは、ライプニッツからゲーテへの影響の可能性を排除しない。なぜなら、ゲーテの父の図書館で、ライプニッツの著作(弁神論）があったからである[351]。

ヒルゲルスの研究によれば、ゲーテが1768-69年に重い病気にかかった時に様々な本を読む中、ドイツの神智学者であるフリードリヒ・クリストフ・エティンゲルスの著作も読み、ライプニッツのモナド論に注目したという[352]。それに対してコロンボは、ゲーテはライプニッツを詳しく読んでいなかったと述べている。1800年にゲーテはシェリング（Friedrich Wilhelm Joseph Schelling, 1775-1854）の『超越論的観念論の体系』(*System des transcendentalen Idealismus,* 1800)の中に、ライプニッツの哲学に関してのいくつかのヒントを見つけた[353]。

349　Menze (1980: S. 42-43) 参照。
350　Colombo (2013: S. 39-41) 参照。
351　Menze (1980: S. 43) 参照。
352　Hilgers (2002: S. 205) 参照。
353　Colombo (2013: S. 44) 参照。

ゲーテは1817年に、ファルクとの対話の後、日記の中でライプニッツの名前を何度か取り上げている。日記の中では、1817年4月15日の「プロトガイア（„Leibnitzens Protogaea“）[354]」、1817年7月28日の「ライプニッツ書簡集(„Leibnitzische Correspondenz“)[355]」、1817年8月1日の「ライプニッツィアーナー」（＝ライプニッツ書簡集）（„Leibnitziana“）[356]」という言葉が取り上げられている。

マッティアス・マイエル（Mathias Mayer）によると、ゲーテのライプニッツの著作に直接触れたかは断定できないが、1817年の夏から、ゲーテはライプニッツの書簡を頻繁に読んでいる。しかし、すでに若き日のゲーテのスピーチの中にライプニッツの思想を見つけることができる。それは「シェイクスピア記念日によせて（Zum Shäkespears-Tag, 1771)」の中である[357]。

ゲーテがどこからライプニッツの「モナド」概念を知ったのか、については、さらなる研究が必要だが、ゲーテが霊魂不滅[358]と輪廻概念[359]を描写するために「モナド」というライプニッツ（Gottfried Wilhelm Leibniz, 1646-1716)の用語を使用していることは確実である。1813年1月25日にヴィーラントの葬儀の日にゲーテはファルクと対話したが、その中で「霊魂」と「モナド」という概念を以下のように定義している。

> 私は全生物の最終的な根源構成要素の種種な階級や序列を仮定している。この根源構成要素は、いってしまえば自然における全現象の出発点であって、この要素からすべてのものの霊化がはじまるので、こ

---

354 GT 6,1, S. 56.

355 GT 6,1, S. 99.

356 GT 6,1, S. 102.

357 Mayer (2003: S. 120) 参照。

358 Hilgers (2002: S. 205) 参照。

359 Im Gespräch mit Falk über die Seelenwanderung (FA 34, 169 ff.)

れを私は霊魂（*Seelen*）[360]とよびたい。あるいはむしろモナド[361]（モナーデ）（*Monaden*）[362]ともよぶことができよう——私たちはこのライプニッツの用語を手放さないようにしよう。[363]

同じ対話の中でゲーテは「私は、あなたが私をここにみているように、千度もここにいたことがあるにちがいないし、またこれからあと千度もここに帰ってきたいと望んでいる」[364]と述べているが、これは間断なき生々流転を意味している。この箇所でゲーテは自身の数え切れない先在と死後の存続を認めている。ゲーテにとっては「蟻のモナド、蟻の霊魂と同様、世界のモナド、世界の霊魂」[365]が存在している。人間の霊魂が動物に入り込むことについてはゲーテは明確に述べていないが、たとえばファルクとの対話の中で、ゲーテはヴィーラントの霊魂が将来に「世界のモナド Weltmonade」[366]あるいは「星 Stern」[367]として自分と出会えることについて論じている。従ってゲーテにとって、「霊魂」・「モナド」は同じであっても、その生まれ変わる形状は様々なのであり、必ずしも人間の霊魂が人間の霊魂として生まれ変わる、とは言えないというべきであろう。

2.　ゲーテの「デーモン」と「中核」

ゲーテの輪廻概念を明らかにするために本節では「デーモン」の概念を解明する。ゲーテの霊魂概念は彼の「デーモン概念 *Dämon-Begriff*」とも

360　FA 34, S. 171.
361　筆者はこの対話で使われる「モナーデ」という言葉を「モナド」に書き換えた。
362　FA 34, S. 171.
363　ビーダーマン編（1963）『ゲーテ対話録 2』、207 頁。
364　同書、211 頁。
365　同書、207 頁。
366　FA 34, S. 175.
367　FA 34, S. 175.

関連付けることができる。ゲーテは『詩と真実』の中で「魔神的なもの Dämonische」[368]について次のように述べている。

> あの魔神的なものは、あらゆる有形無形なもののなかに現われうるばかりでなく、動物においてもきわめて顕著に表明されるものではあるが、とくに人間とはもっとも驚くべき関連をもち、道徳的世界秩序にたいして、それと対立するものではないにしても、それを縦に貫く一つの力を形成する。[369]

このような「魔神的なもの」は人間にも動物にも体現されることができる。魔神的なものは「デーモン」から由来している言葉であり、同じものを指している。ゲーテは「始原の言葉・オルフェウスの教え」の第一句「デーモン」で、以下のように述べている。

> お前がこの世に生を授けられたその日に、
> 太陽が遊星たちの挨拶を受けて立つと、
> お前はすぐさま不断の成長をとげた、
> 出産時の法則に従って。
> それがお前の運命（さだめ）であり、お前は自己から逃れることはできないのだ。
> すでに巫女や預言者もそう告げていた。
> そして、時代（とき）も権力（ちから）も生きて発展する
> 刻印された形相を壊すことはできない。[370]

368　FA 14, S. 841.

369　『ゲーテ全集 10』、314 頁。

370　『ゲーテ全集 13』、67 頁。

Wie an dem Tag der Dich der Welt verliehen/Die Sonne stand zum Gruße der Planeten,/ Bist alsobald und fort und fort gediehen/Nach dem Gesetz wonach Du angetreten./So mußt Du seyn, Dir kannst Du nicht entfliehen, /So sagten schon Sybillen, so Propheten, /

この第１句について、ゲーテ自身は、以下のようにコメントしている。「したがって、第１節は個性の不変性を繰りかえし確言しているのである。個は、たとえこのように決定されたにしても、ひとつの有限なものとして、たしかに破壊されることはありうるが、しかしその中核が厳として存在しているかぎり、幾世代を経ても粉砕されたり、寸断されたりすることはないのである[371]」。筆者は、ゲーテがここで用いる「中核」という表現を「デーモン」と同じものと見なしたい。個性の中核は幾世代を経て存在し、発展し続けているのであり、「時代（とき）も権力（ちから）も」壊すことはできないからである。だとすれば、このコメントの中にゲーテの輪廻概念が表されていると言える。

「始原の言葉・オルフェウスの教え」の中で、「デーモン」とは「出生時にすぐ明確な形をとって現れる、人格の必然的な限定された個性[372]」であるとされている。そして「ここからいまや、人間の将来の運命も出てくるものとされた[373]」。この意味では人間の個性こそが人間を類まれな人間にする。このように、人間の出生の時に将来の発展のための必要な種が持たせられる。言い換えれば、人間はこのような種を前世から持っていて、成長しながら思い出し、個性を発展させ続けるのである。このように「デーモン」は、個人的な宿命と内在的設計図（innerer Bauplan）である「神霊的なもの *Daimonion*」と類似している[374]。

ゾエガの『論文集』で引用されたように、マクロビウスは、デーモンを太陽と精神の創始者と暖かさと光と同一視している[375]。ゲーテはオルフェ

Und keine Zeit und keine Macht zerstückelt/Geprägte Form die lebend sich entwickelt.(FA 20, S. 492)

371　『ゲーテ全集 13』、68 頁。

372　同書、67 頁。

373　同書、67 頁－ 68 頁。

374　Kloft (2001: S. 89) 参照。

375　Zoega (1817: S. 39-40) 参照。

ウス教徒と同じように人間の霊魂を不滅のものと見ている。こうして、ゲーテが使用している「中核」という言葉は、デーモンとも類比することができるし、霊魂とも例えることができるといってよい。

3. ゲーテが理解する「デーモン」・「中核」・「霊魂」・「モナド」・「エンテレヒー」と相互の関係性

「エンテレヒー」はもともとアリストテレスが用いた概念であり、存在しているものに内在している能力と可能性を実現することを意味している。ライプニッツが霊魂をモナドで描写するように、ゲーテはエンテレヒーという概念を用いるようになる[376]。ヒルゲルスは『エンテレヒー・モナド・メタモルフォーゼ(変身)』という本の中でゲーテの「デーモン」が「モナド」の構造の原理と照応して「また、デーモンは活動の原理のようにすべての個人の完成を目指して努力している。その点においてデーモンの概念はエンテレヒーの概念と似ている[377]」と述べている。

ゲーテのデーモン概念は、彼のモナド概念とも、彼のエンテレヒー概念とも関連している。またアングス・ニコルス（Angus Nicholls）は、『ゲーテのデーモン的なものの概念』（*Goethe's Concept of the Daemonic,* 2006）の中で、「始原の言葉・オルフェウスの教え」に書いてある「法則に従って」と「生きて発展する刻印された形相」というゲーテの表現は、ギリシャ・ローマの占星術の中にあるような神の予定に関連しているわけではなく、現世的アリストテレスのエンテレヒーとライプニッツのモナドに関連しているのであると述べている[378]。

さらにゲーテは1830年3月3日に行われたエッカーマンとの対話の中でモナドとエンテレヒーの概念について次のように述べている。

376　FA 39, S. 1231 参照。

377　„Darüber hinaus steuert der Dämon im Sinne eines Wirkungsprinzips das auf Vervollkommnung hin orientierte Streben eines jeden IndividuumS. In dieser Hinsicht steht der Dämon-Begriff dem der Entelechie nahe.“ Hilgers (2002: S. 199) 筆者訳。

378　Nicholls (2006: S. 241-242) 参照。

> 個性が決して譲歩しないこと、また人間が自分にふさわしくないものをはねつけることが（省略）そのようなものの存在している証拠になると思う。（省略）ライプニッツは（省略）こうした自立的な個性について同じような考えをもっていた。もっとも、われわれがエンテレヒーという言葉であらわしているものを、彼は単子（モナド）と名付けたがね。[379]

このように、ゲーテは「デーモン」と「モナド」と「中核」と「エンテレヒー」という用語を用いて、自分なりに自身の霊魂概念、さらにいうなら霊魂不滅の思想と輪廻の概念を表現しているといえる。ゲーテはこれらの用語で、同じものを自分なりに叙述するために類似的に用いているのである。

例えば、1818年7月16日のドイツの建築家でゲーテの友人でもあるスルピッツ・ボワスレー（Sulpiz Boisserée, 1783-1854）宛の手紙の中で、ゲーテは「私のオルフィカ meine Orphika」[380]と述べているが、これはボワスレーに送った自分の詩「始原の言葉・オルフェウスの教え」のことを意味している。[381]ゲーテはオルフェウス教の思想を自分なりに解釈し、新しく作り直したともいえる。

第４節　「エンテレヒー的モナド」・「太陽」・「精神」

1824年5月2日にゲーテとエッカーマンが沈んでいく太陽をみながら、生死観について話している。ゲーテは「古代人の言葉」である「沈みゆけど、日輪はつねにかわらじ」[382]を引用してから次のように述べている。

379　エッカーマン（2001）『ゲーテとの対話（中）』、174頁－175頁。

380　FA 35, S. 214.

381　FA 35, S. 592-93.

382　エッカーマン（2001）『ゲーテとの対話（上）』、145頁。

「75歳にもなると」と彼は、たいへん朗かにかたりつづけた、「ときには、死について考えてみないわけにいかない。死を考えても、私は泰然自若としていられる。なぜなら、われわれの精神は、絶対に滅びることのない存在であり、永遠から永遠にむかってたえず活動していくものだとかたく確信しているからだ。それは、太陽と似ており、太陽も、地上にいるわれわれの目には、沈んでいくように見えても、実は、けっして沈むことなく、いつも輝きつづけているのだかね。」[383]

この箇所でゲーテは霊魂不滅と輪廻を比喩的に叙述している。太陽は人間の霊魂のことを例えている。ゲーテはここで「精神 Geist」[384]という言葉を使っているが、「霊魂 Seele」と同じ意味で用いている。この比喩では、太陽が人間の霊魂であり、よって日の入りが死であり、日の出が霊魂の生まれ変わりあるいは肉体化である。太陽は、沈んで見えなくなっても存在し続けている。すなわち、「地上にいるわれわれの目」には見えないが、人間の霊魂が死後にも存在し続けるということを、ゲーテは主張しているのである。次の人生の朝に霊魂が生まれ変わり、新しく肉体化するのであるが、それは同じ太陽が昇るように、同じ霊魂が生まれ変わる、ということである。このように、エッカーマンと対話したとき、ゲーテは日の入りを見ながら、太陽を人間の霊魂に例えたのであった。また、さらにゲーテ

ゲーテ自身は、ここで引用している「ある古代人の言葉」を、ロシアの学者でペテルブルク科学アカデミー総裁のウヴァーロフのギリシャ詩人ノンノスについての論文から知っていた 。(参照　エッカーマン(2001)『ゲーテとの対話(上)』366頁) この言葉は5世紀のギリシャの詩人でパノポリス（エジプト）生まれのノンノスからの引用だと思われたが、後ほどの研究で明らかになったのは、このウヴァーロフの論文の引用文はサルデスの詩人ストラトンからの言葉であった。(参照　FA 39, S. 1116)

383　エッカーマン（2001）『ゲーテとの対話（上)』、145頁。

384　FA 39, S. 115.

のデーモン概念との類似性を見ることもできる。さきにも述べたように、ゾエガの『論文集』の中でマクロビウスの『サトゥルナリア』が引用され、デーモンが太陽と同一視されていた。[385]

ゲーテは1827年3月19日付ツェルター宛の手紙の中で「エンテレヒー的モナド」という自分で作った複合語を用いて、霊魂不滅と転生について次のように述べている。

> 先立つか後になるかはわかりませんが、世界霊に召されて上天に戻るまでは、活動を続けようではありませんか。その時がくれば、永遠に生きる神は、私たちがすでに自己の真価を示した活動に類する新しい活動を私たちに拒みはしないでしょう。もし父なる神がそのとき、私たちが地上ですでに欲し、かつなしとげた正と善の追憶と余薫とを付与したまうならば、私たちはいよいよ迅速に世界機構の歯車にかみあうことになるに相違ありません。
>
> エンテレヒー的（完成にむかって努力する）[386]モナドは、休みない活動によってのみ自己を維持しなければなりません。この活動が第二の天性となるならば、エンテレヒー的[387]モナドは永遠に仕事に欠けることはありません。こんなわかりにくい言い方をしましたが悪しからず。しかし、理性では及ばず、しかも不条理を認めまいとすれば、人は昔からこうした領域にまぎれこんで、こうした言い方で考えを伝えようとしたものです。[388]

ゲーテは「上天に戻る in den Äther zurückkehren」[389]という表現で死のこ

385　Zoega (1817: S. 39-40) 参照。

386　筆者が「完成にむかって努力する」を「エンテレヒー的」に書き換えた。

387　筆者が「エンテレヒー的」を書き加えた。

388　『ゲーテ全集15』、231頁－232頁。

389　FA 37, S. 454-55.

とを叙述し、来世の新しい「活動 Tätigkeit」[390]を希望している。さらに「追憶 Erinnerung」[391]という表現は、ゲーテが若い頃に研究していたプラトンの「アナムネーシス（ἀνάμνησις: 想起）」の概念[392]と関連させることができる。従ってゲーテは、来世にも前世のことを思い出せる、と考えているわけである。

上の手紙の中でゲーテは「エンテレヒー的モナド」などという「こんなわかりにくい言い方」[393]をしたことを謝っている。ゲーテは霊魂不滅と輪廻についての自分の考え方を、他の人に伝えるために様々な表現を用いている。そこには、言葉に表しがたいものを表現しようとするゲーテの努力があったといえる。

さらに 1829 年 9 月 1 日のエッカーマンとの対話の中で、霊魂不滅と輪廻について、「私は、われわれの永生については、疑いをさしはさまない。自然は、エンテレヒーなくして活動できないからね。しかし、だからといって、われわれ誰もかれもが同じように不死というわけではないのだ。未来の自分が偉大なエンテレヒーとしてあらわれるためには、現在もまた偉大な（große）[394]エンテレヒーでなければならない」[395]と述べている。言い換えれば、ゲーテは霊魂が常に生まれ変わると思っているのであるが、来世に偉大なエンテレヒーとして生まれ変わることができるためには、すでに今世に偉大なエンテレヒーでもなければならないと考えている。ここのエンレヒーは霊魂と同一視することができる。

ゲーテは死の時の「霊魂」・「魂」・「精神」の偉大さによって、来世も偉大な「霊魂」・「魂」・「精神」として生まれ変わることができると確信して

390　FA 37, S. 454-55.

391　FA 37, S. 454-55.

392　FA 1, S. 737 参照。

393　『ゲーテ全集 15』、232 頁。

394　große は和訳されていなかったので、筆者は「偉大な」という言葉を書き加えた（FA 39, S. 361 参照）。

395　エッカーマン（2001）『ゲーテとの対話（中）』、137 頁。

いる。死後もエンテレヒーの偉大さは変わらずにいて、来世に同じ偉大さであらわれる。従って今世にこそ偉大なエンテレヒーであるように、とのメッセージが含まれているといえる。すなわち、生きている間にこそ「霊魂」の成長のために努力すべきなのである。

章のまとめ

ゲーテの作品における霊魂不滅（あるいは生命の永遠）について論じるのが本章の目的であった。従来のゲーテ研究史において、ゲーテの輪廻概念そのものの探究と、さらに彼の作品について輪廻観を基とした解釈についての研究は、まだ十分なものではない。そこで、まずはゲーテの輪廻概念を深く理解、把握するために、本章ではゲーテの霊魂概念を明らかにした。

ゲーテの霊魂概念についてオルフェウス教の影響を中心に探究していった結果、彼が自身の霊魂概念と輪廻概念を叙述するために、いくつかの哲学用語と言葉を用いていることがわかった。すなわち本章で取り上げた「デーモン」・「モナド」・「エンテレヒー」・「霊魂」・「中核」・「エンテレヒー的モナド」・「太陽」・「精神」である。

これらの言葉の中でとくに目立つゲーテ独自の表現は「エンテレヒー的モナド」であろう。霊魂はゲーテにとって「エンテレヒー的モナド」である。すなわち、常に完成にむかって努力しているもの、である。そして今世の努力によって人間の霊魂が偉大な霊魂に成長することができるならば、来世、同じように偉大な霊魂として生まれ変わることができる、とゲーテは考えている（信じている）といってよい。「常に完成にむかって努力する」―この言葉は、ある意味でゲーテの哲学のエッセンスともいうべきものなのである。

部のむすび

第2部で論じたように、ゲーテはスピノザが教えている無限なもの（永遠性）を確信したが、ゲーテの霊魂概念は、スピノザの哲学の範囲を超えている。若いころの病気がきっかけとなって、彼は輪廻の概念を含んだ思想を研鑽するようになった。早くから彼は永遠・無限なものを求めていたが、人間関係そして知人や友人の死を通して、さらに霊魂不滅と輪廻について深く考察し、また言及するようになった。

ゲーテの輪廻概念や霊魂概念に影響を与えた哲学・思想は、さまざま（プラトン、ライプニッツのモナド論、アリストテレス、オルフェウス教など）だということがわかる。ゲーテの作品をずっと追っていくと、彼は若い頃から最晩年まで、輪廻と霊魂不滅に対する考えを変わらずもっており、また信じてもいた。そして詩的な表現や哲学的用語を用いながら、次第に自分の考えを細かく表現するようになっていったことがわかる。

輪廻概念と霊魂不滅の思想はゲーテの生命哲学を理解するために、不可欠なものであるといえる。ゲーテの生命観に関して、生命哲学の第2定義（生命観）からみると、ゲーテは生命の永遠性を信じていたので、輪廻思想や霊魂不滅の考えは彼に安心感を与えただろうし、世界と生命と人間を、広いコンテキストで把握することを可能にしたといえる。ゲーテが実践していた生命哲学に関しては、生命哲学の第3定義（実践的定義）の視点からいえば、ゲーテ自身がいうところの「自然詩文」の書き方によって、生命の永遠性を基盤とする生命哲学が、詩人に無限な詩作を可能とし、世代を超えて残る永遠性を表す詩文を可能にする、といえよう。ゲーテもこのような詩作の仕方を用いて、永遠性を表す詩文とともに、永遠に残る詩文を作ったといえる。

ゲーテにとってはすべてのものが「モナド」、「エンテレヒー」、「精神」、「イデー」、「霊魂」をもっている。彼は自身の霊魂概念と輪廻概念を叙述するためにいくつかの哲学的用語と言葉を用いており、すなわち「デーモン」・「モナド」・「エンテレヒー」・「霊魂」・「中核」・「エンテレヒー的モナド」・「太陽」・「精神」という一連の用語である。

　これらの一連の用語は同じものを示している。これらは同じ法則に従って、前世・今世・来世にわたり存在し、成長することができる。そして内在している意想や使命の道が展開されていくのである。彼はファルクとの対話で述べたように、人間は勤勉と熱心と自身の精神によって、さらに大きなあり方へと成長することができるが、エッカーマンとの対話で述べたように、来世に偉大なエンテレヒーとして生まれ変われるためには、すでに今世で偉大なエンテレヒーでないといけない。

　霊魂はゲーテにとって「エンテレヒー的モナド」であり、すなわち常に完成にむかって努力しているものである。―これはある意味でゲーテの生命哲学のエッセンスの一つともいうべきものを示している。ここにファウスト的努力の考え方、すなわち「絶えず努め励むものをわれらは救うことができる」[396]という思想が秘められている。人間は、自身の勤勉、熱心、精神、努力をもって進んでいくとき、自身を救うことができる。このような生き方の中でゲーテが考えた「エルピス：希望」、すなわち希望を持って、前進する人の姿がある。言い換えれば、救いは自身の行為により可能になるといってよい。ここに、ゲーテの抱く行為の哲学があるといえる。このテーマについてはさらに第4部で「業（ごう）の概念」を通して詳しく論じていきたい。

　ゲーテが世界・宇宙・自然は法則に従って存在し、発展していることを確信していたことは第3部でさらに明らかになった。ファルクとの対話の中でゲーテは「すべての恒星、すべての惑星は自分のうちにより高い意想、より高い使命を有し、それによって彼らの発展は、バラの木の発育が葉、梗、花冠とへていくのと同じ規則正しさで、同じ法則に従って実現されねばならない。」[397]と述べている。さらに「始原の言葉・オルフェウスの教え」の中でゲーテは「お前はすぐさま不断の成長をとげた、/ 出産時の法則に従っ

396　ゲーテ（1958）『ファウスト 2』、485 頁。

397　ビーダーマン編（1963）『ゲーテ対話録 2』、207 頁。

て。」[398]と述べている。つまり人間は法則に従って生まれてくる、ということである。第2部で論じたが、すべての物事を貫く「神的な法則」に神自身も従っていることを、ゲーテは考えている。彼は『詩と真実』の中で「自然は永遠の、必然的な、神自身でさえなんら変更することのできない神的な法則に従って働いている。これについてはすべての人間が、意識することなく、完全に一致している」[399]とスピノザについての段落の中で述べている。このようなゲーテが述べている「法則」は、すべて似ており、同じことを目指していると考えられる。その中で、ゲーテが想像している霊魂の輪廻は、この法則の不可欠な一部として捉えることができる。

398 『ゲーテ全集13』、67頁。

399 『ゲーテ全集10』、221頁。

第４部
ゲーテの「輪廻」概念と「行為」の概念
（東洋思想における）

第３部では、ゲーテの輪廻概念と霊魂概念に与えた西洋哲学・思想について論じた。そしてゲーテの考えとして、人間は自身の勤勉、熱心、精神、努力によって救われるという考えがあげられた。そうすると、人間を救うことは人間自身の力によって可能になる。この考えの中に行為の思想があるといえる。すなわち神などを通してではなく、人間自身の力で人間が救われるというプロメテウス的考えである。このような考え方は人間の行動にも関係しているので、生命哲学の第２・３定義である。

第３部の小結でも論じたように、ゲーテは自然が「法則」・「神的な法則」に従って存在し、発展していることを確信していた。ゲーテによるとすべての物事は、神を含めて同じ法則に基づいて存在し、動いている。さらに彼が考えている霊魂の輪廻は、この法則の不可欠な一部として捉えることができる。その上で、第４部では、この法則はどのような法則であるか、をさらに詳しく調べて、東洋思想を中心にゲーテの「輪廻」概念と「行為」の概念（業（ごう）の概念）を明らかにしていく。

現在は、ゲーテと東洋思想に関しての研究がまだ少ない状況である。一つの代表的な先行研究としてブルーノ・ペツォルト（Bruno Petzold, 1873-1949）の『ゲーテと大乗仏教』(*Goethe und der Mahayana Buddhismus,* 1982) という比較宗教学的な作品がある。その中でペツォルトはゲーテの思想と大乗仏教の思想を比較しているのだが、ゲーテは実際には大乗仏教を知らなかったと述べている[400]。同じく、三井光彌は『独逸文学に於ける佛陀及び佛教』（1935）の中でゲーテ自身が仏陀及び仏教について知らなかったと述べている[401]。

400　ペツォルト（2000）『比較宗教学への試み・ゲーテと大乗仏教』、203 頁参照。
401　三井光彌（1935）『佛陀及び佛教』、41 頁参照。

グロリア・コロンボ（Gloria Colombo）はゲーテの輪廻概念の典拠として、西洋思想の他に東洋思想であるヒンズー教の聖典の一つである『バガヴァッド・ギーター』を取り上げている。[402] ゲーテは 1808 年から数回にわたって『バガヴァッド・ギーター』を研究し、その中の輪廻概念の知識を得たという。[403] ゲーテとヒンズー教に関しては主に第 5 部で詳しく論じていく。

ワイマール・ゲーテ協会顧問であるマンフレート・オステン（Manfred Osten）は「ゲーテと仏教—『それより永遠の空虚のほうが、おれは好きだ』」という講演の中で『バガヴァッド・ギーター』の影響の他に、ゲーテはドイツ人医師・エンゲルベルト・ケンペルの『日本誌』[404]（*Geschichte und Beschreibung von Japan,* 1777）から仏教思想も知っていたのではないかと述べている。[405]

第 4 部では、ゲーテが『バガヴァッド・ギーター』以外に他の東洋思想から、特に仏教思想から輪廻思想を知っていたかどうかについて論じる。第 1 章では、主にケンペルの日本についての作品がワイマールの文学者、ゲーテをはじめ、ヘルダー、シュロッサーに与えた影響から、近世日本がどのようにドイツで理解されていたかということを検討したい。

そして第 2 章では、ゲーテが仏教の輪廻思想についての知識を『日本誌』及びゲーテ自身と同時代の文学者から得たということについて論じる。さらに、ゲーテはヨハン・ゲオルク・シュロッサーの『輪廻に関する二つの対話』やヨハン・ゴットフリート・ヘルダーの『人類歴史哲学考』からも、仏教の輪廻思想についての知識を得たと考えられるゆえに、これについても論述する。

402　Colombo (2013: S. 41-42)

403　Colombo (2013: S. 41-42)

404　ケンペル（1973）『日本誌』上巻。

405　オステン（2005）「ゲーテと仏教—『それより永遠の空虚のほうが、おれは好きだ』」、161 頁－ 162 頁。

第1章　ワイマール文学者に影響を与えたケンペルの『日本誌』

江戸時代の日本は鎖国時代であったにも関わらず、長崎の出島にはオランダ東インド会社の医師が滞在していた。彼らは、医師として働きながら日本についての知識を集め、海外に伝えた。この医師の中にはドイツ出身の医師も多く、彼らの活躍は西洋から日本へ、そして日本から西洋への知識伝達をもたらした。

同時期のドイツ文学は「シュトゥルム・ウント・ドラング」（Sturm und Drang）（「疾風怒濤」、1765-1785）や「ワイマール・クラシック」（Weimarer Klassik）（「ドイツ古典主義」、1786-1832）と呼ばれている。そして日本からもたらされた知識は、特にワイマールの文学者に影響を与えているのである。従って、ワイマール文学の作品を正しく解釈するためには、近世日本についての情報がどれほどドイツで知られ、論じられていたのか、また理解されていたのかということを理解する必要がある。ところが、そういった背景についてはまだ十分に研究がなされているとは言い難い状況である。

これまでの研究は主に日本についての情報がヨーロッパで知られている様子について[406]、さらに17世紀と18世紀にドイツで知られている日本についてである[407]。

406　Kapitza, Peter: Engelbert Kaempfer und die europäische Aufklärung. In: *Engelbert Kaempfers Geschichte und Beschreibung von Japan. Beiträge und Kommentar.* 1980, S. 41-63. Kapitza, Peter: *Japan in Europa. Texte und Bilddokumente zur europäischen Japankenntnis von Marco Polo bis Wilhelm von Humboldt.* 1990.

407　Takahashi, Teruaki: Japan und Deutschland im 17 und 18. Jahrhundert unter besonderer Berücksichtigung von Wirkungen des deutschen Japan-Forschers Engelbert Kaempfer. Eine historische Skizze. In: *Das Europa der Aufklärung und die außereuropäische koloniale Welt.* 2006, S. 208-227.

そこで、本章では主にドイツ人医師・エンゲルベルト・ケンペルの日本についての作品がワイマールの文学者、特にゲーテ、ヘルダー、ヨハン・ゲオルク・シュロッサーに与えた影響から、近世日本がどのようにドイツで理解されていたのかを探りたい。

第1節　ドイツ人医師の活躍と影響

エドガル・フランツ（Edgar Franz）による、江戸時代の日本に滞在していたドイツ医師についての研究[408]によると、日本に滞在したカスパル・シャムベルゲル（Caspar Schamberger, 1623-1706）、エンゲルベルト・ケンペル、フィリップ・フランツ・フォン・シーボルト（Philipp Franz von Siebold, 1796-1866）という三名の医師が日本の文化をヨーロッパに伝えると共に、ヨハン・アダム・クルムス（Johann Adam Kulmus, 1689-1745）、クリストフ・ウィルヘルム・フフェランド（Christoph Wilhelm Hufeland, 1762-1836）などの作品の日本語訳はヨーロッパから日本へ文化を伝えることに貢献したという。

この人物の中で注目したいのはケンペルである。ケンペルの『日本誌』の日本語版[409]をドイツ語から日本語に翻訳した今井正によると、ケンペル、シーボルト、エルヴィン・フォン・ベルツ（Erwin von Bälz, 1849-1913）は、日本で活躍した医師であると同時に、日本の研究者であり、「日本の発見」に重要な貢献をしていたという[410]。ケンペルの作品は西洋、そして日本の考古学、地質学、動物学、植物学、人類学や熱帯医学に影響を与えた[411]。また、クラウス・アントニ（Klaus Antoni）は、ケンペルは学問としての日本学の創立者の一人であり、しかも一番重要な創立者であったとする[412]。

408　Franz (2005: S. 32)

409　ケンペル（1973）『日本誌』、上巻。

410　Imai (1980: S. 113) 参照。

411　ケンペル（1973）『日本誌』、上巻、37頁。

412　Antoni (2002: S. 236)

『日本誌』はドイツより先にロンドンで英語版（*History of Japan,* 1727）が出版された。その後、ドイツのレムゴーでクリスチアン・コンラド・ウィルヘルム・ドーム（Christian Konrad Wilhelm von Dohm, 1751-1820）によってドイツ語版(*Geschichte und Beschreibung von Japan,* 1777/1779) が出版された。

ケンペルは1691年と1692年の二年間出島に滞在し、日本人に医学・天文学・数学を教えていた。滞在中には江戸参府にも参加している。ケンペル自身は日本語を話せなかったが、若い日本の学生が彼の部下として通訳を務めていた。この学生がケンペルから医学を習いながら、ケンペルに日本の位置・地形・政府・憲法・宗教・歴史などについての情報を与えた。ケンペルはこの若い日本人にオランダ語も教えたので、彼はオランダ語が堪能になった[413]。部下を守るために、ケンペルは彼の名前を打ち明けたことがないが、今村英生（1671-1736）であったという[414]。アントニは、彼は単なるケンペルの部下ではなく、この日本の同僚との共同作業がなかったらば、ケンペルは作品を成すことができなかったと指摘している[415]。

ケンペルの集めた情報は、主に発音などの点で間違いが見られるのだが、おそらくケンペルにとって日本語の発音を正しく聞き取るのは困難であったのであろう。とはいえ、『日本誌』はシーボルトの作品が登場するまでは最も豊富な日本に関する作品であった[416]。シーボルトの『日本』（Nippon, 1832-1851）などの日本研究の著作が出版されるのは1830年代からであるため、ゲーテ、ヘルダー、シュロッサーなどのワイマールの文学者に影響を与えたのはシーボルトの作品ではなくケンペルの作品であった。ペター・カピッツァ（Peter Kapitza）の研究によると、ケンペルの作品、特にそのフランス語版は啓蒙主義のヨーロッパの知識階級に強い影響を及ぼした。『日本誌』は日本への旅行者やヨーロッパの作家、また百科全書家や博物

413　Imai (1980: S. 96)

414　ケンペル（1973）『日本誌』、上巻、34頁－35頁。

415　Antoni (2002: S. 237)

416　Imai (1980 : 96, S. 113)

学者によって使用されていた。[417]

次節以下で具体的にケンペルの作品がゲーテ、ヘルダー、シュロッサーに与えた影響について論じていく。

第２節　ゲーテへの影響

ゲーテのケンペルについての次の文章から、彼が『日本誌』を知っていたことが推測できる。「私たちはケンペルから読みとれることは、日本の天皇（der Japanische Kaiser）はオランダ人が彼の前で敬意を示すための動作や、挨拶、日常の行動を演じた際にとても楽しんでいたということである」[418] これは、ポーランドの第二次分割（1793）の後、あるいは第3次分割（1795）の後に執筆された「下層階級により高い文化をもたらすために、ポーランドにドイツ語を導入する提案」(„Vorschlag zur Einführung der deutschen Sprache in Polen, Um eine höhere Kultur der niederen Klassen zu bewirken") [419] という随筆の中の一節である。

木村直司は、この天皇についての発言は『日本誌』の情報と一致していることを指摘している。[420]『日本誌』の第5巻「著者が二回にわたり長崎から江戸へ参府旅行した時の記述」第12章「江戸の町と江戸城」の中で、ケンペルは江戸参府と当時の将軍との出会いについて次のように報告している。

　　われわれは天皇（将軍）[421] が控えている方を向いて正座し、日本式に

417　Kapitza (1980 : S. 41-63) 参照。

418　„Wir lesen bei Kämpfer, daß der japanische Kaiser sich sehr unterhalten gefunden, als ihm die Holländer ihre gewöhnlichen Reverenzen, Begegnungen und täglichen Handlungen vorgespielt." (FA 18, S. 316. 筆者訳)

419　FA 18, S. 315-318.

420　Kimura (2006 : S. 94)

421　原本では「天皇」("Kaiser", Kaempfer: *Geschichte und Beschreibung von Japan,*

平身低頭して、頭を床に摺りつけるように下げ、深々とお辞儀をした。備後守は天皇（将軍）の命令を受け、通詞を通じて、われわれに対して『ようこそ江戸まで訪ねて来てくれた』と述べた。通詞は話がよく聞きとれるように、われわれの傍近く寄り添って一列に並んだ。（中略）天皇（将軍）は、（中略）われわれに対して、もっと顔が見えるように礼儀装のマントを脱いで正座するように命じた。天皇（将軍）がわれわれに要望したのは、それだけに止まらず、何をやれと俄かには思いだせぬほど次々に注文が出され、われわれは命ぜられるままに猿芝居をやらざるを得なかった。われわれは、あるいは立ち上がってあちらへこちらへと歩いて見せたり、あるいは互いに挨拶を交わす形を演じたり、踊ったり跳ねたり、酔っぱらいの真似をしたり、片言の日本語を喋ったり、絵を描いて見せたり、オランダ語とドイツ語で朗読したり歌ったり、マントを着替えたり脱いだり、いろいろの仕種をして見せた。私はドイツの恋歌を一曲、私なりに歌った。[422]

ここで「天皇 Kaiser」という言葉を使っているが、ケンペルは将軍のことを天皇だと勘違いしていた。ゲーテが同様に「天皇 Kaiser」を用いていること、そして随筆の中で「ケンペルから読みとれる」と書いていることからも、ゲーテは少なくとも『日本誌』の第５巻第 12 章を読んでいたことは確実であろう。

もう一つの日本からのゲーテへの影響は『西東詩集』（*West-östlicher Divan,* 1819/1827）の「ギンゴ　ビローバ（Gingo Biloba）」という詩の中に見出すことができる。

東方から来てわたしの庭に
ゆだねられたこのギンゴの葉は、

1779, Bd. 2, S. 284-285）とあるが、今井正の訳ではすでに「将軍」に直してある。この訳文ではケンペルの誤解が分からなくなるため、直訳に直した。

422　ケンペル（1973）『日本誌』、上巻、313 頁－ 314 頁。

秘密の意味を味わわせて
知者の心をよろこばす。

みずからのうちで二分かれした、
これは一つの生ける葉なのか？
一体として認められるほど
たがいに選びあった二つの存在なのか？

この問いの答えとして
正しい意味がみつかった、
わたしの歌々を聞いてあなたは感じないのか、
わたしは一にして二重なのだと？[423]

この詩のタイトルとなっている「ギンゴ　ビローバ（Gingo Biloba）」とは銀杏のことだが、ゲーテは手書き原稿の段階ではカール・フォン・リンネ（Carl von Linné, 1707-1778）が定めた公式な名称「ギンクゴ・ビローバ Ginkgo biloba」（二葉のギンクゴ）を用いている。[424]しかし『西東詩集』の初版発行の段階、また後の発行の中でも「Ginkgo」の「k」が削除されている。[425]

銀杏は日本由来のもので、18世紀に初めてヨーロッパに持ち込まれた。[426]当時のヨーロッパでは銀杏は珍しく、この詩の背景にあるのは、ハイデルベルク城の庭園にある古い銀杏の木であったとされている。ゲーテは1815年にマリアンネ・ウィレメル（Marianne von Willemer, 1784-1860）と再会する際に、この銀杏の木を見て恋歌を詠んだのだという。[427]

423　『ゲーテ全集2』、141頁－142頁。
424　FA 3/2, S. 1195参照。
425　Takahashi (2006 : S. 226)
426　FA 3/2, S. 1195.
427　FA 18, S. 93.

銀杏はケンペルの作品『廻国奇観』（*Amoenitates exoticae,* 1712）によって初めてヨーロッパに紹介された。もともとケンペルは「銀杏」という二文字の音声を「ギンキョウ Ginkyo」として記したが、『廻国奇観』の出版の際に間違って「ギンクゴ Ginkgo」として印刷されてしまった。なお、「ギンキョウ Ginkyo」を「ギンクゴ Ginkgo」という間違った書き方で受け継いだ人物こそ前述のリンネである。[428]

ゲーテが1816年11月7日にワイマールで記したカール・フリードリヒ・ツェルター宛の手紙の中で、自分が大きな影響を受けた三人の人物を取り上げ、「この頃私はまたリンネを読んで、この非凡な人間に驚かされました。私が彼から学んだものはじつに無限と言うべきで、植物学のことにはとどまりません。シェイクスピアとスピノザを別とすれば、個人のなかでこれほど大きな影響を受けた人を私は知りません」[429]と述べている。ゲーテはリンネの植物学の分類学を批判していたにも関わらず、リンネの植物学についてよく知っていたという。

それでは、改めてゲーテの「ギンゴ　ビローバ」の詩を見ていきたい。彼はこの詩を1815年9月に作詩した。ゲーテは銀杏の葉の形状に神秘の契合を見ていたと解釈されているが、ワイマール・ゲーテ協会顧問であるマンフレート・オステンによると、ゲーテは銀杏の葉を仏教的な観点から、「合一した二つの本性」という意味で解し、主観と客観、肉体と精神とが究極的には同一であり、互いに密接に結ばれていて、一つの大きな全体に関わっていると解しているという。[430]一方、「みずからのうちで二分かれした〜たがいに選びあった二つの存在なのか？」という部分から、ゲーテはプラトンの『饗宴』のアリストパネス（Aristophanes, 446-385）が語っているギリシャ神話に言及しているという解釈もある。[431]

428　Ausstellungskatalog „Sakoku“, Lemgo, 1990, S. 33. In: Kimura (2006 : S. 93)

429　『ゲーテ全集 15』、184頁。

430　オステン（2005）「ゲーテと仏教─『それより永遠の空虚のほうが、おれは好きだ』」、162頁。

431　FA 3/2, S. 1197.

木村は、ゲーテは日本についての知識をヘルダーの『人類歴史哲学考』（*Ideen zur Philosophie der Geschichte der Menschheit,* 1784/1785/1787/1791）から知ったのだと指摘している[432]。ゲーテは1787年10月の2回目のローマ滞在の時にこの作品をヘルダーから送られた[433]。ヘルダーはゲーテのストラスブール時代からの先輩であり、ゲーテに様々なことを教えたことから、ゲーテはヘルダーが持っていた書籍を読み、ヘルダーとの対話の中でケンペルのことを知るようになった可能性もあると思われるが、前述のポーランドにドイツ語を導入することについての随筆から、ゲーテが『人類歴史哲学考』に記された以上の日本に関する情報を知っていたことは明らかである。なぜなら『人類歴史哲学考』の中には「天皇」についての情報がないからである。

オステンはさらに講義の中でゲーテの輪廻観についても言及し、ゲーテがこのような輪廻観をもっていた理由の一つはケンペルの『日本誌』に起因していると述べている[434]。この点については後述する。

第3節　ヘルダーが得た日本と日本仏教の情報

ヘルダーの『人類歴史哲学考』は4部に分かれている。第3部第11章の中でアジアが紹介されており、構成は第1節「シナ」（今の中国）、第2節「コーチ・シナ、トンキン（ベトナムの北部にある地域）、ラオス、韓国、東のモンゴル帝国、日本」、第3節「チベット」、第4節「ヒンドスタン」（今のインド）と続き、第5節で「これらの国々の歴史についての一般的な考察」(Allgemeine Betrachtungen über die Geschichte dieser Staaten)となっている。ヘルダーは第2節の中で次のように述べている。

432　Kimura (2006 : S. 98) 参照。

433　FA 18, S. 98.

434　オステン（2005）「ゲーテと仏教―『それより永遠の空虚のほうが、おれは好きだ』」、161頁－162頁。

日本人はかつて野蛮人であった。（中略）文字や学問、手工業や芸術を教えてくれたこの国民（筆者注：中国の国民）との交流によって、彼らは中国と多くの部分において競争し、あるいは、中国に勝る国家となった。（中略）この国（筆者注：中国）の年代記は日本人が野蛮人として中国に来たことを述べている。この粗雑な島の形成があまりにも独特であり、中国から離れたとしても、彼らの文化の道具や彼らの芸術の加工さえにおいても中国に根元を見て取ることができる。[435]

ヘルダーは参考文献を挙げていないが、部分的にケンペルの作品を使った可能性が高い。その理由はケンペルの図書館にある。ケンペルの遺産の主要部分は彼の死後に彼の甥ヨハン・ヘルマン・ケンペル（Johann Hermann Kaempfer）に渡されたのだが、1736年にヨハンが死去すると、図書館はケンペルの姪であるマリア・マグダレナ・ケンペル（Maria Magdalena Kaempfer, 1669-1711）の所有になった。その後、最後のケンペル家の女子相続人が死亡したため、1773年に図書館は競売されることになったのだが、10月25日にこの図書館を購入した人物の一人がヘルダーであった。[436]ケンペルは『日本誌』第1巻「バタビアからシャムを経由　日本へ

435　„Die Japaner waren einst Barbaren (. . .) durch die Nachbarschaft und den Umgang mit jenem Volk (das chinesische Volk), von dem sie Schrift und Wissenschaften, Manufakturen und Künste lernten, haben sie sich zu einem Staat gebildet, der in manchen Stücken mit Sina wetteifert oder es gar übertrifft. (. . .) Die Annalen dieser Nation nennen doch die Zeit, da die Japaner als Barbaren nach Sina kamen und so eigentümlich sich die rauhe Insel gebildet und von Sina weggebildet hat: so ist doch in allen Hülfsmitteln ihrer Kultur, ja in der Bearbeitung ihrer Künste selbst der Sinesische Ursprung kenntlich.“（*Johann Gottfried Herder Werke.* Bd. 6, 1989, S. 444-445. 筆者訳）

436　1990年9月1日から11月4日までにレムゴー・ブラケにあるヴェーセルルネッサンス博物館ブラケ城で次の展示が行われていた。「鎖国—エンゲルベルト・ケンペルは1690年9月25日に閉鎖した日本に入域した」（„Sakoku – Am 25. September 1690 betritt Engelbert Kaempfer das verschlossene Japan“）。表記第65番でヘルダーへの指摘があった。（Kimura (2006 : S.26, 100) 参照）

の旅行および日本の歴史、地理事情一般　シャムの歴史、地理を含む」の第6章「日本人の起源について」で次のように述べている。

> このようにして日本人をその根源ないし起源について調べると、日本人はシナ人とは由来を異にする独自の民族であると認めざるを得ない。もちろん日本人は、その道徳や芸術、学問を、恰もローマ人がギリシャから学んだ如くシナ人から学んだには違いないが、決してシナ人からもまた他のいかなる民族からも征服者ないし支配者を迎えたことはないのである。[437]
>
> この地に移住したシナ人は、日本人に芸術、学問あるいはかれらの文献や文字などを伝えたが、その数は日本語を一変するほど多くなかった。シナの文献や文字が日本人の他に朝鮮人やトンキン（東京）人など、シナに隣接する諸国の人々の日用語の中にもとり入れられていることは、あたかもヨーロッパ人の間でラテン語が使われているのと同じことである。[438]

『日本誌』の中では他に日本と中国との関連性についての叙述、そして日本人と中国人の比較もある。そしてこれまでに引用したヘルダーとケンペルの文章に似ている部分があるのである。従ってヘルダーが『人類歴史哲学考』の第3部第11章第2節の中で日本人について書いた際にケンペルの『日本誌』を使った可能性は極めて高く、当時知られていた知識と符号する。このことはヨハンネス・グルンドマン（Johannes Grundmann）の『ヘルダーの「人類歴史哲学考」の中の地理的・民族学的出典と思想』（*Die geographischen und völkerkundlichen Quellen und Anschauungen in Herders „Ideen zur Geschichte der Menschheit“*, 1900）という著作の中でも主張されている。[439]

もう一つ興味深いことは、ヘルダーが『人類歴史哲学考』の第3部第

437　ケンペル（1973）『日本誌』、上巻、207頁。

438　同書、197頁－198頁。

439　Grundmann (1900: S. 57) 参照。

11章でアジアの宗教について叙述しており、「釈迦の宗教」（仏教）、教祖の釈尊とその輪廻の教えを取り上げていることである。第3節「チベット」の中に次のような記述がある。

> 釈迦（Schaka）の宗教の一部分はこれらの（アジアの）民族が持っている唯一の信仰と祭事である。それにしても、南でもこの宗教は遠く広がっている。ソッモナ・コドム（Sommona-Kodom）、シャクチャ・ツバ（Schaktscha-Tuba）、サンゴル・ムニ（Sangol-Muni）、シゲムニ（Schigemuni）、ブッド（Buddo）、フォ（Fo）、シェキア（Schekia）という名前は全部「釈迦」（Schaka）と一致している。このようにこの聖なる僧の教えがチベット人と同じような広大な神話学でなくても、ヒンドスタンやセイロン、シャム、バゴー、トンキンを通して中国や韓国、日本に広がった。（省略）日本は長い間チベットのような国であった。[440]

ケンペルも『日本誌』の第3巻「宗教、宗派および聖哲の道」の中で日本の宗教について述べ、その第6章「外来宗教である仏道およびその開祖と仏徒ならびに孔子およびその訓えについて」の最初に釈尊の名前を挙げている。

440　ヒンドスタンは現在のインド、セイロンはスリランカ、シャムはタイ、バゴーはミャンマーにある地方、トンキンはベトナムの北部にある地域のことである。

„So ist doch ein Stückwerk von der Religion des Schaka das Einzige, was diese Völker von Glauben und Gottesdienst haben. Aber auch südlich zieht sich diese Religion weit hin; die Namen Sommona-Kodom, Schaktscha-Tuba, Sangol-Muni, Schigemuni, Buddo, Fo, Schekia sind alle Eins mit Schaka und so geht diese heilige Mönchslehre, wenn gleich nicht überall mit der weitläufigen Mythologie der Tibetaner, durch Indostan, Ceylon, Siam, Pegu, Tonkin, bis nach Sina, Korea und Japan.“ (*Johann Gottfried Herder Werke*. Bd. 6, 1989, S. 446. 筆者訳)

> この言葉は、シナ人からはブダー（Buddah）と読まれ、日本人からもブッダ（Budsda）と読まるべきだが、ほとんどそうは発言されていない」「婆羅門の間では仏陀（Budsa）と呼ばれている。[441]
>
> シナ人や日本人は（省略）仏（ぶつ Buds）とか釈迦（しゃか Sjaka）とか呼び。[442]

ヘルダーとケンペルでは釈尊の名前の書き方が異なっているが、ケンペルの Sjaka とヘルダーの Schaka はいずれも日本語の釈迦に由来している。ケンペルは釈迦（Sjaka）[443]の宗教、つまり仏教とその教祖について次のように述べている。

> 日本人の計算によると釈迦の誕生は、西暦紀元前 1027 年に当る。（中略）念者[444]がこうして到達するこの奥深な恍惚境はかれらのところでは座禅（ざぜん Sasen）と呼ばれている。そしてこのような瞑想によって発見された真理ないし解脱の道を悟（さとり Satori）という。聖釈迦の場合には非常に優れた悟りが開かれ、かれは天国から地獄にいたるまでの諸相、肉体を離れた霊魂の実相、その輪廻（りんね）の流転、涅槃への道、諸仏の法力、一連の超自然的な奇跡の実態などを、この座禅修行によって極めて明確に把握した。[445]

また、釈迦（563-483）の教えの要点の一つとして「人間や動物の霊魂は、不滅である。人間も動物も本来は同じ生物なのであるが、現在では顔、貌、

441　ケンペル（1973）『日本誌』、上巻、410 頁。

442　同書、410 頁。

443　Kaempfer (1777: S. 296, 297, 300, 303)

444　念者は Betrachter の日本語訳である。つまりものを観察する人という意味をもつ。

445　ケンペル（1973）『日本誌』、上巻、411 頁。

体の造作を異にしているので区別される」[446]を挙げている。ケンペルは釈迦の教えを紹介し、その中に霊魂の輪廻の流転、そして人間と動物の霊魂の不滅性について述べているのである。

ヘルダーが『日本誌』を使った徴証がもう一つある。それは第 3 部第 11 章第 5 節の中で日本の宗教と関連しながら阿弥陀（Amida）の名前も取り上げていることである[447]。

アントニは、ケンペルの仏教の叙述は混乱しているとし、その原因として、神道と仏教を区別するようになるのは明治時代からであり、ケンペルが訪れた当時の日本はまだ神仏習合があたりまえであったと指摘している[448]。ゆえに、ヨーロッパに日本の宗教が伝えられたといっても、それは日本の仏教の一部にしかすぎず、日本の仏教の本当の様子は依然として不明であったといえる。

ヘルダーは仏教に対して批判的な記述をしているが、これは仏教についての情報が不足していたことも影響していると考えられる。宗教の教え、つまり経典について詳細に伝えるためには、言語力や知識が求められるが、ケンペルの日本滞在が 2 年間だけであったことや、すべての宗派の経典が出島にはなかった可能性が高いことから、仏教の哲学を理解するだけの言語力を身につけることも、仏教の教えを深く研究する時間もなかったと考えられる。そのため、ヘルダーが得た日本の仏教に関する情報も必然的に不十分なものになってしまったのだと考えられる。

第 4 節　日本の仏教・輪廻とドイツの輪廻論争

1780 年からドイツの知識人の集まりで輪廻思想に対する論争が起きた。この論争でレッシングなどによって西洋哲学の輪廻思想だけではなく、ヘ

446　同書、411 頁。

447　*Johann Gottfried Herder Werke.* Bd. 6, 1989, S. 461 参照。ケンペルも『日本誌』の第 3 巻第 6 章の中で阿弥陀を何回も取り上げている。

448　Antoni (2002: S. 233)

ルダーとシュロッサーによって東洋哲学の輪廻思想も研鑽され、論じられたと考えられる。

ヘルダーは『人類歴史哲学考』の第3部第11章の中でアジアと日本まで広がった釈迦の宗教について述べ、その関係で釈迦の宗教の輪廻論について論じている。ヘルダーは全体的に輪廻の考えに反対し、シュロッサーは輪廻の考えを認めている。シュロッサーのヘルダーに対しての返答の中に東洋の仏教思想が取り上げられていることから、シュロッサーも『日本誌』を使った可能性がある[449]。従ってゲーテは輪廻思想に関してヘルダーとシュロッサーから影響を受けたが、『日本誌』を読んだ際に日本仏教の輪廻思想を知ったのだと考えられる。

ただしゲーテの輪廻に対しての考えはヘルダーとは異なっていた。ヘルダーは輪廻の概念に賛成していなかったが、本書の第3部第1章で論じたようにゲーテは輪廻を信じており、若い頃から最晩年まで、輪廻と霊魂不滅に対する考えを変わらず持っていたのである。

コロンボはゲーテのいくつかの作品を輪廻の視点から解釈している[450]が、ケンペルと日本の仏教との関連については述べていない。
ゲーテの生命哲学を理解する上で、不可欠な輪廻概念と霊魂不滅の思想を正しく理解するためには、『日本誌』によって得られる情報と関連付けて考える必要があろう。

章のまとめ

日本では1884年（明治17年）に始めてゲーテの作品が和訳された。ドイツ文学が日本の近代文学に与えた影響についてはよく知られているが、近世の日本がドイツに与えた影響というのはあまり知られていない。しかし、本章で論じてきたように、ゲーテ、ヘルダー、シュロッサーはケンペルの『日本誌』を通して日本の仏教思想をすでに知っていたことは明らか

449 Cyranka (2002: S. 49-53) & Kurth-Voigt (1996: S. 173) 参照。

450 Colombo (2013: S. 39-41)

であり、彼らの作品を論じる際には、彼らが得た近世日本の情報について正しく理解しておく必要がある。

ゲーテに関しては日本の仏教について直接言及したものは残っていないが、彼の持つ輪廻思想から日本の仏教の影響を受けていたことは間違いないであろう。ゲーテと輪廻の概念については近年ようやく議論されるようになった問題であり、今後の研究が大いに必要なテーマだといえよう。

本章ではゲーテの輪廻思想と日本の仏教の影響に関しては、詳しく論じることができなかったが、日本の仏教と関連付けて研究することで、ゲーテの生命哲学を理解する手がかりが得られると考えている。この点については次の第２章で論じたい。

第２章　ゲーテに影響を与えた仏教思想

ブルーノ・ペツォルト（Bruno Petzold, 1873-1949）は『ゲーテと大乗仏教』(*Goethe und der Mahayana Buddhismus,* 1982) という作品の中で、比較宗教学的にゲーテの思想と大乗仏教の思想を比較している。その中で「ゲーテが仏教のこの形（大乗仏教）について何も知っていなかったこと、しかも、南伝仏教についてもただほんの弱い反響だけが彼の耳に届いていたことがありうるということは、最初から明らかである。総じて仏教は当時、ヨーロッパの文化的世界で、とりわけドイツ文学の領域の内では、知られていなかったも同然であった。」[451]と述べている。さらに三井光彌は『独逸文学に於ける佛陀及び佛教』（1935）の中で「ゲーテ自身は佛陀及び佛教についてはちつとも御存知なかった」「ゲーテに多くの知識を共有したヘルデル（＝ヘルダー）も、佛教についてはただ片言を洩せるのみ」[452]と述べている。

つまりゲーテにはほとんど仏教の知識はなかったというのである。しかしそれにもかかわらず、ゲーテの思想と仏教（ここでは大乗仏教）の思想には類似点があるというのがペツォルトの指摘である。このことについて少し検討してみたい。

確かにゲーテが生きていた時代には仏教の経典の独訳などは入手できなかっただろうが、釈尊の存在と仏教の思想、特に輪廻の概念については多少ではあるがヨーロッパでも知られていた。そうしたことを考えると、ゲーテが仏教のことを知らなかったと断言できるかどうか疑問である。なぜなら後述するゲーテが読んだとされる書物の中には、仏教についての記述も見られ、ゲーテが語る輪廻思想や生命観からは、仏教についての知識があったと考えなければ説明のつかない部分があるからである。

ペツォルトはゲーテが法華経・華厳経・阿弥陀経をもし知っていたとすれば、「旧約聖書と同じく、詩と宗教と哲学とが一体をなすものとして、

451　ペツォルト（2000）『比較宗教学への試み・ゲーテと大乗仏教』、203 頁。

452　井光彌（1935）『独逸文学に於ける佛陀及び佛教』、41 頁。

それらを尊重することができたであろう」[453]と述べている。一方でワイマール・ゲーテ協会顧問であるマンフレート・オステン（Manfred Osten）は2005年5月29日に行われた『ゲーテと仏教』という特別講演会の中で、ゲーテの考察は仏教の諸原理、なかでも法華経の伝統にもとづく仏教の諸原理に一致していることを主張しており、仏教についての記述があるケンペルの『日本誌』[454]とゲーテの関係についても指摘している[455]。

本章で注目したいのはゲーテと『日本誌』及びゲーテと同時代の文学者からの影響である。オステンはシュロッサーやヘルダーからの影響については触れていないが、ゲーテはシュロッサーの『輪廻に関する二つの対話』やヘルダーの『人類歴史哲学考』からも仏教思想についての知識を得たと考えられるからである。

ゲーテの輪廻観についての研究にはコロンボ[456]の研究などがあるものの、仏教との関係には触れられておらず、まだ十分に研究されているとは言い難い状況である。そこで、本章ではゲーテが仏教についてどのように知り、どれだけの知識をもっていたのか、ということを明らかにすることで、ゲーテの輪廻概念や生命哲学を理解する手がかりを探りたい。

第1節　ケンペルと日本仏教思想

ケンペルが日本で滞在中に集めた日本についての知識をまとめて出版した作品の一つが『日本誌』である。ロンドンで英語版（*History of Japan,* 1727）が出版されたのち、ドイツのレムゴーでクリスチアン・コンラド・ウィルヘルム・ドームがドイツ語版を出版した。ケンペルの作品、特にそのフランス語版は啓蒙主義の時代のヨーロッパの知識階級に強い影響を与

453　ペツォルト（2000）『比較宗教学への試み・ゲーテと大乗仏教』、98頁－99頁。

454　ケンペル（1973）『日本誌』、上巻。

455　オステン（2005）「ゲーテと仏教―『それより永遠の空虚のほうが、おれは好きだ』」、161頁－162頁。

456　Colombo (2013 : S. 39-41)

え、ヨーロッパの作家、また百科全書家や博物学者によって使用されており[457]、第4部第1章で論じたように、ゲーテだけでなくヘルダーやシュロッサーなどのワイマールの作家にも影響を与えたと考えられる。

『日本誌』第3巻「宗教、宗派および聖哲の道」の中で日本の宗教について記されており、特に第六章「外来宗教である仏道およびその開祖と仏徒ならびに孔子およびその訓えについて」では日本の仏教について書かれている。ただし末木文美士によれば、ここでのケンペルの記述は「仏教の起源と釈迦の伝記を記し、続いて極楽・阿弥陀・五戒・五百戒・地獄・輪廻などの教説と釈迦の弟子について記すのみで、教理的に深い理解はない」ものであり、「当時の日本の知識人の関心が、仏教から離れつつあったということを反映している」[458]のだという。

ケンペルは釈迦の教えの要点の一つとして、「人間や動物の霊魂は、不滅である。人間も動物も本来は同じ生物なのであるが、現在では顔、貌、体の造作を異にしているので区別される」[459]を挙げている。そして霊魂の輪廻(Metempsychose, Seelenwanderung)、人間と動物の霊魂の不滅性について「聖釈迦の場合には非常に優れた悟りが開かれ、かれは天国から地獄にいたるまでの諸相、肉体を離れた霊魂の実相、その輪廻、涅槃への道、諸仏の法力、一連の超自然的な奇跡の実態などを、この座禅修行によって極めて明確に把握した。」[460]と述べている。

さらにケンペルは霊魂の輪廻と関連して釈迦の教えに出てくる悪人の業について次のように述べている。

> 地獄落ちした亡者の霊魂は、地下の牢獄で一定期間苛責を受け、十分に罪滅ぼしした上で、閻魔王の公正な判決により、再びこの世へ送り戻される。しかしこんどは体は元の人間の形ではなく、動物の姿に

457　Kapitza (1980: S. 41-63)

458　末木文美士（2010）『近世の仏教　華ひらく思想と文化』、87頁。

459　ケンペル（1973）『日本誌』、上巻、411頁。

460　同書、411頁。

> 生まれ変って生きるのである。しかもその姿には、かれが前世で犯した悪業犯罪に因むものが選ばれ、例えば蛇、亀、虫、魚、鳥あるいは醜い四足動物に生まれ変わるのである。かれらはこの姿である期間この世に生きるが、再び人間に生まれ変れるまで、だんだんと高尚な動物に生まれ変わるのである。かれらが人間に生まれ変わった暁に、今度は永遠の楽土である極楽へ行けるか、それともまたしても不幸な輪廻を繰り返さなければならないかは、偏にその行ない如何に懸っているのである。[461]

この箇所では大乗仏教の宗派の一つである浄土教の輪廻の概念を取り上げていると考えられる。他の宗派の輪廻思想とは若干異なる部分があるが、繰り返される魂の輪廻において、悪質な行為によって人間の魂が動物として生まれ変わることもあるし、さらに人間として生まれ変わり、良い行為によって永遠の楽土である極楽へ行くことができるという概念である。

ゲーテは因果律、すなわち行為の結果と原因の関係を理解していたと考えられる[462]ことから、仏教や輪廻思想の知識についても『日本誌』から得た可能性が高い。しかし、『日本誌』の仏教に関する記述が、起源や伝記の他には極楽・阿弥陀・五戒・五百戒・地獄・輪廻などの教説、そして釈迦の弟子についての知識くらいであり、他の宗派の諸経典が書かれていないことからすると、ゲーテの仏教知識は浄土系の阿弥陀経に基づくものであり、日本の仏教の全体的な様子や、それぞれの宗派の教説についての知識は得ることができなかったと考えられる。

以上のことから、ペツォルトやオステンが指摘するゲーテと大乗仏教(法華経・華厳経・阿弥陀経）との類似性は偶然ではないことになる。ゲーテは法華経と華厳経については知らなかったわけだが、少なくとも阿弥陀と

461　同書、413頁－414頁。

462　オステンはゲーテが「前世でのふるまいに関する業報的因果律というものの可能性を理解していた」と述べている。「ゲーテと仏教―『それより永遠の空虚のほうが、おれは好きだ』」2005、161頁参照。

釈迦の伝記などについては『日本誌』によって知ることができる状況にあった。当時は仏教の経典がまだドイツ語などに翻訳されておらず、『日本誌』第3巻第6章は仏教の思想を知ることのできる数少ない文献であったといえる。その『日本誌』によって輪廻の思想とその裏にある因果律についての知識を得たことで、ゲーテは人間が自身の行動によって自身の運命を変えることができるということを意識するようになったと考えてよいかもしれない。

第2節　シュロッサーと仏教思想

ヨハン・ゲオルク・シュロッサーはゲーテの妹の夫であり、18世紀に輪廻概念について公的に述べた作家の一人である。彼は輪廻の概念に賛同している。シュロッサーも参加していたドイツの知識人の集まりでは、1780年代に輪廻思想に対する論争が起きている。そのきっかけとなったのはレッシング（Gotthold Ephraim Lessing, 1729-1781）の作品『人類の教育』（*Die Erziehung des Menschengeschlechts,* 1780）であったが、シュロッサーは『輪廻に関する二つの対話』(1781/1782) という作品の中でレッシングの問いには直接に答えていない。「五感以上は人間のためであることが可能である」（*Daß mehr als fünf Sinne für den Menschen sein können,* 1795）という断片の中でレッシングは輪廻について論じて、次の問いを書いている。「この私の体系は確かにすべての哲学の体系の中の最も古いものである。それは実際に霊魂の実在以前と輪廻である。これはゆえにピタゴラスやプラトンのみならず、彼らの前にエジプト人とバビロニア人とペルシャ人も、すなわちすべての東洋の賢者が考えていた体系である[463]」。シュロッサーの第一

463　„Dieses mein System ist gewiß das älteste aller philosophischen Systeme. Denn es ist eigentlich nichts als das System von der Seelenpräexistenz und Metempsychose, welches nicht allein schon Pythagoras und Plato, sondern auch vor ihnen Ägypter und Chaldäer und Perser, kurz, alle Weisen des Orients, gedacht haben.“ (Lessing, Gotthold Ephraim: Werke. Bd. 8, 1970, S. 560. 筆者訳)

対話はヨハン・カスパー・ラヴァーター（Johann Caspar Lavater, 1741-1801）を通してヘルヴェティアの学会（Helvetischen Gesellschaft）で知られているシャルル・ボネ（Charles Bonnet, 1720-1793）の再生の概念を元にして書かれている可能性がある[464]。シュロッサーの第一の対話（1781）に対して、ヘルダーが同じく対話形式で記した『輪廻に関する三つの対話』（*Über die Seelenwanderung. Drei Gespräche,* 1781）という作品で批判的に答える。このヘルダーの返答に対して、シュロッサーが返答として第二の対話（1782）を書いており、その中で仏教の思想を取り上げている。ゲーテはこの輪廻論争には文筆の形式では直接参加しなかったが、シュロッサーの作品はゲーテにとって「聖なるもの Heiligtum」であり[465]、彼を通してイエナで回覧された[466]。

第3部第1章で論じたようにゲーテ自身は若いころから輪廻の概念を探究するようになった。1768年に、ゲーテはライプニッツで学生時代に結核にかかったので、回復するために、フランクフルトに戻ったが、病による心的不安から、内省的、宗教的省察をするようになった[467]。そうして自分に希望を与えてくれる永遠のものや生死について真剣に考察していた。この時期に、ゲーテはあらゆる思想（新プラトン主義を根底にすえ、これに古代密儀的なもの、神秘的なもの、ユダヤ秘教的なものなど[468]）を研究して、様々な輪廻の概念も知るようになり、これに親しみを感じるようになった[469]。

このフランクフルト時代からゲーテは「自分の宗教」を築き始める。その結論の一つは『詩と真実』第8章の終わりにある次のような文章に見られる。

464　Cyranka (2001: S. 45)

465　Herder an Hamann, 11. Juli 1782, FA 29, S. 430 & S. 983 参照。

466　Thorwart (2004 : S. 34)

467　*Goethe Werke.* Bd. 5, 2007, S. 772 参照。

468　『ゲーテ全集9』311頁、281頁。第3部第1章ですでに紹介した。

469　Colombo (2013: S. 39-41)

ここに救済は永遠の昔から決定されているばかりでなく、永遠に必然のものとして考えられていること、のみならず、それが生成と存在の全時期を通じて新たにくりかえされなければならないことが、容易に知られるのである。この意味において、神自身が自らの被服としてすでに用意していた人間の姿をとって現れ、しばらくのあいだ人間の運命を分かちあい、この類似によって喜びを高め、苦悩を和らげようとしたことほど自然なことはあるまい。あらゆる宗教と哲学の歴史が私たちに教えることは、人間に欠くことのできぬこの偉大な真理がさまざまな時代に、種々の国民によって、いろいろな方法で、さらに不思議な寓話や象徴のうちに、かぎられた能力に応じて伝承されたということである。[470]

この箇所でゲーテが「あらゆる宗教と哲学の歴史」と記しているように、ちょうどその頃読んでいた新プラトン主義を根底にすえ、これに古代密儀的なもの、神秘的なもの、ユダヤ秘教的なもの[471]とキリスト教の教えなどを自分なりにまとめていると考えられるが、この点に関してはさらに詳しい研究を必要とする。この時期にゲーテはアルノルト・ゴットフリート（Arnold Gottfried, 1666-1714）の著作を読んで、次のように述べている。「私は当時私の手に入った一冊の重要な本から大きな影響をうけた。それはアルノルトの『教会と異端の歴史』であった。（省略）彼の思想の方向は、私のそれときわめてよく符合していた。[472]」この作品は使徒の時代から16世紀末のピエティスムにいたるまでの教会と敬虔な信仰心の歴史を扱っている。[473]本書では、ゲーテがそのころ研究していた以上のあらゆる思想の救済概念は紹介できないが、注目すべきはゲーテが述べている「神自身が

470　『ゲーテ全集9』、313頁。

471　同書、311頁。

472　同書、311頁。

473　同書、419頁参照。

自らの被服としてすでに用意していた人間の姿をとって現れる」という「真理」のたとえ話がシュロッサーの第二の対話の締めくくりに出てくる「インドの童話（Das Indische Märchen）」という仏教思想の話と共通点があることである。

『詩と真実』第8章ではゲーテが19歳の1768年からのことが描かれる。19歳当時はまだシュロッサーの『輪廻に関しての二つの対話』(1781/82)は存在しないが、執筆の際[474]には二つの対話から得た知識を反映させたのだと推測できる。

シュロッサーが「インドの童話」というタイトルを付けた童話に出てくる名前、すなわち「タモ Tamo」は中国の「プティ・ダモ Puti-damo」に由来し、菩提達磨（Bodhidharma、中国禅宗の祖）のことを意味する。さらに「アミダス Amidas」は日本の「阿弥陀」に由来し、浄土宗の仏である。「クサキア Xakia」は釈迦のことを意味する[475]。

そこで簡単ではあるがシュロッサーの「インドの童話」についてまとめたい。

この童話の中で、釈迦の後継者である菩提達磨は彼らの宗教の原理の一つである「輪廻の教え」に賛成しないで、逆にこれについて怒っており、彼は自分の魂が動物あるいは自分より低い人間に流転することを見苦しいものだと思っていた。このことについて悩み、悟りを得たいと祈った時に阿弥陀が現れ、輪廻を説明する中で人間は人間に流転することと、人間は動物に流転することは正しくないことを告げた。なぜなら彼自身が未知の大神の許可により人間を創造したからである。彼自身と彼のような存在は

474　第8章を含む第2部は1812年10月に完成した（*Goethe Werke*. Bd. 5, 2007, S. 715）。

475　当時のヨーロッパでは釈迦は様々な綴りで記されていた。シュロッサーは『日本誌』も知っていたと考えられるが、ケンペルの釈迦の綴りは「Sjaka」であり、また阿弥陀の綴りも異なる。そして菩提達磨に関してはそもそもケンペルが取り上げていないことから、シュロッサーはケンペルの作品以外の文献も使用したと考えられる（Cyranka (2001: S. 51)

霊魂（阿弥陀）しかなく、霊魂が動物の体の中でどのように生きているのかを知りたかったために、「原神 Urgott」はこの霊魂の宿る動物として人間の形を与え、他の動物と区別した。しかし最初の千年はこの人間も動物的であったので、原神は彼らを実りの多い土地に移動させたが、その結果人間は所有欲などのたくさんの悪徳をもつようになった。これを見て怒った「閻魔王 Jammao」は阿弥陀にこの人間を撲滅することを命令したが、阿弥陀は彼らの「とりなしをする役 Fürbitter」すなわち「父 Vater」として、まず自分自身が人間の生き方を試してみたいと願った。そのため阿弥陀自身は人間の形をとり、貧しい男として世界を回ることになった。そして人間の悪徳を見て、彼らを教化しようとし、彼らも変革を試みたが、千年の最初の生命（前々生のこと）からの悪い印象がなかなか消えなかった。阿弥陀が原神と相談したところ、原神は彼にこのような悪い霊魂を浄化できる手段を見つけるようにと命令した。そのために原神は彼に三万年の時間を与えた。彼が良い手段として見つけたのは人間の霊魂を頻繁に彼らの体からとり、違う体に入れることであった。すなわち彼らを違う場所や状況、関係性で生まれ変わらせるということである。このような過程の中で、人間は様々な経験を積み、ものごとを正しく判断するようになるというわけである。

一言でまとめるならば、この童話は、人間は輪廻転生を通して良い人間になるはずだということを教えている。

ゲーテの「神自身が自らの被服としてすでに用意していた人間の姿をとって現れ、しばらくのあいだ人間の運命を分かちあい、この類似によって喜びを高め、苦悩を和らげようとした」という表現は、阿弥陀が人間として生き、人間の運命や喜び、そして苦悩も分かちあうことで、彼らを救おうとしているということと同様に捉えることができる。これはゲーテの救済概念を表したものとも言え、彼は彼が知っていたすべての宗教は救済概念をもっていたことに気づいた。ゲーテは人間の救済の原理はあらゆる宗教と哲学の歴史が教えるように偉大な真理であり、様々な時代に、種々の国民によって、不思議な寓話や象徴のうちに伝承されてきたと考えている。この「インドの童話」も「不思議な寓話」[476]の一つであるといえる。

シュロッサーの第一の対話は「神の懐で im Schosse Gottes」[477]という言葉で終わり、そして第二の対話では「タモ Tamo」が最後に「しかし将来には、精神はもう物質と結ばれることはないはずだ」[478]と述べている。このようなシュロッサーの輪廻観は、あらゆる魂（植物、動物、人間）が生まれ変わるという点においてゲーテの輪廻観と一致しているが、ゲーテにとっては、輪廻転生にシュロッサーがいうような「神の懐で im Schosse Gottes」という最終目的地はない。1824年5月2日のエッカーマンとの対話の中で、ゲーテは精神を太陽と比較し、永遠に絶対に滅びることのない存在だと確信していた[479]。つまりゲーテは霊魂・精神が永遠に輪廻し続けることを考えていた。

第3部で論じたように、ゲーテは若い頃から最晩年まで、輪廻と霊魂不滅に対する考えを持ち続けており､詩的な表現や哲学的用語を用いながら､細かく表現している。輪廻概念と霊魂不滅の思想はゲーテの生命哲学を理解する上で、不可欠なものである。

ゲーテの「霊魂」･「精神」･ライプニッツの哲学的用語「モナド」･アリストテレスの哲学的用語「エンテレヒー」はほぼ同じ意味で使われている。さらに、ゲーテは「エンテレヒー的モナド」という複合語を作り出した。彼にとってはすべてのものが「モナド」または「エンテレヒー」をもつ。このモナドが内在している意想や使命の道が、同じ法則によって前世・今世・来世にわたり存在し、成長していると捉えている。

さらに1829年2月4日には､ゲーテはエッカーマンに向かって｢私にとっては、われわれの霊魂不滅の信念は、活動（Thätigkeit）という概念から生まれてくるのだ。なぜなら、私が人生の終焉まで休むことなく活動して、

476　『ゲーテ全集9』、313頁。

477　Schlosser, Johann Georg: *Über die Seelenwanderung,* Bd.1, 1781, S. 49. 筆者訳。

478　„Künftig aber solle kein Geist mehr mit der Materie verbunden werden.“ (Schlosser, Johann Georg: *Über die Seelenwanderung.* Bd.2, Serini, Basel, 1782, S. 23. 筆者訳)

479　エッカーマン（2001）『ゲーテとの対話（上）』、144頁－145頁。

私の精神が現在の生存の形式ではもはやもちこえられないときには、自然はかならず私に別の生存の形式を与えてくれる筈だからね。」[480]と述べている。間断なき活動によって、自然はゲーテに来世における別の生存の形式を与えるということを、彼は確信している。ゲーテは、人間が自分自身の活躍と行動によって救われることも確信している。このような考えの中に因果律を見出すことができる。つまり現在の生存において絶えず活動し続けたら、別の生存を確保することができる、ということである。

シュロッサーの「インドの童話」の中では人間の悪徳が罰せられているが、この童話の言わんとしていることは、彼らが前の命から次の命までに積んだ経験によって、正しい判断がつき、それによって自分の行動を改善させることができるということである。従って、ゲーテは「インドの童話」を通して輪廻の概念や因果律の存在を身近なものとして考えるようになったのではないだろうか。

第3節　ヘルダーと東洋思想

ゲーテが仏教のことを知るようになったもう一冊の作品がある。それはゲーテに様々なことを教えたストラスブール時代からの先輩でもあるヘルダーの『人類歴史哲学考』である。ゲーテは1787年10月の二回目のローマ滞在の時にこの作品をヘルダーから送られた。[481]ゲーテが『人類歴史哲学考』を評価していたことは1824年11月9日のエッカーマンとゲーテの対話からわかる。[482]

『人類歴史哲学考』の第3部第11章の中ではアジアが紹介されており、その第2節は「コーチ・シナ、トンキン（ベトナムの北部にある地域）、ラオス、韓国、東のモンゴル帝国、日本」についてである。第二節の日本

480　エッカーマン（2001）『ゲーテとの対話（中）』、54頁。

481　FA 3/2, S. 98.

482　エッカーマン（2001）『ゲーテとの対話（上）』、155頁－156頁参照。

についての情報とケンペルの『日本誌』[483]には似ている部分があり、ヘルダーがこの節を書いた際に『日本誌』を使った可能性は極めて高いといえる。なお、第3部第11章第5節の中では日本の宗教と関連しながら、ケンペルが何度も触れている阿弥陀（Amida）も取り上げており[484]、ここでヘルダーは16冊の参考文献を挙げているが、『日本誌』は挙げていない。ヘルダーは『人類歴史哲学考』の中で必ずしも参考文献を取り上げていない[485]が、ヨハンネス・グルンドマン（Johannes Grundmann）の『ヘルダーの「人類歴史哲学考」の中の地理的・民族学的出典と思想』（*Die geographischen und völkerkundlichen Quellen und Anschauungen in Herders „Ideen zur Geschichte der Menschheit“*, 1900）という著作の中でヘルダーが『人類歴史哲学考』の中で使用した引用文献を紹介した。そこではケンペルも取り上げている。

このような『人類歴史哲学考』をゲーテが読んでいることから、ゲーテはアジアの諸宗教、さらに釈迦の宗教（仏教）のことを意識していたと考えてよいだろう。

『人類歴史哲学考』は4部に分かれており、第3部第11章の中でアジアの国々も、その民族の宗教も紹介されている。さらに「釈迦の宗教 Religion des Schaka」（仏教、教祖の釈尊とその輪廻の教え）「婆羅門の宗教 Bramanen-Religion」（ヒンズー教）を取り上げている。同じ章では、孔子・老子・ダライ・ラマについても言及している。ヘルダーは、バラモン教はただアジアに広がる釈迦の宗教の枝葉であるとする。釈迦の宗教はすべてのアジアの国々に違う形で広がっているが、ヘルダーは婆羅門の枝葉を最も気に入り、「この（婆羅門教という）花はアジアの東洋の世界で広がっているすべての仏の宗派（仏教）に対して、すべての坊主とラマ僧とインドの僧よりも学究的で、より人情味があり、より役に立ち、より高尚である。」[486]と述べている。ゲーテはヘルダーの作品を読み、影響を受けたと考

483　ケンペル（1973）『日本誌』、上巻、207頁。

484　*Johann Gottfried Herder Werke.* Bd. 6, 1989, S. 461 参照。

485　同書、912頁参照。

486　„Gegen alle Sekten des Fo, die Asiens östliche Welt einnehmen, ist diese die Blüte;

えられることから、ゲーテがバラモン教を研究するきっかけの一つになったと考えられる。

また、第3部第16章第3節「チベット」の中では、教祖の釈尊について「この民族（アジア民族；筆者）が保持している信仰と祭事に関する唯一つのものは、釈迦（Schaka）の宗教の一部分である。それにしても、南方にもこの宗教は広く拡大している。（省略）このように、この聖なる僧の教えがチベット人と同じような広大な神話学でなくても、ヒンドスタンやセイロンやシャムやバゴーやトンキンを通して中国や韓国や日本に広がった。」[487]と記している。そしてヘルダーは「仏の哲学」、すなわち仏教に秘められている大いなる可能性を認識し、仏教の思想の中に世界を包括する真実があることに気がつき、次のように述べている。

> ブッダの哲学もそうだが、自然にあるすべてのものが使われ方によって善ともなり悪ともなる。このブッダの哲学は高貴で美しい考えをもつが、その一方で、十分にやってきたように詐欺や惰性を目覚めさせ、養うかもしれないのである。ブッダの宗教がまったく同じものでありつづけた国はないが、それがあるところではどこでも、つねに粗野な聖所よりも常に一段と高いレベルにある。純粋な倫理説の最初の夜明けであり、世界を包括した真理の最初の子供の夢である。[488]

---

gelehrter, menschlicher, nützlicher, edler, als alle Bonzen, Lamen und Talapoinen.“ (*Johann Gottfried Herder Werke.* Bd. 6, 1989, S. 455. 筆者訳）

487 „So ist doch ein Stückwerk von der Religion des Schaka das Einzige, was diese Völker von Glauben und Gottesdienst haben. Aber auch südlich zieht sich diese Religion weit hin (. . .) so geht diese heilige Mönchslehre, wenn gleich nicht überall mit der weitläuftigen Mythologie der Tibetaner, durch Indostan, Ceylon, Siam, Pegu, Tonkin, bis nach Sina, Korea und Japan.“ (*Johann Gottfried Herder Werke.* Bd. 6, 1989, S. 446. 筆者訳）

488 „Jedes Ding in der Natur, mithin auch die Philosophie des Budda ist gut und böse, nachdem sie gebraucht wird. Sie hat so hohe und schöne Gedanken, als sie auf der andern Seite Betrug und Trägheit erwecken und nähren kann, wie sie es auch reichlich getan hat.

また、ヘルダーは『人類歴史哲学考』の第3部第11章の中でアジアの宗教・釈迦の宗教とバラモン教の宗教の概念である「輪廻 Metempsychose, Seelenwanderung」について言及し、自分の意見を次のように述べている。

> 宇宙進化論も東洋の輪廻も、限られた人間の悟性と同情する心が考えている有るものと成るものについての詩的想像の仕方である。[489]
>
> 輪廻の教えは、発明者の頭の中でどれほど大きな仮説だったとしても、そして人間性に多くの良いものをもたらしてきたとしても、人類らしくないあらゆる迷想と同じように、必然的に多くの悪ももたらさなければならなかった。すなわち、輪廻はすべての生き物に対して偽の同情を起こしたことにより、我々人類の不幸に対する真の同情を減少させた。このような不幸な人は以前の犯罪の重みの下で犯罪者として見られ、あるいは運命の手で試練を受けた人たちとして見られた。そして彼らの美徳は将来の姿で報いられる。[490]

In keinem Lande blieb sie ganz dieselbe; allenthalben aber wo sie ist, stehet sie immer doch Eine Stufe über dem rohen Heiligtum, die erste Dämmerung einer reinern Sittenlehre, der erste Kindestraum einer Weltumfassenden Wahrheit.“ (*Johann Gottfried Herder Werke.* Bd. 6, 1989, S. 450. 筆者訳)

489　„Die Kosmogonie sowohl als die Metempsychose der Morgenländer sind poetische Vorstellungsarten dessen was ist und wird, wie solches sich ein eingeschränkter menschlicher Verstand und ein mitfühlendes Herz denket.“ (*Johann Gottfried Herder Werke.* Bd. 6, 1989, S. 449. 筆者訳)

490　„Überhaupt hat die Lehre der Seelenwandrung, so groß ihre Hypothese im Kopf des ersten Erfinders gewesen und so manches Gute sie der Menschlichkeit gebracht haben möge, ihr notwendig auch viel Übel bringen müssen, wie überhaupt jeder Wahn, der über die Menschheit hinaus reichet. Indem sie nämlich ein falsches Mitleiden gegen alles Lebendige weckte, verminderte sie zugleich das wahre Mitgefühl mit dem Elende unsres Geschlechts, dessen Unglückliche man als Missetäter unter der Last voriger Verbrechen oder als Geprüfte unter der Hand eines Schicksals glaubte, das ihre Tugend in einem

ヘルダーは若いころ、輪廻について探求しており、その後の『人類歴史哲学考』第3部第11章や、『輪廻に関する三つの対話』でも輪廻について批判している。ヘルダーにとっては人間が罪すなわち業を背負って生まれるのは不公平なことであったのだろう。ただしヘルダーにとっては、死後の個性の発展は疑うことのできないものであり、彼にとって体のない魂は存在しないため、輪廻の代わりに「再生 Palingenese」を主張した[491]。ヘルダーは『輪廻に関する三つの対話』の中で動物について述べているが、古代ギリシャのイソップ寓話を通して「人間の発生と動物から人間への再生 Anthropogenesie und Palingenesie der Tiere zu Menschen」[492]について述べている。この三つの対話は「チャリクレス Charikles」と「テアゲス Theages」の間の対話からなっており、その第1対話の中で、動物への下降という輪廻概念を棄却している。この考察はヘルダーの「再生 Palingenese」概念の前の段階であると考えられる。

ゲーテが輪廻論争に参加しなかった理由の一つは、このようにヘルダーが輪廻について批判的な立場にあったためであると考えられる。ゲーテはヘルダーの非難を恐れて、自身が予定していた『ゲッツ』(Götz, 1773) と『ファウスト』のことや、『カバラ』への興味を隠していた[493]ことがわかっているが、輪廻についても同様にヘルダーの非難を恐れるがゆえに、公の場で輪廻に関する意見を述べることをほとんど避けたのであろう。ゲーテはヘルダーの『人類歴史哲学考』から影響を受けつつ、独自の輪廻概念を構築していったと考えられる。

---

künftigen Zustande belohnen werde.“ (*Johann Gottfried Herder Werke.* Bd. 6, 1989, S. 456. 筆者訳)

491 Obst (2009: S. 133)

492 *Johann Gottfried Herder Werke.* Bd. 4, 1994, S. 458.

493 *Goethe Handbuch,* Bd. 4/1, 1998, S. 482.

章のまとめ

本章ではゲーテが仏教についてのどのような知識をもっていたかということについて論じた。ゲーテはペツォルトと三井が述べたように仏教の知識をまったく持っていなかったわけではない。さらに三井が述べたようにヘルダーは仏教についてはただ片言を洩せるのみではなく、『人類歴史哲学考』の中のいくつかの箇所で「釈迦の宗教」について述べている。ゲーテは主に、ケンペルの『日本誌』、シュロッサーの『輪廻に関する二つの対話』、ヘルダーの『人類歴史哲学考』の東洋仏教の思想を取り上げている作品から、仏教思想についての知識を得たと考えられる。

この三つの作品の中ではそれぞれ異なる仏教の思想が取り上げられているが、共通しているのは輪廻の概念とそれと関連している業（ごう）の概念が紹介されている点である。人間は自身の行動によってより良い人生、すなわち来世を得ることができ、逆に悪い行動によって罰せられて、来世に動物として生まれ変わる可能性もある。ゲーテがこのような仏教の思想を知っていたからこそ、輪廻観と因果法（人間の業（ごう））に基づく彼の生命哲学（第２・３定義）が生まれ、作品にも反映されるようになったといえるのではないだろうか。

シュロッサーの「インドの童話」の中では人間の悪徳が罰せられているが、この童話の言わんとしていることは、彼らが前の命から次の命までに積んだ経験によって、正しい判断がつき、それによって自分の行動を改善させることができるということである。従って、ゲーテはケンペルとヘルダー以外に、シュロッサーの「インドの童話」を通しても輪廻の概念や因果律の存在を、身近なものとして考えるようになった。人間自身の行動によって、業（ごう）が作られ、人生行路が決められている。このような法則は人間に行動の責任を与えるし、人間が自分自身の活躍と行動によって、自分自身を救うことが可能になる。この場合は、活動と行動が因となり、救いが結果となる。ゆえにこれは、人間に行動の自由と責任を与える、因果律に基づいた生命観である。このような生命観は、ゲーテの確信の一つであったといえ、生命哲学の第2定義と第3定義と関係している。このような因果律に基づいた生命観は、ゲーテの場合、現世だけではなく、来世まで影響を及ぼしている。

しかし、ゲーテはその生涯において輪廻に対する考えを公に表記することはあまりなく、親しい人々と対話するくらいであった。『ファウスト』第一部の „Am Anfang war die Tat“[494] という言葉は、「はじめに業(わざ)ありき」[495]および「太初(はじめ)に行(ぎょう)ありき」[496]として翻訳されている。新約聖書の中で „Im Anfang war das Wort“「始めに言葉ありき」という言葉があるが、ゲーテは『ファウスト』の中で「Wort 言葉」を「Tat 業(わざ)・行(ぎょう)」に入れかえたと思われる。その意味では、ゲーテの言葉はたいへん仏教的な表現であるといえる。ならば、「業(わざ)」および「行(ぎょう)」[497]、すなわち行為と努力によって人間の運命すなわち業(ごう)が決められるという考えは、非常にファウスト的で、ゲーテ的で、同時に仏教的であるといえる。このような「業(わざ)」・「行(ぎょう)」あるいは「因果律」の概念と輪廻の概念がゲーテの作品にどのように反映しているのかについては、今後の論に期したい。

---

494 Goethe: *Faust. Der Tragödie Erster Teil.* 2000, S. 36.

495 ゲーテ(1958)『ファウスト 1』、86頁。

496 『ゲーテ全集 3』、42頁。

497 Tat というドイツ語の言葉は和訳によって異なっているので、二つの例を取り上げた。

部のむすび

第 4 部では、東洋思想を中心にゲーテの「輪廻」概念と「行為」の概念を明らかにした。ゲーテが 1832 年に逝去してからちょうど 20 年後、1852 年に法華経がヨーロッパで初めて西欧語の一つであるフランス語に翻訳された。[498] ゆえに、彼は法華経などの詳しい知識を得る機会はまだなかったのである。

まず、第 1 章で近世の日本がドイツに与えた影響を調べた結果、ゲーテ、ヘルダー、シュロッサーはケンペルの『日本誌』を通して日本の仏教思想をすでに知っていたことは明らかであり、彼らの作品を論じる際には、彼らが得た近世日本の情報について正しく理解しておく必要がある。ゲーテ自身が日本の仏教について直接言及したものは残っていないが、日本の仏教の影響を受けていたことは間違いないであろう。

第 2 章で、彼の輪廻思想と行為の概念への仏教思想からの影響に関して、これまで明らかにすることができなかったゲーテの生命哲学を理解する手がかりが得られた。

ゲーテが主に、ケンペルの『日本誌』やシュロッサーの『輪廻に関する二つの対話』、ヘルダーの『人類歴史哲学考』などの東洋仏教の思想が取り上げられている作品から、仏教思想についての知識を得たことがわかる。異なる仏教の思想を紹介するこの三つの作品の中で共通しているのは、輪廻の概念とそれと関連している業（ごう）の概念という点である。この仏教思想によれば、人間は自身の行動によってより良い人生、すなわち来世を得ることができ、逆に悪い行動によって罰せられて、来世に動物として生まれ変わる可能性もある。人間自身の行動によって、業（ごう）が作られ、人生行路が決められている。このような法則は人間に行動の責任を与えるし、人間が自分自身の活躍と行動によって、自分自身を救うことが可

498　Burnouf, Eugène: *Le lotus de la bonne loi traduit du sanscrit, accompagné d'un commentaire et de vingt et un mémoires relatifs au buddhisme,* 1852.

能になる。この場合は、活動と行動が因となり、救いが結果となる。ゆえにこれは、人間に行動の自由と責任を与える、因果律に基づいた生命観になる。このような生命観はゲーテの確信の一つであったといえる。このような生命観は、ゲーテの場合、現世だけではなく、来世まで影響を及ぼしている。さらに第2部で紹介したゲーテの天才（Genie）の概念と身近に結びついていると考えられる。なぜなら、このような行動の責任と自由は、人間にエンパワーメントをし、プロメートイス的であるからである。

さらに『ファウスト』第一部の「はじめに業（わざ）ありき」[499]という言葉は、話の中で新約聖書が取り上げられているにもかかわらず、たいへん仏教的な表現といえる。ならば、「業（わざ）」、すなわち行動と努力によって人間の運命すなわち業（ごう）が決められるという考えは、非常にファウスト的で、ゲーテ的で、同時に仏教的であるといえる。

ゲーテはこのような輪廻観と因果法（人間の業（ごう））をもつ仏教思想を知っていたと考えられるゆえに、彼自身の生命哲学の生命観的側面（第2定義）と実践的側面（第3定義）がさらに形成されており、彼の詩文・作品の中にも反映されると考えられる。

499　ゲーテ（1958）『ファウスト1』、86頁。

第5部
ゲーテの「輪廻」概念とその作品への影響
（東洋思想・ヒンズー教における）

第4部では、思いに東洋仏教の思想を中心に論じて、ゲーテは輪廻観と因果法（人間の業（ごう））をもつ仏教思想を知っていたことを明らかにした。第5部では、ゲーテとヒンズー教との関係と、ヒンズー教の思想がゲーテの「輪廻」概念とゲーテの作品にどのような影響を与えたについて論じていきたい。

ゲーテが、東洋の知識が西洋へ運ばれ、ドイツにおいてインド学が学問として確立された時代に生きていた。確立されたばかりのインド学であったゆえに、ヒンズー教の体系、概念などはまだはっきりしなかった。世界のあらゆる文学・思想に興味を持っていたゲーテは、この様子を観察し、インド文学にも魅力を感じた。

ゲルハルト・ラウアー (Gerhard Lauer) の「ゲーテによるインドの奇異な物」(Goethes indische Kuriositäten, 2012) という論文の中で、ゲーテは、インド文学とインド宗教の間に、大きな対立を見たことが明らかになっている。[500] さらに、ノルベルト・メクレンブルク (Norbert Mecklenburg) の「ゲーテの相反する東洋へのイメージ」(Goethes ambivalentes Orientbild, 2003) という記事の中で、ゲーテのインド宗教に対する違和感について言及されている。[501]

この先行研究を踏まえ、まず第1章では、ゲーテのヒンズー教（インド宗教と哲学）との関わりを中心に、彼がいつ、どのような文献を研究したかを年代順に詳しく調べ、彼のインド宗教についての考えが時間と共にどう変わったかについて論じていきたい。

さらに、グロリア・コロンボ（Gloria Colombo）は「ゲーテと輪廻」（Goethe

500　Lauer, Gerhard (2012)

501　Mecklenburg, Norbert (2003)

und die Seelenwanderung, 2013) という論文の中で、ゲーテが読んだ輪廻に関する著書を紹介している。その中には、ヒンズー教の輪廻思想に関する著書、すなわちヒンズー教の聖典『バガヴァッド・ギーター』(以下『ギーター』と略する) と『アルジュナ、インドラの世界へ行く』(以下『アルジュナ』と略する) がある。[502]

ワイマール・ゲーテ協会顧問であるマンフレート・オステン (Manfred Osten) は「ゲーテと仏教―『それより永遠の空虚のほうが、おれは好きだ』」(2005年) という講演の中で『バガヴァッド・ギーター』のゲーテへの影響について述べている。[503]

オステンとコロンボの先行研究を紹介したが、それ以外、ヒンズー教の輪廻概念に基づいたゲーテ作品の解釈はほとんどない。第2章では、第1章の内容に踏まえて、ヒンズー教の思想がゲーテの輪廻観と作品に影響を与えたか、もしそうであれば、どのような影響であったかについて調べていきたい。

502　Colombo (2013: S. 39-47)

503　オステン (2005)「ゲーテと仏教―『それより永遠の空虚のほうが、おれは好きだ』」、161頁－162頁。

第１章　ゲーテとヒンズー教

ゲーテが生きた時代は、東洋の知識が西洋へ運ばれ、ドイツにおいてインド学が学問として確立された時代であった。しかし確立されたばかりゆえに、ヒンズー教の体系、概念などはまだはっきりしなかった時代でもあった。ゲーテは世界のあらゆる文学に興味を持っており、インド文学にも魅力を感じた。

これまでの研究で、ゲーテは、インド文学とインド宗教の間に、大きな対立を見たことが明らかになっている[504]。後世彼のインド宗教に対する違和感について言及された記事もある[505]。

現在のインド研究に基づいて、ゲーテのインドの詩文学やインド宗教などの理解と、彼のインドと関係がある作品について詳しく調べる必要がある。ゲーテとインド宗教についての研究では、彼の若い頃のインド宗教についての考えと、最晩年のそれとを比較する必要がある。

本章では、ゲーテのヒンズー教（インド宗教と哲学）との関わりを中心に、彼がいつ、どのような文献を研究したかを年代順に詳しく調べ、彼のインド宗教についての考えが時間と共にどう変わったかについてみていきたい。

まずはヒンズー教諸文献の西洋への広がりを紹介し、次にゲーテとヒンズー教の文献との関わり、そしてゲーテのインド宗教についての考察について論じていく。

第１節　ヒンズー教、『マハーバーラタ』、『バガヴァッド・ギーター』の西洋への広がり

『マハーバーラタ』（*Mahabharata*）と『ラーマーヤナ』（*Ramayana*）は古代インドの二大民族叙事詩であり、ヒンズー教の聖典の一つとして数えら

504　Lauer, Gerhard (2012)

505　Mecklenburg, Norbert (2003)

れている[506]。『バガヴァッド・ギーター』（*Bhagavad Gita*、「神の歌」、以下『ギーター』と略する）は、18章よりなり『マハーバーラタ』第6巻に編入されており、ヒンズー教が世界に誇る珠玉の聖典であり、古来より宗派を超えて愛誦されてきた[507]。

インドの神話学者であるデフドゥット・パッタナイク（Devdutt Pattanaik）は著作 my GITA（『私のギーター』、2015年）の中で1200年以上にわたる『ギーター』の広がりを5段階で説明している[508]。第3段階にはサー・チャールズ・ウィルキンズ（Sir Charles Wilkins, 1749-1836）などのヨーロッパ人による翻訳が含まれていて、ゲーテはこの時代に生きていた。この段階の翻訳家たちは、総じてキリスト教徒であったということにパッタナイクは注目した。キリスト教徒はイスラム教徒と同じく、アブラハム（Abraham）の一神教の神話学（アブラハムの宗教）に由来し、神を知識の一次資源とみなし、人間を神の道に従うべき罪人とみなしている。このようなキリスト教的な見方で、『ギーター』を「ヒンズーの聖書」として捉えた[509]。ゲーテと彼の同時代人もキリスト教徒であったので、彼らの『ギーター』理解、さらにインド宗教の理解もそうした見方に基づいたと思われる。

第2節　ゲーテが生きていたヨーロッパでの梵学の始まり

ヨーロッパでの梵学（サンスクリット語に関する研究）はイギリスの研究者たちから始まった。これらの研究者には、言語学者であり翻訳家のサー・ウィリアム・ジョーンズ（Sir William Jones, 1746-1794）、東洋学者であり翻訳家のサー・チャールズ・ウィルキンズ、東洋学者のヘンリー・トーマス・コールブルック（Henry Thomas Colebrooke, 1765-1837）などがいた。

506　『哲学事典』1971、101頁参照。

507　『バガヴァッド・ギーター』1992、表紙参照。

508　Pattanaik, Devdutt (2015: S.24-26) 参照

509　同書、25頁－26頁参照。

この３人の研究者たちとゲーテはほぼ同時代に生きており、ゲーテは３人を知っていた。ジョーンズによる『ギーター』の英訳は1785年に初めて出版された。

『西東詩集』（*West-östlicher Divan,* 1819）はゲーテがペルシャの詩人ハーフェズ（Hafis, 1315-1390）の詩から影響を受けて書いた詩集であるが、その『西東詩集　注解と論考　西東詩集のよりよき理解のために』（*Noten und Abhandlungen zu besserem Verständnis des West-östlichen Divans*　以下『注解と論考』と略する）の中で､インドについて言及している箇所がある。「教師、いまはなき、あるいは現在の」の章の中で、彼はジョーンズに感謝の意を表している[510]。また「近世および最近の旅行家たち」の章の中で、インド研究の発展についての喜びを「ヘブライ語・ラビ語の限定された領域に発してサンスクリットの深さと広がりに達するため、精神と勤勉とが手をたずさえて歩んだ道程の長さを思いはかるなら、幾多の歳月ののちにこのような進歩の目撃者でありうることをよろこびとせざるをえない」[511]と表している。インド研究に関してのこのような喜びや感謝をゲーテは他の箇所でも述べている。

第３節　ゲーテが生活していたドイツでのインド研究の始まり

インド学研究者のヴィシュワ・アドルゥリ（Vishwa Adluri）とジョイディープ・バグチー（Joydeep Bagchee）は、著書 *The Nay Science – A History of German Indology* (2014)『ネイ学問―ドイツのインド研究の歴史』の第１章「原叙事詩への探求」の中で「ドイツでの『ギーター』受容の第１段階」と「ドイツでの『マハーバーラタ』研究の誕生」[512]の時代について述べている。ゲーテは同時代を生きていた。

以下の人物たちは、ドイツにおいて『ギーター』に関し、編集、翻訳、

510　『ゲーテ全集 15』、373 頁参照。

511　同書、372 頁－ 373 頁。

512　Adluri & Bagchee (2014: S. 30-48)

注解を書いた。ヨハン・ゴットフリート・ヘルダー、フリードリヒ・マイエル（Friedrich Majer, 1772-1818）、フリードリヒ・シュレーゲル（Friedrich Schlegel, 1772-1829）、アウグスト・シュレーゲル（August Schlegel, 1767-1845）、ヴィルヘルム・フォン・フンボルト（Wilhelm von Humboldt, 1767-1835）である。

ドイツでの『マハーバーラタ』研究の誕生に携わる人物は、シュレーゲル、言語学者であるフランツ・ボップ（Franz Bopp, 1791-1867）、東洋学者、インド学者であるクリスチャン・ラッセン（Christian Lassen, 1800-1876）などである。

ゲーテは以上の人物たちの著書などを読んでおり、また直接会って交流した人物もいる。

第4節　ゲーテと『ギーター』

ゲーテは、輪廻が基礎概念となるこの『ギーター』をドイツ語とラテン語で数回にわたり研究した（1792/1808/1815/1824/1826）。以下ゲーテがインド学やヒンズー教の研究をした時期をできるだけ年代順に紹介していく。

1792年出版の *Zerstreute Blätter*（『散らばった紙』）というヘルダーの作品に、ヘルダーは Gedanken einiger Brahmanen（「幾人かの婆羅門の思考」）という見出しで『ギーター』から3つの詩の詩句を改変し載せた。その詩はオリジナルではなく「替え歌」（Nachdichtungen）として載せているが、それにも関わらずこれが『ギーター』の一番早い独訳として数えられている。[513] ヘルダーは『人類歴史哲学考』(*Ideen zur Philosophie der Geschichte der Menschheit,* 1784–1791) の第3部第11巻の中でアジアの国々とそれらの民族の宗教を紹介して、その中で「釈迦の宗教」(仏教、教祖の釈尊とその輪廻の教え) や「婆羅門の宗教」(ヒンズー教) などを取り上げている。[514] ゲー

513　同書、31頁参照。

514　*Herder Werke* Bd. 6 (1989: S. 455) 参照。

テはインド宗教と文学の専門家であったヘルダーの作品を読み、影響を受けたと考えられることから、ヘルダーは、ゲーテがバラモン教（ヒンズー教）を研究するきっかけの一つになったと考えられる。

ヘルダーの弟子であるフリードリヒ・マイエルは1802年にウィルキンズの英語版の『ギーター』をドイツ語に訳し、初めてのドイツ語版の全訳を出版した。[515]

1815年前半、ゲーテは *Asiatisches Magazin*（『アジアの雑誌』）を2冊、数ヵ月間借りた。その中にフリードリヒ・マイエルの『ギーター』の第1章から第3章までの独訳があった。[516]

思想家のフリードリヒ・シュレーゲルは1808年に『インド人の言語と英知について』（*Über die Sprache und Weisheit der Indier*）を出版した。この作品はドイツにおけるインド研究に貢献した。ゲーテは『インド人の言語と英知について』を読んだ際、その中で『ギーター』の部分的な独訳を見つけた。[517]

フリードリヒ・シュレーゲルの兄弟で、翻訳家、詩人のアウグスト・シュレーゲルはサンスクリット語から『ギーター』(1823)の全訳を成し遂げた。この全訳はドイツ語ではなくラテン語であったが、ドイツにおける『ギーター』研究の広がりに貢献した。

1824年11月1日ゲーテはアウグスト・シュレーゲルからこの『ギーター』のラテン語訳をもらった 。以前ゲーテは、知人のミヒァエル・ベーア（Michael Beer, 1800–1833）に、シュレーゲルのインド関係の著作を知りたいという希望をもらしていた。その後、シュレーゲルはベーアを通じて、注釈とラテン語訳付きの『ギーター』（1823）を送った。ゲーテは1824年12月15日のアウグスト・シュレーゲル宛の手紙の中で「遠慮しながら申しあげた希望をさっそくかなえてくださり、昔から変わらぬご芳情ありが

515　Adluri & Bagchee (2014: S. 31)

516　Keudell [Anm. 3], Nr. 956.

517　FA 33, S. 300, 307, 315, 321f., 326f.

たく御礼申し上げます」[518]という言葉で礼[519]を述べている。ここから、ゲーテの感謝の念だけではなく、彼の『ギーター』への探究心を読み取ることができる。

同じ手紙の中で、ゲーテはシュレーゲルのインド研究について「インド文学についてのご研鑽にも、遠くからではありますが、深い関心をよせてまいりました。御著においても、批判と手法が、全体を生かす精神に進んで手をかしている様子がうかがわれ、大慶に存じます。（省略）文芸については、私は早くからの最も誠実な崇拝者の一人だと言ってよいと思います」[520]と述べている。ただしインド文学に深い興味を示したゲーテだが、後ほど論じるように、インド宗教に対しては批判的であった。

言語学者のヴィルヘルム・フォン・フンボルトは『ギーター』を研究し、『ギーター』に対して大きな熱意をもっている人物であった[521]。ゲーテはフンボルトの『ギーター』についての2回の講義の複写を持っていた。*Ueber die unter dem Namen Bhagavad-Gita bekannte Episode des Maha-Bharata*（「『ギーター』という名で知られている『マハーバーラタ』の物語について」）というタイトルの講義は、1825年6月30日と1826年6月15日にベルリン・アカデミーで行われたものである[522]。

ゲーテは1826年10月22日のフンボルト宛の手紙の中で、9月30日にフンボルトからもらった1826年の講義の複写に対する礼を述べて、講義について次のように述べている。

私はインドのことに無関心ではありませんが恐れています。なぜな

---

518 An der freundlichen baldigen Erfüllung meines bescheidenen geäußerten Wunsches, durft ich wohl ein fortgesetztes früheres Wohlwollen dankbar gewahr werden.(FA 37, S. 225-226. 筆者訳）

519 『ゲーテ全集15』、419頁とFA 37, S. 836参照。

520 『ゲーテ全集15』、224頁。

521 Adluri & Bagchee (2014: S. 33-34) 参照。

522 Ruppert [Anm. 12], Nr. 1784.

らインドは、私の想像力を無形のものに変えてしまうからです。しかし、もしインドのことを親愛なる友人の名の下に友人が私に紹介するならば、それはいつでも歓迎されるでしょう。そのことは、その友人にとって興味のあるもの、そして彼にとって確かに重要であるものについての対話をする望ましいきっかけを、私に与えてくれるからです。[523]

ゲーテは 1826 年 10 月 10 日、秘書であるフリードリヒ・ヴィルヘルム・リーマー (Friedrich Wilhelm Riemer, 1774–1845) とフンボルトの講義について会話した。[524] そして 1826 年 12 月 27 日の日記に、ゲーテはフンボルトとインド哲学と詩学について会話したことを記した。[525]

以上のように、ヘルダー、アウグスト・シュレーゲル、フンボルトなどの東洋研究者との長年の交流によって、ゲーテはインドについての自身の知見を深めることができたと考えられる。

第５節　ゲーテと『マハーバーラタ』、『ラーマーヤナ』、『ヴェーダ』

ゲーテが読んでいたヒンズー教の文献は、ほとんど『マハーバーラタ』からのものであるが、彼は『ラーマーヤナ』も知っていた。加えてゲーテはヒンズー教とインド社会についての知識をオランダの歴史学者オルフェ

523　Nun aber muß ich versichern, daß mir und Riemern das übersendete Programm recht zu Gunsten gekommen und über Sprache und Philosophie zu verhandeln gar löblichen Anlaß gegeben. Abgeneigt bin ich dem Indischen keineswegs, aber ich fürchte mich davor, denn es zieht meine Einbildungskraft in's Formlose und Difforme, wovor ich mich mehr als jemals zu hüten habe; kommt es aber unter der Firma eines werten Freundes, so wird es immer willkommen sein, denn es gibt mir die erwünschte Gelegenheit mich mit ihm zu unterhalten von dem, was ihn interessiert und gewiß von Bedeutung sein muß. (FA 37, S. 421-422. 筆者訳)

524　FA 37, S. 1000 参照。

525　同書、436 頁参照。

ルト・ダッペル（Olfert Dapper, 1636–1689）の『アジア』（Asia, 1681）[526]とフランスの探検家ピエール・ソネラ（Pierre Sonnerat, 1748-1814）の『1774年より81年にわたる東インドおよびシナへの旅』（*Reise nach Ostindien und China auf Befehl des Königs unternommen vom Jahr 1774 bis 1781,* 1783[527] 以下『旅』と略する）からも得ていた。[528]

ゲーテの時代のインド研究の状況では、どの文献がどの叙事詩に属しているか、はっきりしない場合があった。例えば、ゲーテは1811年2月27日にロシアの古典学者と政治家であるセルゲイ・セミョーノヴィチ・ウヴァーロフ（Sergey Semionovich Uvarov, 1786–1855）宛の手紙の中で次のように述べている。

> 同梱されていたパネルから、私はあなたがどんなものに興味があるかを知り、それは私が長い間無駄に研究してきたもの、私の望みを無駄にしてきたものに向けられていることを自然に知りました。ならば私が、例えばインド文学の一部にしか触れられなかったとしても、結局のところ、『ヴェーダ』に対する以前の愛は、ソネラの貢献やジョーンズの熱心な努力や『シャクンタラー姫』と『ギータ・ゴーヴィンダ』の翻訳によって育まれました。そしていくつかの伝説は、私にそれらを翻案し解釈し新たな作品を生み出させるような魅力を感じさせました。以前ヴェーダの詩的な翻案を企てましたが、講評する者の立場からは、到底受けいれることができないと思いやめました。しかしもし完成させていたら少なくともこの重要で優雅な伝説の鑑賞を、人々に伝え、活かすことができていたでしょう。[529]

526　Däbritz, Walter (1958: S. 99-117) 参照。

527　フランス語の原本はVoyage aux Indes orientales et ā la Chine, fait depuis 1774 jusqu'ā 1781（1782）である。

528　『ゲーテ全集1』、402頁参照。

529　Aus den beigefügten Tafeln mußte ich natürlicher Weise ersehen, daß Ihre Absichten auf Gegenstände gerichtet sind, denen ich schon längst vergebens meine Wünsche zuwende:

ここで述べられている『ヴェーダ』は、インドの最も古い時代の文学から編纂された一連の宗教文書である。手紙を書いた当時、『ヴェーダ』の翻訳がまだ進んでいない状況だったが、ゲーテはヴェーダという言葉を、ダッペルの『アジア』から知った可能性が高いといわれている。その中には『ヴェーダ』（der Vedam）についての記述があり、インドの神話学の物語がいくつか紹介されている。[530] しかし、現在のヒンズー教の体系では、『シャクンタラー姫』は『ヴェーダ』からではなく、『マハーバーラタ』からの物語であり、『ギータ・ゴーヴィンダ』はヒンズー教の聖典の一つである。

ジョーンズは『シャクンタラー姫』（*Sakuntala,* 1789）と『ギータ・ゴーヴィンダ』（*Gitagovinda,* 1799）を英訳し、それに基づいてゲオルク・フォルスター（Georg Forster, 1754–1794）は『シャクンタラー姫』（*Sakuntala,* 1791）の独訳、ヨハン・フリードリヒ・フーゴー・フォン・ダルベルク（Johann Friedrich Hugo von Dalberg, 1760-1812）、匿名はフリッツ・フォン・ダルベルク（Fritz von Dalberg）、は『ギータ・ゴーヴィンダ』（*Gitagovinda,* 1802）の独訳を作った。ゲーテは両作品の独訳と英訳とを比較し、特に『ギータ・ゴーヴィンダ』の独訳と英訳の大きな差に気づき、より精度の高い独訳を望んだ。また彼は特に『シャクンタラー姫』を好んだ。[531]

---

denn ob ich gleich z.E. in das Gebiet der indischen Literatur nur Streifzüge machen konnte; so ward doch eine frühere Liebe zu den Vedas durch die Beiträge eines Sonnerats, durch die eifrigen Bemühungen eines Jones, durch die Übersetzungen der Sacontala und Gita-Govinda immer aufs neue genährt, und einige Legenden reizten mich, sie zu bearbeiten; wie ich denn schon früher eine poetische Behandlung der Vedas in Gedanken hegte, die, ob sie gleich von Seiten der Kritik wenig Wert gehabt hätte, wenigstens dazu hätte dienen können, die Anschauung dieser bedeutenden und anmutigen Überlieferungen bei mehreren zu beleben.（FA 33, S. 641-642. 筆者訳）

530　FA 33, S. 1116 参照。

531　同書、1117 頁参照。

第６節　ゲーテと『マハーバーラタ』

1.『シャクンタラー姫』と『ナラ王子物語』

ドイツでの『マハーバーラタ』研究の誕生に携わった人物はフリードリヒ・シュレーゲル、フランツ・ボップ、クリスチャン・ラッセン[532]、ゲオルク・フォルスターなどである。「穏和なクセーニエ」(Zahme Xenien II, 1820)[533]という一連の詩の中で、ゲーテは『マハーバーラタ』に出てくる人物を２人、次のように取り上げている。

東洋はそれらをとっくに呑みこんでいた
カーリダーサをはじめとする古代インドの詩人たちが
あえて詩人の可憐によって
われわれを坊主や怪獣面からときはなってくれたのだ
もしインドに石彫り工さえいなかったなら
わたし自身そこに住みたいとおもう
あのように愉快なものがあろうか
シャクンタラー姫やナラ王子には接吻せずにおれぬ
また雲の使者メーガ＝ドゥータを
いとしい人のもとへ遣ろうとねがわぬ者がいようか[534]

ゲーテがここで言及しているのは、『マハーバーラタ』の中の物語をもとにした劇『シャクンタラー姫』、『ナラ王子物語』、そしてヒマラヤの大自然の中での恋愛を歌った抒情詩『メーガ＝ドゥータ』である。カーリダーサは 4、5 世紀頃のインドの詩人で、サンスクリット文学黄金時代の端緒を築き[535]、『シャクンタラー姫』、『メーガ＝ドゥータ』などを書いた。この

532　Adluri & Bagchee (2014: S. 40-41) 参照。
533　FA 2, S. 1166 参照。
534　『ゲーテ全集 1』、359 頁。
535　同書、451 頁参照。

詩では、ゲーテがカーリダーサとインド文学への尊敬の念を表して、このような偉大な詩人がインドに住んでいるならば、ゲーテ自身もインドに住みたいと述べている。

1791年5月17日フォルスターは自身が英語から訳した劇『シャクンタラー姫』（*Sakontala,* 1791）の独訳をゲーテに送って、同年9月5日英語の原本を送った。『シャクンタラー姫』はゲーテの『ファウスト』第1部の「舞台の前曲」の執筆に影響を与えた[536]。

フランツ・ボップは1819年に『ナラ王子物語』（*Nala*）のラテン語訳を出版し、1820年にヨーハン・ゴットフリート・ルートヴィヒ・コーセガルテン (Johann Gottfried Ludwig Kosegarten, 1792–1860) はその独訳（*Nala*）を出版した。

ゲーテは『シャクンタラー姫』と『ナラ王子物語』を劇として、文学として読んでいた。両方の劇は『マハーバーラタ』に基づいているので、ヒンズー教の思想が影響している。1837年、ラッセンの *Beiträge zur Kunde des indischen Alterthums aus dem Mahabharata I* : Allgemeines über das Mahabharata という記事[537]が『マハーバーラタ』の最初の体系的な関わり[538]だが、ゲーテは1832年にすでに亡くなっていたゆえに、『マハーバーラタ』の体系を詳しく知ることはできなかった。

2.「神とバヤデレ」

ゲーテは「神とバヤデレ—インド伝説より」[539]（Der Gott und die Bajadere - Indische Legende）という詩を1797年に出版した。彼は素材として、ソネ

536　Schmidt, Jochen (2001: S. 50) 参照。

537　zeitschrift für die Kunde des Morgenlandes（1837, S. 61-86）という雑誌の中に掲載された。

538　Adluri & Bagchee (2014: S. 40)

539　『ゲーテ全集1』では詩のタイトルに「娼婦」という単語が使われているが、「バヤデレ」という単語の方が原意に近いため、筆者が言葉を入れ替えた。

ラの『旅』のドイツ語版を主として使った[540]。『旅』第3巻第6章の中で、ソネラは翻訳家のアブラハム・ロジェル（Abraham Roger, 1609-1649）の言葉を引用した[541]。その言葉はインドの神であるDewendren（デヴェンドレン、インドラIndraの別名）についてである。ソネラの著作には詳しく書かれてないが、このロジェルの言葉は、おそらく『マハーバーラタ』第9巻『シャルヤ・パルヴァ』（Shalya Parva）の第48章からとったものである。

『旅』の中の、ロジェルの言葉が引用されているこの部分は、ゲーテの詩の基となった。しかしゲーテは、デヴェンドラではなく、マハデエ（Mahadöh）[542]という名前を使い、詩の冒頭で次のように述べている。「大地の主マハデエは / われらとひとしき人となって / 人間の苦楽をともにしようと / 六たび人界にくだった[543]」と。「マハデエ」とは、インドの3人の最高神（ブラフマー、ヴィシュヌ、シヴァ）の一人シヴァの別名であり、ゲーテはこのことをソネラの作品から知った[544]。

ゲーテがこの詩のタイトルでドイツ語の定冠詞Der（英語のthe）とGott「神」を使っているゆえに、読者はこのインドの伝説を一神教の伝説であると感じることになる。「大地の主」という言葉は、神の全知全能を感じさせる。当時のヒンズー教の神話学に詳しくない人々がこの「インド伝説」の詩を読んだ場合、「マハデエ」はインドの唯一の神だと思った可能性がある。

3.『アルジュナ、インドラの世界へ行く』

ゲーテは『マハーバーラタ』の他の物語も知っていた。それは、フランツ・ボップがサンスクリット語から独訳して、1824年に出版した『アルジュナ、インドラの世界へ行く』（*Ardschuna's Reise zu Indra's Himmel, nebst*

540『ゲーテ全集1』、402頁参照。

541 Sonnerat, Pierre (1783: S. 211)

542 FA 1, S. 692.

543 『ゲーテ全集1』、108頁。

544 FA 1, S. 1240参照。

anderen Episoden des Maha-Bharata 直訳は『アルジュナのインドラの天界への旅行、と他のマハーバーラタの物語』、以下『アルジュナ』と呼ぶ。）をゲーテが持っていたからである。[545] タイトルを日本語に直訳すると『アルジュナのインドラの天界への旅、と他のマハーバーラタの物語』となる。この挿話は『マハーバーラタ』第3巻の中の第43章から第79章にあたる。

第7節　ゲーテと『ラーマーヤナ』

アウグスト・シュレーゲルが『ラーマーヤナ』の翻訳をすることを知っていたゲーテは、すでに1824年12月15日の手紙の中で、この大事業の成功を祈り、シュレーゲルが将来、出版する本の一冊をワイマール図書館のために頂きたいと申し出た。[546] アウグスト・シュレーゲルはラッセンと共にワイマールを訪問した際に、ゲーテにインドの神々の像の描かれた細長い絵巻物や、偉大なインドの詩2編（『ラーマーヤナ』と『ヒトーパデーシャ』）が書かれたサンスクリット語の原典を見せた。[547] ゲーテはこの出来事を1827年4月24日の日記に記した。[548] 4月24、25日のシュレーゲルとラッセンの訪問の際に、ゲーテは2人とインド文学などについて対話をした。

アウグスト・シュレーゲルの注解付きの『ラーマーヤナ』のラテン語訳は1829年から1846年の間、第1巻から第4巻で出版された。『ヒトーパデーシャ』（*Hitopadesa*）の訳文はシュレーゲルによって1829年と1831年に出版された。ゲーテは1832年に亡くなったゆえに、アウグスト・シュレーゲルの『ラーマーヤナ』の全訳を読むことはできなかった。

しかし、ゲーテは実はすでに若いころから『ラーマーヤナ』の内容を「インドの寓話」[549] としてダッペルの『アジア』を通して知っていた。だだ、当

545　WA III, 9, S. 260f.

546　FA 37, S. 225-226 参照。

547　エッカーマン『ゲーテとの対話（中・下）』1969、140頁参照。

548　FA 37, S. 471 参照。

549　『ゲーテ全集10』、92頁。

時彼はこの「インドの寓話」が『ラーマーヤナ』からであるとは知らなかった。1774年11月の夜、知人宅の集まりでゲーテは、ある女性とインドの物語について会話した。このことを芳名録に「ラーマ王子、シータ姫、ハヌマーンとその尻尾」と記している[550]。このようにゲーテは、若いころからすでにインドの物語に魅力を感じていたと考えられる。

1808年7月23日の日記で、ゲーテは日中にシュレーゲルの『インド人の言語と英知について』の中の『ラーマーヤナ』の翻訳を読んで、『ヴェーダ』についての回想をしたと書いている[551]。ゲーテはあの「インドの寓話」と『インド人の言語と英知について』[552]の中で再会したと思われる。すでに30年以上が経っていたが、翻訳文と物語の内容が非常に似ていたゆえに、『アジア』で読んだ、あの「インドの寓話」のことを思い出したであろう。

第8節　ゲーテのインドの神話学・多神教についての考察

ゲーテのインド神話学とその絵や偶像についての考えは、彼の東洋観の一面を示すものとして興味深い。「穏和なクセーニエ」(1820) の中で、彼はインドの神々について次のように述べている。

> 神々の聖堂に怪獣像をかざるなど
> わたしはごめんこうむりたい！
> 不快きわまる象鼻
> とぐろを巻いてうごめく大蛇
> 世界の沼にひそむ古亀
> ひとつの胴体についたおびただしい王侯の頭——
> もしこれらを生粋の東洋が呑みこんでくれなければ

550　“Ram Sitha Hannemann und sein Schwanz” (FA 1, S. 185-187. 筆者訳)

551　FA 33, S. 330 参照。

552　Schlegel, Friedrich (1808: S. 231-271) 参照。

われわれは絶望の淵へ追いつめられるにちがいない[553]

上記の一連の詩では、ゲーテがインドの石窟寺院にみられるさまざまな奇怪な彫像に対する抵抗感を述べている。彼にとって、これらのものは、「神々の聖堂」つまりローマにあるパンテオンには絶対に出現してもらっては困る、「生粋の東洋」にとどまってもらわねばならぬ、ものである。[554]ゲーテはインドの神話学を主にダッペルの『アジア』とソネラの絵付きの『旅』から知った。「穏和なクセーニエ」の中で、ゲーテはインドの神々について「わたしにしても正直なところ / インドの偶像はおぞましい（省略）わたしはそれらを永久に追放した——/ まずはインドの多頭神 / ヴィシヌカーマ　ブラフマー　ジヴァの神々 / さては祠にまつられたハヌマーン尾長猿も——」[555]と述べている。ハヌマーンが出る物語は、文学としては好きであったゲーテだが、宗教の観点から判断し、ハヌマーンを永久に追放することになった。

なぜゲーテはインドの神々の形相に抵抗感を抱いたのか、1824年12月15日のアウグスト・シュレーゲル宛の手紙の中で次のように説明している。「インド芸術も、彫塑に関する限り、私はどうも好きになれません。それは、想像力を集中させ規制するのではなく、散漫にさせ混乱させるからです」[556]と。このことから、ゲーテは美的な観点から、インドの神々の偶像は神の姿にふさわしくないと判断した。インド芸術に違和感があったゲーテだが、同じ手紙の中で「あらゆる矛盾の調停点を見出すために、ボンの名品のなかにあなたが集められた貴重な絵画もぜひ拝見いたしたく、あなたのご指導によって、あのじつに喜ばしくも特徴的な世界で、あらゆる高尚深遠なもの、あらゆる外的なもの内的なものとの完全な一体感がえ

553　『ゲーテ全集1』、359頁。
554　FA 2, S. 1175参照。
555　『ゲーテ全集1』、361頁。
556　『ゲーテ全集15』、224頁。

られればと思っております」[557]と述べており、友人の指導によってインド芸術についての知識と理解をさらに深めようとしていたことがうかがえる。アウグスト・シュレーゲルはインドの芸術博物館を開くためにインド関連の様々な品を集めていた。[558]そして1827年、彼がワイマールを訪問した際にゲーテに会い、インドの神々が描かれている絵巻を見せた。[559]

ヒンズー教は、一神教のキリスト教と異なって、多神教である。ゲーテ自身はキリスト教の世界で生まれ育ったが多神教を完全に否定していたわけではない。美的な観点から、彼はギリシャとローマ神話学の芸術に魅力を感じ、いくつか詩なども書いている。しかし、神々は崇高で聖なるものであるべきである、とするゲーテの美的センスからは、ヒンズー教の神々は全く受容できなかった。

『注解と論考』の「ガズナのマームード」の章の中で、ゲーテは自身の一神教と多神教についての考察をさらにはっきりと次のように述べている。

> インドの教説はそもそものはじめから無益なものであり、事実、当今においても、その何千もの神々、といってもけっして従属関係にあるそれではなく、すべてが同様に絶対的な威力を持つ神々のことであるが、それらは人生の偶然性をかえっていっそうまどいのなかに置き、あらゆる情念の愚劣さをいっそうそそのかし、悪徳の錯乱を聖性と至福の最高段階とみなして助ける。
>
> ギリシャ人やローマ人のそれのごとき、比較的純粋な多神教すらも、最後にはいつわりの道をゆき、その信奉者とおのれ自身とを失わざるを得なかった。それに反してキリスト教は最高の讃美を贈るにふさわしい。キリスト教の根源の純粋さ、高貴さは、つぎのことによって確認される。すなわちキリスト教は、暗愚な人物によってたとえどのよ

557　同書、224頁。

558　FA 37, S. 837参照。

559　同書、471頁参照。

うな大きな迷誤に引きこまれようと、その最初の愛すべき特性に立ちかえり、布教団として、家族団・兄弟団として何度でも立ち現れ、人間の道徳的要求を活気づけるのだ。[560]

コーセガルテンは『注解と論考』を読んで、このゲーテのインドの教説についての論に抗議する意味で1819年11月に評論を書いた。その評論を読んだゲーテは、1819年12月30日次のように返事した。

我々は良きインド人に対して偉大な恩があるゆえに、私の不快感から（インドの教説を）守るのはおそらく正解です。もちろん、内面的な偉大な精神の性質についての話の時に、ギリシャの外的な形態の規準を適用すべきではありません。できるだけ早く、良い運によって導かれて私をこれら（内面的な偉大な精神の性質）の領域に戻らせます。そのためにあなたの確かな助言を気軽に求めようと思います。[561]

このようにゲーテは、コーセガルテンの批判を上手に交わし、一方でコーセガルテンとの交流によって、自身のインドの教説についての見方を変える覚悟を示した。

ゲーテのヒンズー教についての考えを次の章でさらに論じていく。

第９節　ゲーテのインドのカースト制度についての考察

インドの神話学・多神教の他に、ゲーテはヒンズー教社会のカースト制

560 『ゲーテ全集15』、297頁。

561 Den guten Indiern sind wir so viel schuldig, daß es wohl billig war sie gegen meinen Unmuth in Schutz zu nehmen. Den Maaßstab griechischer äußerer Wohlgestalt darf man freylich da nicht anlegen, wo von innern großen Geisteseigenheiten die Rede ist. Möge mich bald ein gutes Geschick in diese Reiche zurückführen, da ich mir denn Ihr sicheres Geleit alsobald zu erbitten die Freyheit nehmen werde. (FA 3/2, S. 1445. 筆者訳)

度について集中的に考察した。『注解と論考』の「近世および最近の旅行家たち」の章で、彼はインドの詩文学や宗教やカースト制度について次のように述べている。

> かくしてオリエントを愛する若者たちには、門戸がつぎつぎに開かれてあの太古の世界の秘密、奇妙な憲法やふしあわせな宗教のもつさまざまな欠陥とならんで、詩文学のすばらしさを知るようになる。カースト制度の争いや幻想的な宗教的怪物や難解深遠な神秘主義はさておき、その詩文学には、純粋な人間性や高貴な習俗や快活さや愛が避難しており、究局的（究極的・筆者註）にはやはりそのなかに人類の救いが保たれていることを確信させるのである。[562]

ゲーテの『注解と論考』は、1818年から1819年に執筆された。ゲーテはカースト制度について、他の作品でも述べている。ダッペルの『アジア』とソネラの『旅』からの影響により、ゲーテは「神とバヤデレ―インド伝説より」（1797）と「パーリア」（Paria, 1824）を執筆した。特に「パーリア」はカースト制度が重要なテーマの一つである。パーリアとは、主にドイツ言語地域で使われている言葉で、カースト制度の外側にあって、インドのヒンズー教社会において差別されてきた人々のことであり、不可触民と呼ばれている人たちのことである。ヨーロッパでは、1821年フランスのカシミール・ドラヴィーニュ（Casimir Delavigne, 1793–1843）の悲劇『ル・パーリア』（Le Paria）、1823年ドイツのミハエル・ベーアの一幕劇『パーリア』（Der Paria）が出版された。これらにゲーテは影響を受けたようである。[563]彼はすでに1770年代からダッペルの『アジア』を通してパーリアについて知っていた。40年以上経った1820年代、彼はこのテーマについて再研究を始め、初めて知ってから1824年に詩「パーリア」を公表するまで長い期間があいた。詩「パーリア」の基となったのは、ダッペルの『アジア』のパーリ

562　『ゲーテ全集15』、373頁。

563　『ゲーテ全集1』、433頁参照。

アについての部分からではなく、ソネラの『旅』のそれからである。[564]

ダッペルとソネラから以外に、ゲーテはヘルダーの『人類歴史哲学考』第3部第11巻の「インドスタン」の章から、カースト制度やパーリアなどについて知見を得たと考えられる。[565]

詩「パーリア」は三部作であり、「パーリアの祈り」(Des Paria Gebet)、「聖譚」(Legende)、「パーリアの感謝」(Dank des Paria) という詩からなる。「パーリア」は「神とバヤデレ―インド伝説より」と同じく神への呼びかけから始まるが、今回はマハデエではなく、梵天（ブラフマー）への次のような呼びかけから始まる。「偉大なる梵天　全能の主よ / あなたはすべての生命のみなもと / まことに公明正大なお方のはずです」[566]インドの3人の最高神（梵天＝ブラフマー、ヴィシュヌ、シヴァ）の一人である梵天は、インドの信仰によれば、すべての生命を生み、これを維持する無限の力を有する。[567]詩の続きは「あなたはまこと　バラモンのみを / 王侯や金持ばかりを　ひとえに / おつくりになったのでありましょうか？ / いえ　猿やわたしども賤民パーリアを / 生みだされた方でもあられましょう？」[568]である。この問いでは、カースト制度の3階級「バラモン」、「王侯（クシャトリヤ)」、「金持ち（ヴァイシャ)」のみを取り上げているが、実際のカースト制度は4階級であり、4つ目の階級であるシュードラが取り上げられていない。そして詩の続きでは、パーリアが、詩「神とバヤデレ―インド伝説より」に出てくるバヤデレ（遊女）と同じように、自分も神化したいと祈っている。ただしバヤデレは来世ではなく、今世において神化したが、「新生の恵みを与えて下さいました」[569]という句は、来世のことを意味していると考えられる。

564　FA 2, S. 1045.

565　*Herder Werke* Bd. 6 (1989: S. 455-456) 参照。

566　『ゲーテ全集1』、297頁。

567　同書、433頁参照。

568　同書、297頁。

569　同書、297頁。

『パーリア』の最後に「偉大な梵天よ　いまこそ知ります（省略）あなたはすべてをうべなわれます / あなたは　しもじもの者に対しても / 耳をふさぐようなことはなさいません / 新生の恵みを与えて下さいました」[570]とあるが、このように、ゲーテは詩の中で、パーリアの梵天への祈りを表現し、パーリアの救いを描いた。

この「救い」という概念は非常にキリスト教的である。そしてパーリアから抜け出しそれより高い階級に生まれ変わるという考えはヒンズー教的である。

「新生の恵みを与えて下さいました」はドイツ語で Alle hast du neu geboren[571]であるが、ここでは「蘇らせてくれた」や「生まれ変わらせてくれた」などの和訳も考えられる。つまり、ゲーテはここではヒンズー教が教える輪廻の概念を自分流で用いている。なぜなら、ゲーテの詩によると、パーリアは梵天、すなわち、神の力によって生まれ変わったからである。この意味において、ゲーテの描く「生まれ変わる」は、ヒンズー教の説く輪廻観とは異なる。

第 10 節　最晩年のゲーテのヒンズー教についての考察

エッカーマンは、1829 年 2 月 17 日のゲーテとの対話の中で、インドの哲学、つまりヒンズー教について次のように述べている。

> （フランスの哲学者）クザンの話から、われわれはインド哲学のことに（話が）移った。「この哲学は、」とゲーテはいった、「イギリス人の報告が真実だとすると、別段変わったところがあるわけではないね。その中にはむしろわれわれ自身がみんな一度は通る時代がくり返されているにすぎないのだ。われわれは、子供のころは、感覚論者だ。恋をして、恋人に、現実には存在しない性質を見るようになると、理

570　同書、297 頁。

571　FA 2, S. 455.

想主義者になる。この恋もぐらつきだして、誠実さというものを疑うようになると、いつのまにやら懐疑主義者になる。そうなると、あの人生はどうでもよくなる。われわれは、なるがままに任せるようになり、ついにはインドの哲学者たちみたいに、静寂主義になるというわけさ。[572]

ゲーテは上記の「イギリス人の報告」について考察している。「イギリス人の報告」とはヘンリー・トーマス・コールブルックの論文『ヒンズー教徒の哲学について』(*On the Philosophy of the Hindoos,* 1823-27) のことを指している。ここでゲーテは、彼が考える人生の段階としての感覚論、理想主義、懐疑主義、最終の段階としての静寂主義を取り上げている。彼によると、「われわれ」すなわちドイツ人（西洋人）は最終的にインドの哲学者（東洋人）と同じように静寂主義という段階にたどり着くことになる。最晩年のゲーテのヒンズー教についての考えは、過去の考えと異なっている。ゲーテは、コールブルックの論文の研究を通して自身のインド哲学についての考察を一層深めることができたといえる。

『ギーター』の和訳家である上村勝彦は『マハーバーラタ』と『ギーター』の哲学的意義について次のように説明している。

『マハーバーラタ』は人間存在の空しさを説いた作品である。後代の詩論家は、寂静の情調（シャーンタ・ラサ）がこの叙事詩の主題であるとする。しかし、作中人物たちは、自らに課せられた苛酷な運命に耐え、激しい情熱と強い意志をもって、自己の義務を遂行する。この世に生まれたからには、定められた行為に専心する。これこそ『ギーター』の教えるところでもある。[573]

上村勝彦が述べたように、寂静の情調が『マハーバーラタ』の主題とさ

572　エッカーマン『ゲーテとの対話（中・下）』1969、67 頁－ 68 頁。
573　『バガヴァッド・ギーター』1992、16 頁。

れたが、『ギーター』の真髄は「定められた行為に専心する」ことであると。これは興味深いところである。なぜなら、ゲーテがファウストで「太初（はじめ）に行（ぎょう）ありき」[574]と表現しているように、彼もまたある「行為」の概念をもっていたからである。

章のまとめ

ゲーテが生きた時代のドイツは、『マハーバーラタ』と『ギーター』などの研究が始まったばかりであった。そのため、インドの文献の翻訳や解釈や体系がまだ充実していなかったが、彼はこの新しく誕生したインド学の発展を、好奇心をもって観察し、新たな知識を手に入れようとしていた。そして興味をもったインドの物語を、自身の詩「神とバヤデレ」、「パーリア」、「穏和なクセーニエ」などに活かした。

ゲーテが読んだ文献は『マハーバーラタ』からの『ギーター』や『アルジュナ、インドラの世界へ行く』、そして『マハーバーラタ』に基づいた劇『シャクンタラー姫』や『ナラ王子物語』などである。そして『ラーマーヤナ』や『ギータ・ゴーヴィンダ』や『メーガ＝ドゥータ』なども読んだ。また彼はダッペルの『アジア』とソネラの『旅』とヘルダーの『人類歴史哲学考』からヒンズー教とその社会について知見を得た。そしてカースト制度とインドの神話学の神々については、受け入れられなかった。

ゲーテのインド宗教の理解はキリスト教の背景に基づいている。彼は東洋と西洋を結びつけようとしたが、『注解と論考』の中で、一神教は多神教より優れているとも述べている。インドの神話学についての考えは、終生変わらなかったであろうが、ヒンズー教についての晩年のゲーテの考えは、研究を通しより深まったであろう。彼の晩年の考察によると、西洋人（ドイツ人）も東洋人（インド人）も最終段階で静寂主義にたどり着く。

当時の手紙から、アウグスト・シュレーゲルの『ギーター』についての講義を読んで、これについて秘書リーマーと会話したことがわかる。また

574 『ゲーテ全集 3』、42 頁。

『ギーター』に関してのゲーテの発言から、彼がこのテーマに関して興味をもっていたことがわかる。よってゲーテは『ギーター』を読んでいたと考えられるが、『ギーター』について彼のはっきりとした研究の跡、例えば研究ノートなどは残っていない。彼は『ギーター』の思想を自身の文学作品に活かした可能性もあるが、それには彼の晩年の作品を『ギーター』の思想と比較する必要がある。『ギーター』の重要なテーマは、輪廻、行為、魂の不滅さなどである。このテーマは彼の人生観と似ているところがあると考えられる。詩「パーリア」の「新生の恵みを与えて下さいました」は、ゲーテのもつヒンズー教の輪廻観を示している。

第２章　ヒンズー教の思想がゲーテの輪廻観と作品に与えた影響について

本章では、いまだ明らかにされていない、ヒンズー教の思想がゲーテの輪廻観と作品に与えた影響について論じる。ゲーテが関心を持った様々な輪廻を扱う作品の中に、ヒンズー教の聖典『バガヴァッド・ギーター』（以下『ギーター』と略する）と『アルジュナ、インドラの世界へ行く』（以下『アルジュナ』と略する）がある。

第１節　ゲーテとヒンズー教の思想

ゲーテの生きた時代は、古代インドの民族叙事詩『マハーバーラタ』やそこの第６巻に編入されている『ギーター』などの研究がドイツで始まったばかりの時代[575]であった。しかしゲーテはこの新しく誕生したインド学の発展を注視していた。彼が読んだヒンズー教に関する文献の中で特に輪廻と関係のある文献は『ギーター』と『アルジュナ』である。彼は『ギーター』をドイツ語とラテン語で数回にわたり読んだと考えられる（1792、1808、1815、1824、1826）。以下にその詳細を挙げる。まずヨハン・ゴットフリート・ヘルダーの Gedanken einiger Brahmanen という Nachdichtungen は『ギーター』からの三つの詩の詩句を改変したもので、ゲーテはこの作品を読んだと考えられる。またフリードリヒ・シュレーゲルの『インド人の言語と英知について』の中に、ゲーテは『ギーター』の部分的な独訳を見つけた[576]。またゲーテが 1815 年に数か月間借りた *Asiatisches Magazin* の中に、フリードリヒ・マイエルの『ギーター』の第１章から第３章までの独訳があった[577]。また 1824 年ゲーテは、アウグスト・シュレーゲルから注釈付きの『ギーター』のラテン語訳をもらった。またヴィルヘルム・フォン・フンボルト

575　Adluri & Bagchee (2014: S. 30-48)

576　FA 33, S. 300, 307, 315, 321, 326.

577　Keudell (1931: [Anm. 3], Nr. 956)

の『ギーター』についての二回の講義 *Ueber die unter dem Namen Bhagavad-Gita bekannte Episode des Maha-Bharata* の複写をゲーテは手に入れ[578]、この講義について1826年に秘書のフリードリヒ・ヴィルヘルム・リーマーと会話した[579]。

そしてゲーテはフランツ・ボップがサンスクリット語から独訳して、1824年に出版した『アルジュナ』を持っており[580]、かつオルフェルト・ダッペルの『アジア』とピエール・ソネラの『1774年より81年にわたる東インドおよびシナへの旅』(以下『旅』と略す)とヘルダーの『人類歴史哲学考』も持っており、これらからヒンズー教について知見を得た[581]。

第２節　ゲーテとヒンズー教における輪廻観

ゲーテの著作を具に見ると、彼は青年期から最晩年まで輪廻の思想を絶えずもっていたことがわかる。青年期は、輪廻や霊魂に対する表現方法に未熟さがあったが、晩年にかけて、詩的な表現や哲学的用語を用い、次第に自身の輪廻や霊魂に対する思想を詳述するようになっていった。そのために彼は、例えばデーモン、モナド、エンテレヒー、霊魂、中核、エンテレヒー的モナド、精神、イデーなどの哲学的用語を用いた[582]。彼の輪廻観や霊魂概念に影響を与えた思想哲学は、プラトンのイデー、ライプニッツのモナド論、アリストテレスのエンテレヒー、オルフェウス教など様々あるが、これらの西洋の霊魂概念には、霊魂が光を放つ、という考えはない。このような考えはヒンズー教のものであり、彼の晩年の作品に現れている。

578　Ruppert (1958: [Anm. 12], Nr. 1784)

579　FA 37, S. 1000 参照。

580　WA III, S. 260.

581　Olfert Dapper, Asia, 1681. Pierre Sonnerat, *Reise nach Ostindien und China auf Befehl des Königs unternommen vom Jahr 1774 bis 1781,* 1783. Johann Gottfried Herder, *Ideen zur Philosophie der Geschichte der Menschheit,* Werke. Bd. 6, 1989.

582　本書の第３部、142頁。

1813年1月25日、ゲーテは友人のクリストフ・マルティン・ヴィーラントの死をきっかけに、ヨハンネス・ダニエル・ファルクと輪廻について対話している。以下にその要点をまとめる。

対話の冒頭、ゲーテは「自然における全現象の出発点」である「根源構成要素」を「霊魂」または「モナド」と呼び、定義している。「モナド」はドイツの哲学者ライプニッツの考案した概念である。ライプニッツは、肉体と魂の調和を求め、真に存在するものはモナドという実体であると論じている。肉体や他の物体はモナドの「延長」であり「現象」にすぎない、対して霊魂は単一的な実体であると[583]。この対話の中で、ゲーテは、人間の霊魂は、人間だけでなく世界や星として生まれ変わることもある、という宇宙規模の輪廻観について述べている。蟻から世界まですべてのものには霊魂、あるいはモナドがあり、それらのものは、目に見えず内在している「高い意想、より高い使命」をもちながら、同じ法則に従って目に見える形に発展していく、と述べている。そして人間は、自身の勤勉、熱心、精神により来世以降、世界モナド、あるいは星として生まれる可能性があるとの考えを示し、人間の霊魂は、自身の努力によって成長して、さらに大きな霊魂に生まれ変わることができる、とまとめている[584]。

またヒンズー教にも宇宙規模の輪廻観がある。鎧淳はヒンズー教の輪廻観について「いかなる個々の存在も、純粋に霊的な原理と、粗大並びに微細な物質の構成する肉体とから成っている。(省略) 人が、物質からなる自らの肉体を、真に自己なりと思い込み、誤認して、これに執着し続けるかぎり、人は因果応報の定めに従って、前世から揺曳する善悪両業の効果を受け、絶えず、新たな生を繰り返し、輪廻し続ける[585]」と述べている。ヴェーラスワミー・クリシュナラジュによれば、太陽、月、地球、インドラなどの神々への崇拝は、効果が限られており、インドラや他の下の神々の崇拝者たちは、世俗的な恩恵を享受してスヴァルガに行く。最高の世界である

583　エッカーマン（2001）『ゲーテとの対話（中）』、337頁－338頁参照。

584　ビーダーマン編（1963）『ゲーテ対話録2』、207頁－213頁。

585　『バガヴァッド・ギーター』2008、234頁。

クリシュナの世界に比べて、スヴァルガは低い世界である。彼らは一時的な住人としてインドラの世界に行き、一定の期間後、生々流転（サンサーラ・輪廻）に入る[586]。『ギーター』第八章にあるように、魂は下の世界から梵天の世界にいたるまでの諸世界を回帰するが、クリシュナの世界に到達すれば以後は回帰しない[587]。以上のようにヒンズー教の最終的な目標は、「輪廻の輪から抜け出す」ことである。

しかし、ゲーテは『アルジュナ』、『ギーター』と出会う前からすでに、霊魂またはモナドは、世界や星になれる、という輪廻観をもっていたが、彼の作品や発言などからは、「輪廻の輪から抜け出す」というような到達目標は見られない。例えば 1779 年「水の上の霊らの歌」という詩の中で人間の魂を水の循環の比喩を使い、生々流転が永遠に続くという考えを表現している[588]。また、1829 年 9 月 1 日、最晩年のゲーテはエッカーマンとの対話の際に、霊魂不滅と生命の永遠性への信仰を述べている。彼は、霊魂不滅について論じるためにエンテレヒーという、アリストテレスの哲学的概念を使って、現世で偉大なエンテレヒーでなければ、来世でも偉大なエンテレヒーになることができない[589]、と述べ、エンテレヒー、すなわち霊魂は常に生まれ変わるが、来世の存在の大きさは今世の活躍による、という輪廻観を示した。これはヒンズー教の良い行動によって良い存在として生まれ変わる、という輪廻思想に似ている。

第３節　「パーリア」における輪廻概念

ゲーテがヒンズー教社会について考察した成果は「神とバヤデレ[590]ーイ

586　Krishnara (2002: S. 146) 参照。

587　『バガヴァッド・ギーター』1992、77 頁。

588　『ゲーテ全集 1』、212 頁。

589　エッカーマン、(2001)『ゲーテとの対話（中）』、136 頁－ 137 頁。

590　『ゲーテ全集 1』では詩のタイトルに「娼婦」が使われているが、「バヤデレ」の方が原意に近いため筆者が言葉を入れ替えた。

ンド伝説より」(1797) と「パーリア」(1824) という詩に見られる。パーリアとは、カースト制度の外側にあって、ヒンズー教社会において不可触民として差別されてきた人々のことである。ゲーテはすでに1770年代からダッペルの『アジア』を通してパーリアについて知っており、40年以上経った1820年代にパーリアについて再研究を始めた。詩「パーリア」の執筆に際しては、ソネラの『旅』を基にした[591]。

三部作である「パーリア」は、「パーリアの祈り」、「聖譚」、「パーリアの感謝」という三つの詩からなる。「パーリアの感謝」で「偉大な梵天よいまこそ知ります(省略) あなたはすべてをうべなわれます / あなたはしもじもの者に対しても / 耳をふさぐようなことはなさいません / 新生の恵みを与えて下さいました[592]」とある。この「新生の恵みを与えて下さいました」は、ドイツ語で「Alle hast du neu geboren[593]」であり、「皆を蘇らせた」や「皆を生まれ変わらせた」などの和訳も考えられる。ここでパーリアは自分たちを「しもじもの者」と称していて、この我ら「しもじもの者」に、梵天は新しい人生を与えてくれたと言っているが、どの階級に生まれ変われたかは描かれていない。しかし「パーリアの祈り」では、パーリアは梵天に次のように祈っている、「主よ　さてもまたこの祈りの後には / 私にも子としての祝福をお与えください / それとも　私ごときもあなたに結ばれる / しるしを　お現わし下さいますよう / あの遊女さえとりあげて / 女神の地位にたかめられたお方なら / わたしどもにも御名をあがめるべく / かような奇跡をもたらしたまえ[594]」とあることから、おそらくパーリアは今より高い階級に生まれ変わる。つまりパーリアは、詩「神とバヤデレ―インド伝説より」に出てくるバヤデレ(遊女)のように、自分も神化したいと願っているのである。ただしバヤデレは来世ではなく、今世において神化したが、「新生の恵みを与えて下さいました」という句は、来世のこと

591　FA 2, S. 1045.

592　『ゲーテ全集 1』、297頁。

593　FA 2, S. 455.

594　『ゲーテ全集 1』、297頁。

を意味していると考えられるゆえに、ゲーテはヒンズー教の輪廻観を意識し、この詩を書いた。

第４節　『ヴィルヘルム・マイスターの遍歴時代』―「マカーリエ」の本質

『アルジュナ』では、アルジュナがインドラの天界へ行き、そこで地球から星のように見えていた亡くなった人々の魂と出会う場面がある。このような宇宙規模の輪廻観は、ゲーテの小説『ヴィルヘルム・マイスターの遍歴時代』（*Wilhelm Meisters Wanderjahre*、以下『ヴィルヘルム』と略す、1829）の中にも見られる。小説の登場人物マカーリエの内面には宇宙が存在している、よって彼女は宇宙の活動に参加することができる、とあり、また主人公ヴィルヘルムは、彼女が星になる夢を見ている。マカーリエの本質に関して西洋思想に基づいた研究[595]は行われてきたが、ヒンズー教の思想に基づいた解釈はまだない。『アルジュナ』のアルジュナが天界へ行き、そこで地球から星のように見えていた、亡くなった人々の魂と出会う場面が、『ヴィルヘルム』のある場面と似ているので、以下でこれらを比較する。

まずマカーリエの座っている椅子と、アルジュナの乗っている戦車が似ている。「マカーリエさんの座るいすが、まるで生き物みたいにひとりでにこっちへ動いてくるんです。いすは金色に輝」[596]いている、とある。『アルジュナ』では「太陽のように照らしつつ、神聖な戦車に乗った」[597]とある。その後アルジュナは戦車に乗り続けるが、マカーリエは雲に運ばれ天に昇る。

次にマカーリエが星に変身する様と、『アルジュナ』で人々が星になる

595　Rudolf Steiner, Das Wesen des EgoismuS. Goethes „Wilhelm Meister,“Berlin, 1909, http://anthroposophie.byu.edu 2018 年９月 15 日アクセス。Klaudia Hilgers, *Entelechie, Monade und Metamorphose,* 2002.

596　『ゲーテ全集 8』、103 頁。

597　『原典訳マハーバーラタ 3』2002、124 頁。

様が似ている。ヴィルヘルムが自身の夢について「最後に彼女(マカーリエ)の美しい顔の代わりに、散りゆく雲のあいだに、星がひとつまたたくのが見えました」[598]と言っている。マカーリエは星になり空に上がったが、彼はそれを星と見た。『アルジュナ』では「彼（アルジュナ）は地上を動く人間たちに見えない道を進み、驚嘆すべき天車を幾千と見た。そこでは太陽も月も火も輝いていなかったが、それらは功徳で得たそれら自身の輝きで輝いていた」[599]とあり、御者のマータリが、アルジュナに「これは善行を積んだ人々がそれぞれの場所に位置しているものです。地上では、あなたは彼らを星であると見ていたのです」[600]と説明している。善行を積んで亡くなった人々の魂は、天界のそれぞれの場所に位置して輝き、地球から星のように見える。以上からゲーテは『アルジュナ』の「偉大な人間が星になる」という概念を『ヴィルヘルム』に用いたといえる。

引き続き同じ場面で、ヴィルヘルムは、夢の中でマカーリエが星になるのを見て、「その星はたえず上へとはこばれて、（中略）その星は星空全体とひとつに溶けあってしまったんです」[601]と言っている。ヴィルヘルムが目覚めると「明けの明星」が窓から見えた。「そうして、目をやればこんどは――明けの明星が、あの星と同じように美しく、もっとも、光り輝く壮麗さはあの星ほどではないかもしれませんが、じっさいに目に光っているではありませんか。かなたに浮かぶ現実の星が夢に見た星の代わりとなって、幻の星のおびていた壮麗さを吸い取っているのです」[602]と。この夢の話を聞いた天文学者は「どうかこのことが、あの神々しい方（マカーリエ）の下界を離れる予兆ではないように！あの方（マカーリエ）はおそかれ早かれそういう神化にあずかる方ですので」[603]と言った。ヴィルヘルムの夢と

---

598 『ゲーテ全集 8』、103 頁。

599 『原典訳マハーバーラタ 3』、124 頁。

600 同書、124 頁。

601 『ゲーテ全集 8』、103 頁－ 104 頁。

602 同書、104 頁。

603 同書、104 頁。

天文学者の言葉は、彼女は神化し、その魂はいつか星空で美しい星として輝き続ける、という彼女の未来を予言したといえる。

『アルジュナ』では、人々の魂は、亡くなった後に輝くが、マカーリエは「小さいころから自分の内なる自我が、幾多の輝く存在に満たされ、何ものにもまして明るい太陽の光でさえ曇らせることのできないひとつの光によって照らされていたのを思い出す[604]」と言い、生きている間に輝きを放った。

ファルクとの対話からわかるように、人間の魂は人間としてだけではなく、星としてまたは世界として生まれ変わることもある、とゲーテは考えた。そして彼は、マカーリエの魂は亡くなってからも輝きつづける、と述べている。つまり彼は、『アルジュナ』の地球から星に見える、亡くなった人々の輝く魂を、大きなモナドとして読み取ったのである。ヒンズー教の輪廻概念を通し、ゲーテは自身の輪廻概念を深化させたと考える。

第５節 『ファウスト』第２部 ―「ホムンクルス」の本質

ゲーテ最晩年の作品である『ファウスト』第２部（1832）の中にもヒンズー教思想があると考えられる。前記の亡くなった人々の魂が星のように輝く、という事象は『ファウスト』第２部に登場する「ホムンクルス」という存在にも少し見られる。『ファウスト』第一部で、ファウストの助手であったワーグナーが、第２部では一代の碩学といわれる身となって、人造人間ホムンクルスを生み出す。ホムンクルスとはラテン語で小人間の意で、男性の精子を密閉したレトルトに入れておくと、それが生気を得て動き、肉体はなく透明であるが、驚歎すべき神秘的な知恵があり、妖精のごとく力強く活動するもの、とされている。神秘家などの雑記からゲーテはこの着想を得[605]、それをより発展させたと考えられる。

『ファウスト』第２部第２幕で、気を失っているファウストを尻目に、メフィストーフェレスは実験室へ行き、そこではワーグナーがホムンクル

604　同書、387頁。
605　ゲーテ（1958）『ファウスト２』、510頁参照。

スの創造を試みている。そしてついにレトルトの中に肉体を持たない純粋生命体ホムンクルスが産まれる。ホムンクルスは、その神通力によって失神しているファウストの夢を読み取り、自らも人生を体験したいと思い立ち、ワーグナーの元を離れてファウストに随行することにする。ここでホムンクルスが「光を発する」ことに注目したい。「輝くルビー」、「稲妻のような光を発する」、「明るい白い光」、「光っているな」、「私が先立ちして照らしましょう」、「光はたくさんだしますが」などの表現から、ホムンクルスは光る力、能力をもっているとわかる。[606] まだ肉体がないホムンクルスは魂のようなものであり、その魂は肉体化される前から存在し、光を発することができる。ワーグナーがホムンクルスを作っている最中にメフィストーフェレスに「おいでなさい。よい星回りです」[607]と話しかけているが、この箇所はドイツ語の原本で「Willkommen! zu dem Stern der Stunde」[608]という。ここではドイツ語で頻繁に使われる比喩「Sternstunde」(記念すべき歴史的な時)という表現を「zu dem Stern der Stunde」という文書に言い換えて用いている。「Willkommen! zu dem Stern der Stunde」を言葉通りに訳すと「この時間に誕生する(した)星へようこそ!」になる。ここで誕生する星とはホムンクルスである。つまりこの透明な「魂」の誕生が「星」の誕生に例えられているのである。この言葉は二つの意味で読むことができる。一つはこの時に起こった大きな出来事として、もう一つは、このホムンクルスの輝き、光自体として、である。『ファウスト』第2部「中世風の実験室」の章の中で、作られたばかりのホムンクルスは、メフィストーフェレスに「私が先立ちして照らしましょう」と述べて、このあとの旅の際に、ファウストとメフィストーフェレスの道を照らす役割を果たしている。これは、『ファウスト』第1部「ワルプルギスの夜」の章に出てくる道案内役の「鬼火」のに似ている。[609] このことからゲーテにとって光っているものは、周

606 同書、150頁－151頁、152頁、162頁、243頁参照。

607 同書、150頁－151頁。

608 Johann Wolfgang Goethe, *Faust. Der Tragödie Zweiter Teil,* 2001, S. 66

609 ゲーテ(1958)『ファウスト1』、274頁－278頁参照。

りを照らし導く役割をもっているといえる。

第６節　輝く魂

『ギーター』第14章の中で、「この身体の、一切の門において、知識という光明が生ずる時、純質が増大したと知るべきである」とある。ここでの「一切の門」は眼、耳などの感覚器官を指している。そして「暗質は無知から生じ」[610]とあるが、これは、知識という光明の反対を表している。『ギーター』では、光明は知識と同等とされ、暗質は無知と同等とされている。このような考え方は、知人ヴィーラントに対する言葉やゲーテが描いたマカーリエやホムンクルスにも見られる。ヴィーラントとマカーリエは、二人とも来世以降、輝く星になるとゲーテは述べている。ゲーテはヴィーラントを、知恵のある大切な友人として先輩として尊敬していた。マカーリエは不思議な予言能力をもっており、宇宙の偉大さに目覚めた存在である。上述のようにヴィーラントはいつか輝く星となる、とゲーテに想像され、マカーリエとホムンクルスは、物語の中で実際に輝いた。ヴィーラントとマカーリエは、人間として善の力を持っており、またマカーリエとホムンクルスは神秘的な力を持っており、ホムンクルスの場合、光は道案内、つまり周りを照らす役である。

魂（星）が光を放って輝く条件は「善行を積むこと」であるとゲーテは考えた。これは『ギーター』の、光明は知識と同等とされ、暗質は無知と同等とされる、という考えより一歩進んでおり、『アルジュナ』の善行を積んだ人々の魂が輝く、という事象に似ている。ゲーテは、『アルジュナ』を参考に、知識だけではなくむしろ人間として善をなすことを主眼にした可能性が高い。

610　『バガヴァッド・ギーター』1992、114頁。

章のまとめ

以上、ゲーテはすでに青年期から輪廻観をもっていたが、ヒンズー教の思想とその輪廻概念に出会ったことにより、特に晩年の詩や小説の登場人物をより思い通り描くことができた、と結論づけることができる。しかしながらそれにも関わらず、ゲーテの輪廻観とヒンズー教の輪廻観は少し異なる。ゲーテの場合、ヒンズー教の「輪廻の輪から抜け出す」というような到達目標は見られない。彼にとっての霊魂は、常に輪廻し続けるものである。彼がヒンズー教の思想、特に輪廻概念から影響を受けた判断できる著作及び人物は、詩「パーリア」、『ヴィルヘルム』の「マカーリエ」、『ファウスト』第2部の「ホムンクルス」である。詩「パーリア」で梵天への祈りによってパーリアの者を生まれ変わらせた、という部分は、ゲーテが当時の文献からヒンズー教についての知見を得ていたゆえに書くことができた、と考えられる。「パーリア」は1824年に執筆されたので、ゲーテはそれまでにヒンズー教の輪廻観について学んだに違いない。『ヴィルヘルム』と『ファウスト』第2部を執筆した時点で、彼は『ギーター』の全訳と『アルジュナ』をすでに読んでいた。『アルジュナ』の中の、善行を積んで亡くなった人々の魂は、「功徳で得たそれら自身の輝きで」光っていた、という部分からゲーテは以前からもっていた「人間が星になる」という考えをさらに深め、特に「マカーリエ」、「ホムンクルス」により表現したといえる。ただしゲーテが影響を受けた西洋の霊魂概念では、霊魂の輝きについて説明できないゆえに、その考えは、主にヒンズー教から取ってきたものといえる。

部のむすび

第５部では、ゲーテとヒンズー教の関係と、ヒンズー教思想は、ゲーテの輪廻観に影響を与えたのか、もしそうであれば、どのような影響であったのかについて論じた。

まず第１章では、ゲーテのヒンズー教（インド宗教と哲学）との関わりを中心に、彼がいつ、どのような文献を研究したのかを年代順に詳しく調べ、彼のインド宗教についての考えが時間と共にどう変わったかについて論じた。第１章で明らかになったデータを踏まえ、第２章では、ヒンズー教思想は、ゲーテの輪廻観と作品に影響を与えたのか、そしてそれはどのような影響であったのかについて論じた。

ゲーテが読んだヒンズー教の文献は『マハーバーラタ』からの『ギーター』や『アルジュナ、インドラの世界へ行く』、そして『マハーバーラタ』に基づいた劇『シャクンタラー姫』や『ナラ王子物語』などである。そして『ラーマーヤナ』や『ギータ・ゴーヴィンダ』や『メーガ＝ドゥータ』なども読んだ。また彼はダッペルの『アジア』とソネラの『旅』とヘルダーの『人類歴史哲学考』からヒンズー教とその社会について知見を得た。そしてカースト制度とインドの神話学の神々については、受け入れられなかった。ゲーテは興味をもったインドの物語を、自身の詩「神とバヤデレ」、「パーリア」、「穏和なクセーニエ」などに活かした。

ゲーテは『ギーター』を読んでいたと考えられるが、『ギーター』について彼のはっきりとした研究の跡、例えば研究ノートなどは残っていない。彼は『ギーター』の思想を自身の文学作品に活かした可能性もあるが、それには彼の晩年の作品を『ギーター』の思想と比較する必要がある。『ギーター』の重要なテーマは、輪廻、行為、魂の不滅さなどである。このテーマは彼の人生観と似ているところがあると考えられる。詩「パーリア」の「新生の恵みを与えて下さいました」は、ゲーテのもつヒンズー教の輪廻観を示している。

ゲーテ自身はすでに青年期から輪廻観をもっていたが、ヒンズー教の思想とその輪廻概念に出会ったことにより、特に晩年の詩や小説の登場人物をより思い通り描くことができた、と結論づけることができる。しかしながらそれにも関わらず、ゲーテの輪廻観とヒンズー教の輪廻観は少し異なる。ゲーテの場合、ヒンズー教の「輪廻の輪から抜け出す」というような到達目標は見られない。彼にとっての霊魂は、常に輪廻し続けるものである。彼がヒンズー教の思想、特に輪廻概念から影響を受けたと判断できる著作及び人物は、詩「パーリア」、『ヴィルヘルム』の「マカーリエ」、『ファウスト』第二部の「ホムンクルス」である。詩「パーリア」で梵天への祈りによってパーリアの者を生まれ変わらせた、という部分は、ゲーテが当時の文献からヒンズー教についての知見を得ていたゆえに書くことができた、と考えられる。「パーリア」は 1824 年に執筆されたので、ゲーテはそれまでにヒンズー教の輪廻観について学んだに違いない。『ヴィルヘルム』と『ファウスト』第 2 部を執筆した時点で、彼は『ギーター』の全訳と『アルジュナ』をすでに読んでいた。『アルジュナ』の中の、善行を積んで亡くなった人々の魂は、「功徳で得たそれら自身の輝きで」光っていた、という部分からゲーテは以前からもっていた「人間が星になる」という考えをさらに深め、特に「マカーリエ」、「ホムンクルス」により表現したといえる。ただしゲーテが影響を受けた西洋の霊魂概念では、霊魂の輝きについて説明できないゆえに、その考えは、主にヒンズー教から取ってきたものといえる。

以上のことから、当時の文献から、ゲーテはヒンズー教の輪廻思想を知っており、この知識を彼の作品に活かしたことが明らかになった。ゲーテの輪廻観とヒンズー教の輪廻思想が異なるにも関わらず、ゲーテ自身の生命哲学の生命観的側面（第 2 定義）と実践的側面（第 3 定義）がさらに形成されており、彼の詩文・作品の中にも反映された。

終章　ゲーテの「生命哲学」のエッセンス

この終章では、本書の内容を振り返りながら、ゲーテが述べたことを整理し、彼の生命哲学における自然詩文と輪廻概念と霊魂概念及び行為の概念をまとめる。ゲーテは例えば「自然における全現象の出発点 Anfangspunkte aller Erscheinungen in der Natur」「全生物の最終的な根源構成要素　letzte Urbestandteile aller Wesen[611]」、すなわち生命の現象の根源を把握し、認識しようとした。本書は生命哲学の以下の三つの定義（視点）からゲーテの生命哲学を論じた。

① Philosophie, die sich mit dem menschlichen Leben befasst（Philosophie）[612] 人間の生を扱う哲学（哲学）[613]は第1定義とされる。哲学史的には「生の哲学 Lebensphilosophie」とも呼ばれる。

→　哲学史的に理解した「生の哲学」

② Art und Weise, das Leben zu betrachten[614]　生命を考察する方法[615]は第2定義とされる。「生命観 Lebensanschauung」とも呼ぶことができる。

→　一般的、日常的「生命哲学」、一人ひとりがもっている「生命哲学」

③ 第3定義、生き方に影響を与えて、実践される哲学（実践された生命哲学）筆者は「生命」を「生き方」と読み替え、「生命哲学」の意味を付け加えた。これが第3の定義である。

→　実践的な「生命哲学」

第1定義と第2定義は *Duden* というドイツの一般的な辞典に基づき、本書ではこの二つの意義に筆者なりの定義を加えて「生命哲学」の定義とした。すなわち第3定義は筆者が「生命」を「生き方」と読み替え、「生命哲学」

611　FA 34, S. 171.

612　*Duden*. 2003, S. 1001.

613　同書、1001頁。筆者訳。

614　同書、1001頁。

615　同書、1001頁。筆者訳。

の意味に付け加えた。

三つの生命哲学の定義から論じた結果、ゲーテの「生命哲学」が論じやすくなり、それぞれの定義にはっきり区別することができた。ゲーテの「生命哲学」の三つの観点が明らかになり、つまり哲学史的「生命哲学」（第1定義）、一般的、日常的、生命観としての「生命哲学」（第2定義）、実践的な「生命哲学」（第3定義）である。

ゲーテの「生命哲学」の第1定義は第1部第2章で論じた。哲学史の「生の哲学」の流れの中にゲーテの影響と位置を調べた。ゲーテの「生命哲学」の第2定義は全体にわたって論じた。すなわち、ゲーテに影響を与えたあらゆる輪廻思想と永遠という概念を調べて、ゲーテの霊魂思想と倫理と行為の概念を明らかにした。さらに、ゲーテの「生命哲学」の第3定義は、ゲーテがもっていた「生命哲学」の実践的な面について論じた。主にゲーテの執筆活動の中に、ゲーテの生命哲学が現われているし、読み取ることができる。ゆえに、ゲーテの「自然詩文」はゲーテの実践した「生命哲学」の所産・結果の一つであるといえる。本書では、このように「生命哲学」の定義を用いて、主に自然詩文、永遠、輪廻、行為という概念を論じたので、以下まとめておきたい。

本書では、ゲーテ自身が「自然詩文」に表していた「生命哲学」は具体的にどのような哲学思想からできており、影響を受けたかについて詳しく論じた。そして、彼が個人的にもっていた「輪廻」の概念と「霊魂」の概念と「行為」の概念を包括的に捉えることで、彼の「生命哲学」を明らかにした。

若いころからゲーテは宗教やさまざまな哲学思想と出会い、これらについて考察し、論じるようになる。宗教と哲学思想を研究するとともに、ゲーテは個人的な人生においてもさまざまな経験（病気、死への恐れ、人間関係、友人と知り合いの死など）を重ねることによって、内省的・宗教的省察が強まり、さらに哲学思想の研鑽を重ねつつ、永遠なものを求めていった。哲学思想の読書と研鑽はゲーテが一人で行ったこともあるし、合同研究（ヘルダー、シュタイン夫人など）、対話と往復書簡を通しても行った。

このような内省的・宗教的省察と研究活動そして個人的な経験によって、歳を重ねるとともにゲーテは宗教と哲学思想についての知識を豊富にし、自分の中にあるものを哲学用語と比喩をもって詩と作品の中で表現することができるようになった。

「自然詩文」、生命哲学

随筆「さらに一言、若い詩人たちのために」は、人間としての詩人へのアドバイスであり、ゲーテの詩文・詩作に秘められている生命哲学を示している。この随筆の中に「自然詩文」という概念が紹介されているが、それは彼の生命哲学（第2・3定義）を表す概念でもあるといえる。

「自然詩文」の詩作の仕方は生き方と比較することができる。すなわち、詩人は人間が内面から生きるように、内面から詩作すべきからである。ここに「自然詩文」における生命哲学の要素がある。このような生き方や詩作の仕方は内面から流れてくる川のようなものであり、人間の場合この川を「生命流」（生命の流れ）、芸術家の場合「制作流」、詩人の場合「詩作流」と筆者は名付けた。ゲーテがこれらの用語を直接に使用しているわけではないが、心、人生、生命を川（水）の流れにたとえる考えは広くみられると思われる。聖書の中にも、コーランの中にも水が人間の生命と神の働きと例えられている比喩と比較がいくつかある[616]。ゲーテ自身はこのような考えを例えば「水の上の霊らの歌」[617]と「マホメットを歌う」[618]という詩の中で表現している。

随筆の中で、ゲーテは「自然詩文」の詩人の振る舞いに関してもアドバイスを与えている。人生における道徳の一般的な規範は詩人のためであるが、日常生活で用いることもできる、ゆえに人間にも当てはまる。つまり詩人は良い性格をもつべきと結論づけられ、詩人としての良い生き方は良

616　G-Hb 1, S.101-102 参照。

617　『ゲーテ全集1』、212頁－213頁。

618　『ゲーテ全集1』、210頁－212頁。

い詩作へとつながる。

本書の結論の一つは、ゲーテの生命哲学（第2定義）は生命のすべての次元を包括しているということである。ゆえに、彼の自然詩文も生命そのもの、すなわち空間、時間、生死、輪廻、霊魂不滅、行為の概念、有限性、無限性、経験、感情などの次元を包括しているといってよい。ゲーテが教えている、「自然詩文」に従って生命を表し内面から詩作する詩人の詩作の仕方、そして生命を表現する詩人の詩文そのものが、生命哲学（第3定義）であるといってよい。

哲学の歴史において「生の哲学」という思潮がある。「生の哲学」の由来は詩文とスピノザ論争とゲーテと緊密に関係している。ここに生命哲学の第1定義が含まれている。「生の哲学」の由来は18世紀にあって、スピノザ論争ときわめて近い関係があることがわかる。ゲーテ自身もこのスピノザ論争に参加した一人である。ゆえにゲーテの生命哲学の中には、第1・2・3定義がすべて含まれているということができる。

スピノザとゲーテの生命哲学

ゲーテは生涯の4回の時期にわたってスピノザを研究した。従来、ゲーテは1770年頃はスピノザに反対の立場をとり、のちに、その考えを改めるようになったと考えられてきた。しかし、『エフェメリデス』と『詩と真実』の記述を丁寧に読むと、ゲーテは1770年頃にすでにスピノザに親近感をいだいており、ゲーテが反対したのはいわゆる「スピノザ主義」であったと考えられる。つまり、スピノザその人の哲学と、世の中で語られているスピノザについての解説とを、区別していた。

つづく年月にゲーテはスピノザの主著『エチカ』と他の作品を研究した。この読書によってゲーテのスピノザ受容が大きく変わる。ゲーテのスピノザ理解は、年月とともに、また経験と研究とともに深められ、最晩年の豊かな認識へといたったのである。スピノザの著作の中に、ゲーテは自分自身を見出し、自然、そして世界と神の理解について確信したのである。スピノザはゲーテに大きな影響を与えたといってよい。

あらゆる哲学思想の中でゲーテの「生命哲学」に大きな影響を与えた哲学の一つは、スピノザ哲学である。スピノザ哲学はゲーテに形而上学的な面（無限なもの、神的法則）からも、倫理的な面（完全な無私の精神）からも生涯に残る大きな影響を与えた。ゲーテは、スピノザの哲学と、自身の中にあった汎神論的な神理解・世界観・生命哲学、および宗教概念の大部分の一致を再確認でき、彼の哲学概念あるいは宗教概念と作品を含めた活動の中に表したのであった。ゲーテのスピノザ受容は、数回にわたるスピノザ思想の研究と読書と経験によって極めて進化し深いものになり、豊かな認識へといたったのである。

ゲーテは特にスピノザ『エチカ』に感銘を受けた。『エチカ』の「完全な無私の精神」はゲーテの倫理的基盤となり、彼の「最高の願望であり主義」であり、そして生きた実践となり、彼自身の実践した生命哲学（第 3 定義）となった。そして『エチカ』の「形而上学」はゲーテの宗教観の基盤となり、「無限なもの」、「永遠の、必然的な、神的な法則」などの概念は、ゲーテの経験（ヴィーラントの死）やスピノザ研究などを通してさらに深く理解することができた。『エチカ』の第 5 部第 23 定理とその備考は、精神の永遠性を説くとともに、精神はすでに体に入り込んで生まれる前に存在していたというように解釈することができる。精神は永遠であると説くスピノザ哲学はゲーテの生命観でもあり、ゲーテ自身の輪廻概念とつながることができる。ゲーテが『エチカ』の「形而上学」から得た理解と自分なりの解釈は彼の「生命哲学」の第 2 定義に相当する。

親友ヴィーランドが亡くなったことを受けて、ゲーテはファルクと 1813 年 1 月 25 日に、「霊魂の不滅や霊魂の本質」について対話した[619]。ヴィーラントの死をきっかけに、ゲーテは 1813 年に『エチカ』を再読し、生命の永遠性について、すなわち「自然の永遠の、必然的な、神自身でさえなんら変更することのできない神的な法則」、さらに霊魂不滅と輪廻について深く考察した可能性がある。ゲーテはスピノザの哲学に大きな影響を受

619　FA 34, S. 683ff. 参照。

けたが、ファルクとの対話からもわかるように、スピノザの形而上学の範囲を超えているゲーテの無限なものについての考察は、スピノザの霊魂の不滅だけではなく、他の哲学の輪廻の概念とも関係している。

スピノザは「神の諸法則」、すなわち「神の無限なる本性の諸法則」や「自己（神）の本性の諸法則」という言葉を用いているが、ゲーテは「自然は、永遠の、必然的な、神自身でさえなんら変更することのできない神的な法則」であるという表現をしている。ゲーテは「自然」の働きを強調し、スピノザは「神」の働きを強調している。『詩と真実』はゲーテの自伝と見られることから、ゲーテの最終的な「自然」や「神」や「法則」の考察の表明として捉えることができる。ゆえに、彼は自然の中に神的な法則があると信じていた。ゲーテにとって「永遠なもの、必然なもの、法則的なもの」が存在していた。このように、ゲーテの生命論的宗教観と生命哲学は主にスピノザに基づくと考えられるが、ゲーテが理解する神的法則はスピノザが述べた法則と異なっている。

さらに、ゲーテによると全世界を厳粛で深遠な奥底の部分で結合するのは宗教と詩歌である。その上に、彼は自然が永遠の、必然的な、神的な法則に従って働いていることを確信した。

まとめてみると、ゲーテのスピノザ主義に基づいた宗教概念は実践（「生命哲学」の第3定義）にまで至ったといえる。ゲーテは人々を結合する宗教と詩歌における信仰の力が偉大な可能性を秘めていると確信していた。このようなゲーテの信仰が彼の生命哲学となり、彼の行動と執筆活動と人間性に影響を与えた（「生命哲学」の第2・3定義）といってよい。

『エチカ』の研究を通して理解し実践した「完全な無私の精神」は、ゲーテの活動と作品、「自然詩文」の中に反映された。この精神によって彼は自己中心主義を克服することができ、全生命の脈動と結合することができたといえる。ゲーテは彼の「うちにある（内的な）詩的天分」と「外的な自然」を一体として捉えている[620]。この詩的天分は意思に反している状態で現れて、内面から流れてくる川（源）のようなものである。上に述べた

620 『ゲーテ全集 10』、222 頁。

ような「詩作流」のことである。この無私の精神の実践、そして大我（我欲に執着した小我に対し、大きく世界に開かれた我）とすべての生き物との一体感が、詩人ゲーテの才能を無限に成長させたといってよい。「自然詩文」の詩人であるゲーテは、常に自身を観察しながら、自身の経験から学びつつ前進する。ゲーテの詩人としての成長と、人間としての精神的な成長が一つとなって彼の「自然詩文」に結晶していくのである。

ゲーテの「生命哲学」は多くがスピノザの哲学からなるといっても、ゲーテの生命哲学にもあると考えられる輪廻概念と行為の概念（業（ごう）の思想）は、実際にスピノザ哲学の中には含まれていない。ゆえに、他の哲学思想から取り入れたものであろう。

輪廻概念と霊魂不滅の思想（西洋思想）

輪廻概念と霊魂不滅の思想は、ゲーテの生命哲学を理解するために不可欠なものである。ゲーテは若い頃から最晩年まで、輪廻と霊魂不滅に対する考えを変わらずもっており、信じていたが、詩的な表現や哲学的用語を用いながら、自分の考えを細かく表現するようになっていた。

ゲーテの輪廻概念[621]と霊魂概念に影響を与えた哲学は様々（プラトンの「イデー」と「アナムネーシス」、ライプニッツの「モナド」、アリストテレスの「エンテレヒー」、オルフェウス教の「デーモン」など）である。彼にとってはすべてのものが「モナド」、「エンテレヒー」、「精神」、「イデー」、「霊魂」をもっている。彼は自身の霊魂概念と輪廻概念を叙述するために「デーモン」・「モナド」・「エンテレヒー」・「霊魂」・「中核」・「エンテレヒー的モナド」・「太陽」・「精神」という哲学的用語と言葉を用いた。

このようなモナドが、同じ法則に従って、内在している意想の道が、前世・今世・来世にわたり存在し、成長することができる。彼がファルクとの対話で述べたように、人間は勤勉と熱心と自身の精神によってさらに大きなモナドへ成長することができるが、エッカーマンとの対話で述べたよ

621　Colombo (2013) 参照。

うに、来世に偉大なエンテレヒーとして生まれ変われるために、すでに今世に偉大なエンテレヒーでないといけない。

霊魂はゲーテにとって「エンテレヒー的モナド」であり、すなわち常に完成にむかって努力しているものである。―これはある意味でゲーテの生命哲学のエッセンスの一つともいうべきものを示している。ここにはファウスト的努力の考え方、すなわち「絶えず努め励むものをわれらは救うことができる」[622]という思想が秘められている。人間は自身の勤勉、熱心、精神、努力をもって進んでいくときにのみ、人間の力を超えた力をも得ることができる。このような生き方の中でゲーテが考えた「エルピス elpis：希望」、すなわち希望を持って、大胆に前進する人の姿がある。人間は自身の勤勉、熱心、精神、努力によって救われるという考えがあったといえる。つまり、人間を救うことは己自身の力によって可能になる。すなわち神などの力を通してではなく、人間自身の力で人間が救われるということである。このような考え方の中に、行為の思想が秘められているといってよい。このような行為の思想はゲーテが東洋思想から知ったと考えられる。西洋思想だけではなく、東洋思想もゲーテの輪廻概念に影響を与えたといってよい。

ここで注目すべきことは、第3部を第2部と比較してみればわかるように、ゲーテはスピノザの哲学より先に、さまざまな輪廻の思想に出会ったことである。すでに述べたように1768-69年、病気の回復のためのフランクフルト滞在の時の読書を通してである。さらに、1772年9月10日のケストネルとシャルロッテ・ブッフとの対話もゲーテがスピノザを研究する前であった。ゆえに、ゲーテが『エチカ』を初めて読んだ際には（1770年？1773年？）すでに生命の永遠性の考えと輪廻概念をもっており、それは彼の生命観的生命哲学（第2定義）の一部であった。

いわんや、『エチカ』の第5部第23定理とその備考の中の精神の永遠性と生まれる前の存在はゲーテが輪廻する霊魂として捉えた可能性が大きい。精神は永遠であると説くスピノザ哲学はゲーテにとって親しい概念であった上に、彼がすでにもっていた輪廻概念と緊密に結びつくことができ

622　ゲーテ（1958）『ファウスト 2』、485頁。

たと考えられる。

ゲーテが世界・宇宙・自然は法則に従って存在し、発展していることを確信していたことは第3部でさらに明らかになった。ファルクとの対話の中でゲーテは「すべての恒星、すべての惑星は自分のうちにより高い意想、より高い使命を有し、それによって彼らの発展は、バラの木の発育が葉、梗、花冠とへていくのと同じ規則正しさで、同じ法則に従って実現されねばならない。」[623]と述べている。さらに「始原の言葉・オルフェウスの教え」の中でゲーテは「お前はすぐさま不断の成長をとげた、/出産時の法則に従って」[624]と述べている。他の言葉でいうと、人間は法則に従って生まれてくる。第2部で論じたが、すべての物事を貫く「神的な法則」に神自身も従っていることをゲーテは考えている。彼は『詩と真実』の中で「自然は永遠の、必然的な、神自身でさえなんら変更することのできない神的な法則に従って働いている。これについてはすべての人間が、意識することなく、完全に一致している」[625]と、スピノザについての段落の中で述べている。このようなゲーテが述べている「法則」はすべて似ており、同じことを目指していると考えられる。その中で、ゲーテが想像している霊魂の輪廻はこの法則の不可欠な一部として捉えることができる。

仏教思想の影響・行為の概念（東洋思想）

1852年、ゲーテが1832年に逝去してからちょうど20年後、法華経がヨーロッパで初めてフランス語に翻訳されたが[626]、彼には法華経などの仏教経典について詳しい知識を得る機会はまだなかった。ゲーテはペツォルトと三井が述べたように仏教の知識をまったく持っていなかったわけでは

623　ビーダーマン編（1963）『ゲーテ対話録2』、207頁。

624　『ゲーテ全集13』、67頁。

625　『ゲーテ全集10』、221頁。

626　Burnouf, Eugène: *Le lotus de la bonne loi traduit du sanscrit, accompagné d'un commentaire et de vingt et un mémoires relatifs au buddhisme,* 1852.

ない。しかし、当時のワイマール文学者の中には他の文献から東洋思想と仏教思想についての知識を得た者もいた。さらに三井が述べたように、ヘルダーは仏教については「ただ片言を洩せるのみ」ではなく、『人類歴史哲学考』の中ではいくつかの箇所で「釈迦の宗教」について述べている。ケンペルの『日本誌』を通してゲーテ、ヘルダー、シュロッサーは日本の仏教思想をすでに知っていた。ゲーテ自身は日本の仏教について直接言及したものは残っていないが、日本の仏教の影響を受けていたことは間違いないだろう。彼の輪廻思想と行為の概念への仏教思想からの影響に関しては、これまで明らかにされなかったゲーテの生命哲学を理解する手がかりが得られた。

ケンペルの『日本誌』以外に、ゲーテはシュロッサーの『輪廻に関する二つの対話』とヘルダーの『人類の歴史の哲学考』などの東洋仏教の思想が取り上げている作品から、仏教思想についての知識を得た。異なる仏教の思想を紹介するこの三つの作品の中で共通しているのは輪廻の概念とそれと関連している業（ごう）の概念である。この仏教思想によって人間は自身の行動によってより良い人生、すなわち来世を得ることができ、逆に悪い行動によって罰されて、来世に動物として生まれ変わる可能性もある。人間が自分自身の活躍と行動によって救われることという因果律に近い考えはゲーテの確信の一つであった。彼はこのような輪廻観と因果法（人間の業（ごう））をもつ仏教思想を知っていたと考えられるゆえに、自身の生命哲学（第2・3定義）がさらに形成されており、彼の詩文・作品の中にも反映されていると考えられる。

ゲーテの「輪廻」概念と関係している「行為」の概念はファウストの言葉「はじめに業（わざ）ありき」[627]・「太初（はじめ）に行（ぎょう）ありき」[628]で表現され、非常に仏教的である。ならば、「業」（わざ）・「行」（ぎょう）、すなわち行為によって人間の運命すなわち業（ごう）が決定され、行為によって人間は自分を救うことができる。このような考えの中に因果律・因

627　ゲーテ（1958）『ファウスト 1』、86頁。

628　『ゲーテ全集 3』、42頁。

果法を見出すことができる。

ゲーテ自身の常に抱いていた問いであったファウストの言葉「世界をその最も奥深いところで総べているものをこれぞと認識することもできる[629]」は、いったいどのようなものであろうか。ゲーテの次の言葉は、その答えの一部であろう。「そして、時代（とき）も権力（ちから）も生きて発展する刻印された形相を壊すことはできない[630]」これは「生きて発展する刻印された形相」のことであり、すなわち「神的な法則」に従って発展し続ける「生命そのもの」である。ゲーテがファルクとの対話の中で述べている「法則」はスピノザ哲学について述べた「神的法則」に似ている。ゲーテが述べている「自然は、永遠の、必然的な、神自身でさえなんら変更することのできない神的な法則」というものは、仏教思想からいえば、この因果法のことであろう。

ゲーテは自然が法則に従って存在していると確信し、輪廻概念と霊魂不滅の概念をもっていた。ゲーテの生命哲学（第2定義）は、自然・世界・生命・人間・生死・永遠・輪廻・行為（因果法）などを広いコンテキストで捉えた。さらに、もし詩人がこのような広い生命哲学をもてば、彼自身も「自然詩文」の詩作の仕方によって「生命の偉大さ」を表すことができるだろう。ゲーテ自身は「自然詩文」の詩作の仕方を用いて、自身の生命哲学を表す詩文、そして永遠に残る詩文を作ったといえる。このような生命哲学の実践は第3定義に当てはまる。

ヒンズー教思想の影響・輪廻思想（東洋思想）

ゲーテが読んだヒンズー教とその社会についての文献は数多くあるが、彼はそれらに文学的魅力を感じながらも、カースト制度とインドの神話学の神々については、受け入れることができなかった。

ゲーテは興味をもったインドの物語を、自身の詩「神とバヤデレ」、「パー

629　ゲーテ（1958）『ファウスト1』、34頁。

630　『ゲーテ全集13』、67頁。

リア」、「穏和なクセーニエ」などに活かした。ヒンズー教の教義には、輪廻、行為、魂の不滅さなどがある。これらは彼の人生観と似ているところがあり、例えば詩「パーリア」の「新生の恵みを与えて下さいました」は、ヒンズー教の輪廻観についてのゲーテの理解を示していると考えられる。

ゲーテ自身は青年期から輪廻観をもっていたが、ヒンズー教の思想とその輪廻概念に出会ったことにより、特に晩年の詩や小説の登場人物をより思い通り描くことができたと考えられる。ただしゲーテの輪廻観とヒンズー教の輪廻観は若干異なっている。ゲーテの場合、ヒンズー教の「輪廻の輪から抜け出す」というようないわゆる到達目標は見られない。彼にとっての霊魂は常に輪廻し続けるものである。彼がヒンズー教の思想、特に輪廻概念から影響を受けたと判断できる彼の著作及び登場人物は、詩「パーリア」、『ヴィルヘルム』の「マカーリエ」、『ファウスト』第二部の「ホムンクルス」である。

まず詩「パーリア」について、梵天への祈りによってパーリアの者を生まれ変わらせた、という部分は、ゲーテが当時の文献からヒンズー教についての知見を得ていたゆえに書くことができたと考えられる。「パーリア」の執筆は1824年なので、ゲーテはそれまでにヒンズー教の輪廻観について学んだと考えられる。

次に『ヴィルヘルム』と『ファウスト』第2部について、それらを執筆した時点で、彼は『ギーター』の全訳と『アルジュナ』をすでに読んでいたことがわかっている。『アルジュナ』の中に、善行を積んで亡くなった人々の魂は、「功徳で得たそれら自身の輝きで」光っていた、という部分があるが、ここからゲーテは、以前から自身がもっていた「人間が星になる」という考えをさらに深めたと考えられ、それらを「マカーリエ」、「ホムンクルス」に表現したといえる。つまりゲーテが影響を受けた西洋の霊魂概念では、霊魂の輝きについて説明できないゆえに、その考えはヒンズー教から取ってきたものと考えられる。

ゲーテは当時の文献からヒンズー教の輪廻思想の知識を得ており、この知識を作品に活かしたことが明らかになった。ゲーテの輪廻観とヒンズー教の輪廻思想は異なるが、ゲーテのもつ生命哲学の生命観的側面（生命哲学の第 2 定義）、特に彼の行為の概念にヒンズー教思想は影響を与え、そして実践的側面（生命哲学の第 3 定義）が形成されるにいたった。よって彼の詩文・作品の中にそれらの影響がみられた。

結論

ゲーテの「生命哲学」の中に生命哲学の第 1・2・3 定義が含まれている。哲学史的に理解した「生の哲学」（生命哲学の第 1 定義）の由来は、ゲーテ、詩文、スピノザ論争と緊密に関係している。そしてゲーテも自ら築いてきた生命哲学の第 2 定義の一般的、日常的「生命哲学」（生命観）をもっている。ゲーテ自身の言葉でいうなら彼は「自分の宗教」[631]をもっているといえる。さらに彼がもっている生命観を実践するに至った実践的な「生命哲学」（生命哲学の第 3 定義）も明らかになった。それは主に執筆活動において人間なかんずく詩人としてのゲーテの生き方の中に表れている。

ゲーテは、西洋の思想・宗教からだけではなく、東洋の思想・宗教からも影響を受けたが、主に西洋思想の哲学用語を使い、自身の生命哲学・生命観（生命哲学の第 2 定義）を表現した。

ゲーテは自然の法則が存在していると確信している。彼がファルクとの対話の中で述べている「法則」はスピノザ哲学について述べた「神的法則」に似ている。ゲーテが表現している「自然は、永遠の、必然的な、神自身でさえなんら変更することのできない神的な法則」というものは、仏教思想でいえば因果律（因果法則）のことであり、輪廻する生命・霊魂のことであろう。ゲーテいわく、「全世界を厳粛で深遠な奥底の部分で結合する」[632]ものは宗教と詩歌である、ゆえにこのような「法」を表現できるものは、宗教と詩歌・詩文ということになる。言い換えれば、森羅万象につい

631　『ゲーテ全集 9』、311 頁。

632　„[…],so vereinigt Religion und Poesie auf ihrem ernsten tiefem Grunde diesämmtliche Welt.“ FA（20, S. 423 筆者訳）。

ての深い理解と、それらを詩的言葉で表現するものこそ、このような「法」を表現できるのである。

霊魂はゲーテにとっては、間断なく輪廻する「エンテレヒー的モナド」、すなわち常に完成にむかって努力しているものである。—これはある意味でゲーテの生命哲学のエッセンスの一つというべきである。ここにはファウスト的努力の考え方、すなわち「絶えず努め励むものをわれらは救うことができる」[633]が秘められている。ゲーテの「生命哲学」の中では霊魂（エンテレヒー的モナドなど）が、自身の努力、熱心、勤勉、精神、さらにさまざまな経験を通して間断なき成長をしている。人間は自身の勤勉、熱心、精神、努力によって救われる。救いは人間自身の力によって可能になる。ここに、行為の思想がある。このような努力によって霊魂（エンテレヒー的モナドなど）は、来世にさらに偉大な霊魂として生まれ変わることができるし、大きな存在として生きることができる。それはゲーテにとって目指すべきことだったのであろう。すなわち、常に「エルピス：希望」をもちながら大胆に前進し、偉大な霊魂に成長することである。

ゲーテの「輪廻概念」と関係している「行為」の概念はファウストの言葉「はじめに業（わざ）ありき」[634]で表現され、非常に東洋的（仏教的・ヒンズー教的）である。人間自身の行為によって、業（ごう）が作られ、それにより人生の毀誉褒貶が決められる。このような法則は、人間に行動の責任を与えるし、自身の活躍と行動によって自身を救うことを可能にする。これは活躍と行動が因となり、救いが結果となるゆえに、人間に行動の自由と責任を与える因果律に基づいた生命観であるといえる。この生命観は、ゲーテの確信の一つであり、さらにゲーテの場合、現世だけでなく来世にまで影響を及ぼしている。これは「天才（Genie）」の概念と結びついていると考えられる。なぜなら、このような行動の責任と自由は、人間に力を与え、人間自身の力を信じさせる、プロメートイス的なものだからである。

「自然詩文」の概念はゲーテの生命哲学の一つの要素でもあり、彼自身

633　ゲーテ（1958）『ファウスト 2』、485 頁。

634　ゲーテ（1958）『ファウスト 1』、86 頁。

の人生においても実践されたが、人間なかんずく詩人としての良い生き方（悪い生き方を避けること）、常の努力、スピノザの「完全な無私の精神」の実践などを通して、霊魂の常の成長と発展が可能になるといってよい。このような成長と発展によって、人間と詩人は、さらに偉大な存在として偉大な人生を歩み、偉大な事業を朗らかに実現することができるだろう。ここでゲーテの「生命哲学」の第3定義の大きな意義が明らかになる。なぜなら、ゲーテ自身がこのような生命観（生命哲学の第2定義）を背景に、生涯にわたって時代を超えて読み継がれる作品を生み出していったからである（生命哲学の第3定義）。

付録①

ゲーテのスピノザ論――スピノザ論争をめぐる書簡を中心に
翻訳と解題

付録①はゲーテがスピノザの思想から受けた影響に関する代表的な書簡を集めて、時間軸に沿って取り上げ、多少の注釈を付したものである。すでに翻訳があったものはそのまま引用した。訳がない場合は筆者が訳し、ドイツ語の原文も載せた。

ゲーテのスピノザに対する考えの多くは『詩と真実』(*Dichtung und Wahrheit*)の記述、そして書簡に見受けられる。フリドリヒ・ワルネッケ(Friedrich Warnecke, 1837-1894)の『ゲーテ、スピノザとヤコービ』(*Goethe, Spinoza und Jacobi,* 1908)[635]の中に、ゲーテの書簡の中でスピノザの名前がどれぐらい上げられたか、を示した統計があり、それによると、もっとも頻繁にスピノザについて議論した時期は、1782年から1786年までであったとされる。

彼は当時の知人との書簡を通して、スピノザの思想について頻繁に議論していた。われわれ研究者にとっては、それらの書簡を通して、当時のゲーテの考え方と心情を知ることができると考えられる。以下、1. では1783年から1785年の時期、つまりヤコービ(Friedrich Heinrich Jacobi, 1743-1819)の『スピノザの教説について』(*Über die Lehre des Spinoza in den Briefen an den Herrn Moses Mendelssohn,* 1785)の出版前の書簡、2. では『スピノザの教説について』の出版後の1783年から1785年の時期のスピノザ論争をめぐる書簡、を紹介し、当時のスピノザ受容の展開の一部を示す。

1. ヤコービの『スピノザの教説について』の出版前の書簡(1783年－1785年)

ゲーテがヤコービと知り合ったのは1774年7月22日であった[636]。彼との議論をきっかけにゲーテはスピノザ哲学についてより深く探求したのである。

635　Warnecke (1908: S. 49)

636　FA 28, S. 1021 参照。

この出会いについてはゲーテが『詩と真実』において述べている。二人は1774年に親しくなり、その後議論が続いたが、主に思想の相違のため、結局のところゲーテがヤコービから距離を取るようになった。

出会いから10年後、汎神論論争の時代に入り、ゲーテはスピノザについて様々な人物と書簡のやり取りをしている。ここではヤコービとの書簡のやり取りを含めたいくつかを紹介する。

Goethe an F.H. Jacobi　　DI.　30.12.1783

„Wir haben uns mit dir und Lessing unterhalten. Herder wird dir geschrieben haben. Er ist diesen Sachen auf dem Grunde. Wir haben ietzt sehr gute Abende zusammen.“[637]

フリードリヒ・ハインリヒ・ヤコービ宛　　1783年12月30日（火）

我々[638]はあなたとレッシングについて話し合った。ヘルダーは君に（これについて）書いたはずだ。彼はこれに関して詳しい。我々は今一緒にとても充実した夜を日々過ごしている。[639]

ここでは、ゲーテがヤコービの「スピノザ書」*Spinoza-Schrift* に関して発言している。この書は上に述べた『スピノザの教説について』の原稿であり、1785年にヤコービによって出版された。この書によって、ヘルダーとゲーテは汎神論論争が始まる前にスピノザについて深く研究することができたのである。[640]この書の中でヤコービがレッシングとの対話についても述べているため、ゲーテは「我々はあなたとレッシングについて話し合った」と言っている。[641]ヘルダーはその時にヤコービの「スピノザ書」への返書を書いたのである。哲学者、詩人、神学者であったヨハン・ゴットフリート・ヘルダー（Johann Gottfried Herder,

637　FA 29, S. 498.

638　「我々」とはヘルダーとゲーテ自身のこと。

639　FA 29, S. 498. 筆者訳。

640　FA 29, S. 1025-1026 参照。

641　FA 29, S. 1026 参照。

1744-1803）はストラスブールの時からゲーテの先輩であった。[642]

次の手紙はシャルロッテ・フォン・シュタイン宛である。彼女はワイマール公国の男爵のG・E・J・F・フォン・シュタイン（Gottlob Ernst Josias Friedrich von Stein, 1735-1793）の妻であり[643]、シュタイン夫人と呼ばれた。彼女はゲーテの親しい友人であり、ゲーテがプラトニックな愛を捧げた女性であった。[644] 1784-85年の冬にシュタイン夫人と共にスピノザの『エチカ』をまずはドイツ語で、次にラテン語の原本を読んでいた。[645] この手紙は『エチカ』の読書についてである。

Goethe an Charlotte von Stein　　DI. 9.11.1784

"Diesen Abend bin ich bey dir und wir lesen in denen Geheimnissen fort, die mit deinem Gemüth so viele Verwandschafft haben."[646]

シャルロッテ・フォン・シュタイン宛　　1784年11月9日（火）

今晩、君のところで、君の魂と大変に似た秘密なるものを我々は読み続けていこう。[647]

「秘密なるものを我々は読み続けていこう」は二人だけのスピノザの読書会のことを意味している。この研究の一つの成果はゲーテがシュタイン夫人に口述筆記させた「スピノザ研究」[648]（Studie nach Spinoza, 1785）という書であった。クネーベルあての手紙の中でゲーテは『エチカ』の読書について自身の感情を次のように述べている。

Goethe an Knebel　　DO. 11.11.1784

642　Goethe (1993: S. 240) 参照。

643　FA 29, S. 1247 参照。

644　FA 29, S. 1248 参照。

645　G-Hb 2, 1001 参照。

646　FA 29, S. 551.

647　FA 29, S. 551. 筆者訳。

648　FA 25, S. 863 参照。

"Ich lese mit der Fr(au) von Stein die Ethick des Spinoza. Ich fühle mich ihm sehr nahe obgleich sein Geist viel tiefer und reiner ist als der meinige.[649]"

クネーベル宛　1784年11月11日(木)

シュタイン夫人と共にスピノザの『エチカ』を読んでいる。彼をとても近くに感じている。彼の精神は私の精神よりもっと深く、純粋であるのに。[650]

さらにシュタイン夫人あてにゲーテは『エチカ』を「聖なるもの Heiliges」と呼ぶことによって、『エチカ』に対しての尊敬の念を表している。

Goethe an Charlotte von Stein　MO. 27.12.1784

„Gestern Abend war ich nur wider Willen fleisig und las noch zuletzt in unserm Heiligen und dachte an dich.[651]"

シャルロッテ・フォン・シュタイン宛　1784年12月27日(月)

昨日意に反して勉強し、最後に我々の聖なるものを読んで、君のことを考えた。[652]

次の書簡の中で、ゲーテはヤコービに自身のスピノザの読書について報告している。

Goethe an F.H. Jacobi　MI. 12.1.1785

„Ich übe mich an Spinoza, ich lese und lese ihn wieder, und erwarte mit Verlangen biß der Streit über seinen Leichnam losbrechen wird. Ich enthalte mich alles Urtheils doch bekenne ich, daß ich mit Herdern in diesen Materien sehr einverstanden bin.[653]"

649 FA 29, S. 551.
650 FA 29, S. 551. 筆者訳。
651 FA 29, S. 568.
652 FA 29, S. 568. 筆者訳。
653 FA 29, S. 571.

フリードリヒ・ハインリヒ・ヤコービ宛　　　　　　　　1785年1月12日（水）

私はスピノザを練習し、何回も読んでいる。そして彼の亡骸についての闘争が始まることを待ち焦がれている。判断を下すのを避けているが、このことに関してはヘルダーとの見解が一致している。[654]

ここでは、ゲーテがヤコービの『スピノザの教説について』の間近な出版とともに、スピノザについて、そしてヤコービが主張しているレッシングのスピノザ主義についての論争が始まることを予想している。[655] ヤコービは『スピノザの教説について』の近々の出版に当たって、ヘルダーに原稿でのスピノザ主義の叙述に対しての批評をお願いした。これに関してゲーテはヤコービ宛の手紙の中で次のように述べている。

Goethe an F.H. Jacobi　　　　　　　　DO. 9.6.1785

„Schon lange haben wir deine Schrift erhalten und gelesen. Ich mache Herdern und mir Vorwürfe daß wir so lange mit unsrer Antwort zögern, du musst uns entschuldigen, ich wenigstens erkläre mich höchst ungern über eine solche Materie schrifftlich, ia es ist mir beynahe unmöglich.

Darüber sind wir einig und waren es beym ersten Anblicke, daß die Idee die du von der Lehre des Spinoza giebst derienigen die wir davon gefasst haben um vieles näher rückt als wir nach deinen mündlichen Äusserungen erwarten konnten, und ich glaube wir würden im Gespräch völlig zusammenkommen.

Du erkennst die höchste Realität an, welche der Grund des ganzen Spinozismus ist, worauf alles übrige ruht, woraus alles übrige fliest. Er beweist nicht das Daseyn Gottes, das Daseyn ist Gott. Und wenn ihn andre deshalb Atheum schelten, so mögte ich ihn theissimum ia christianissimum nennen und preisen.

Schon vor vierzehn Tagen hatte ich angefangen dir zu schreiben, ich nahm eine Copie deiner Abhandlung mit nach Ilmenau, wo ich noch manchmal hineingesehen habe

654　FA 29, S. 571. 筆者訳。

655　FA 29, S. 1081-1082 参照。

und immer wie beym Ermel gehalten wurde daß ich dir nichts drüber sagen konnte. Nun verfolgt mich dein Steckbrief hierher der mir schon durch Siegel und Innschrift das Gewissen schärffte.
Vergieb mir daß ich so gerne schweige wenn von einem göttlichen Wesen die Rede ist, das ich nur in und aus den rebus singularibus erkenne, zu deren nähern und tiefern Betrachtung niemand mehr aufmuntern kann als Spinoza selbst, obgleich vor seinem Blicke alle einzelne Dinge zu verschwinden scheinen.
Ich kann nicht sagen daß ich iemals die Schrifften dieses trefflichen Mannes in einer Folge gelesen habe, daß mir iemals das ganze Gebäude seiner Gedancken völlig überschaulich vor der Seele gestanden hätte. Meine Vorstellungs und Lebensart erlauben's nicht. Aber wenn ich hinein sehe glaub ich ihn zu verstehen, das heist: er ist mir nie mit sich selbst in Widerspruch und ich kann für meine Sinnes und Handelns Weise sehr heilsame Einflüsse daher nehmen.(...)
Hier bin ich auf und unter Bergen, suche das göttliche in herbis und lapidibuS.[656]"

フリードリヒ・ハインリヒ・ヤコービ宛　　　　　1785年6月9日（木）

この前あなたから受け取った書を読んだ。ヘルダーと私は長い間躊躇して返事が遅れたことを悪いと思っている。我々を許してください。私自身はこのような内容について文章として述べることはあまり好きではない、否ほとんど不可能なことだ。

我々は次のことについてはじめから一致した。スピノザの教えについてのあなたの発想は、我々があなたの発言を聞いた後に想像したより我々の発想にもっと近づいている。あなたと話し合えたら完全に一致すると思う。

すべてのスピノザ主義の根源である最高の真実をあなたは認めている。すべてがこの最高の真実に基づいていて、そこからすべてが流れてくる。彼は神の存在を証明することではなく、存在は神なのだ。そして他の人が彼をこれで無神論者と叱れば、私が彼を最も有神的でキリスト教徒的と呼んで賞賛する。

14日間前からあなたに書き始めたが、あなたの論文の写しをイルメンア

656　FA 29, S. 582-584.

ウへ持って行った。時々読んでみたら、あなたに何も感想を述べることができなかったことを残念に思った。あなたの手紙（もとのSteckbriefの意味は「手配書」、ゲーテは恐らく良心を正すための手紙として捉えたのではないか―本稿筆者）の印章と標題が私の良心を磨いてくれた上でここまで深く考えさせた。

神的存在について話されている時に私がいつも黙っていることをお許しください。この神的存在を私は個々の事物から、そしてそこに内在するものから認識している。これをより身近に深く観察するように勧めるのはスピノザよりだれもできないが、彼の眼差しの前にすべての個々のものがなくなるようだ。

今まではこの優れた男の作品を次のような順番で読んだことがない。つまり、彼の思考の全体性を完全に魂で捉えたことがない。私の想像力と生き方がそれを可能にしない。しかし読んでみたら理解できる気がする。というのは彼が彼自身と矛盾することがないので、私の意識と行いに良い影響を及ぼすからだ。（省略）私はいたるところで神的なものを草や石のなかに探している。[657]

このようにゲーテがヤコービの原稿に言及している。ヤコービはスピノザを無神論者と呼んでいたので、ゲーテは「他の人が彼をこれで無神論者と叱れば、私が彼を最も有神論的でキリスト教徒的と呼んで賞賛する」と述べた。[658] 実は当時にあってはスピノザを支持するということは無神論であるとされ、異端者として見られた。[659]

657　FA 29, S. 582-584. 筆者訳。

658　FA 29, S. 1093 参照。

659　FA 29, S. 1106 参照。

2. ヤコービの『スピノザの教説について』の出版後の書簡（1785-86年）

当時においてスピノザを支持するということは無神論者であるとされ、異端者として見られた[660]ので、ゲーテは以下のヤコービ宛の手紙の中でこれに関しての恐れを述べている。

Goethe an F.H. Jacobi　SO. 11.9.1785

„Du sendest mir deinen Spinoza. Die historische Form kleidet das Werckgen gut. Ob du aber wohl gethan hast mein Gedicht mit meinem Nahmen vorauf zu setzen, damit man ia bey dem noch ärgerlichern Prometheus mit Fingern auf mich deute, das mache mit dem Geiste aus der dich es geheisen hat. Herder findet lustig daß ich bey dieser Gelegenheit mit Lessing auf einen Scheiterhaufen zu sitzen komme.“[661]

フリードリヒ・ハインリヒ・ヤコービ宛　1785年9月11日（日）

君が私にあなたのスピノザを送ってくれた。歴史的な形がこの作品をよく見せるね。しかし君が私の詩を名前付きで巻頭に掲げた結果、怒れるプロメートイスの詩に関しても人は私を名指しするだろう。それが良かったかどうかを君にそれを命じた精神と共に決定するがいい。ヘルダーは、私がこれがきっかけになってレッシングと共に火刑の薪の山に座らされることをおかしがっている。[662]

ゲーテがヤコービから『スピノザの教説について』を送ってもらった直後の手紙である。このようにゲーテはヤコービが『スピノザの教説について』の中で、ゲーテの承諾を得ず、匿名で「プロメートイス」と、ゲーテの名前を取り上げた「神性」を載せたことに関して述べている。「神性」の数ページ後に「プロメートイス」が掲載されたので、「プロメートイス」がゲーテによって書かれたことが明らかになってしまうことを、ゲーテは恐れたが、この恐れは的中しなかった。[663]ギリ

660　FA 29, S. 1106 参照。

661　FA 29, S. 596.

662　FA 29, S. 596. 筆者訳。

663　G-Hb 1, S. 560 参照。

シャ神話からその題材をとった対立行動を描写する詩は、同時代を背景にして神学批判的方向があった。[664] それゆえ、ゲーテは異端者として見られることを恐れていた。もう一つ読み取れることは、ゲーテのこの出来事に対しての怒りである。1785年9月11日、この同じ日に、ゲーテがシュタイン夫人宛の手紙の中にスピノザの書物を同封し、この出来事について次のように述べた。

> Goethe an Charlotte von Stein　　　SO. 11.9.1785
>
> „Jacobi macht mir einen tollen Streich. In seinem Gespräche mit Lessing kommt doch das Gedicht Prometheus vor, ietzt da er seine Götterlehre drucken lässt, setzt er das andre Gedicht: edel sey der Mensch! Mit meinem Nahmen voraus, damit ia iedermann sehe daß Prometheus von mir ist. Wie du aus beyliegendem Wercklein sehn kannst.[665]“
>
> シャルロッテ・フォン・シュタイン宛　　　1785年9月11日（日）
>
> ヤコービが私にとてつもないいたずらをした。彼のレッシングとの会話の中で「プロメートイス」という詩が出てきたのだが、今彼が自分の神々についての教義を印刷する時に、「人間は気高くあれ *edel sey der Mensch!*」というもう一つの詩を私の名前入りで巻頭に掲げたのです。その結果だれもが「プロメートイス」も私の作であることが分かるでしょう。同封した書物を見れば君も分かるよ。[666]

「人間は気高くあれ」と「プロメートイス」はゲーテによって書かれた詩であり、当時のゲーテのスピノザ論と関係がある。ヤコービはまず「人間は気高くあれ」を、次に「プロメートイス」を載せた。ゲーテがこの手紙で述べている「人間は気高くあれ」との題はこの詩の最初の行であり、当時はこの詩のタイトルとして使われていた。初めて掲載されたのは1783年11月、『ティーフルター・ジャーナル』（*Tiefurter Journal*）という雑誌の中であった。その後、1785年にヤ

664　FA 29, S. 1105参照。

665　FA 29, S. 597.

666　FA 29, S. 597. 筆者訳。

コービの『スピノザの教説について』の第一版の中に掲載された。初めて「神性」というタイトルで掲載されたのは1789年であった。[667] この二つの詩の背景には、ヤコービがゲーテの承諾なしで、この著作の中に最初にゲーテの名を取り上げながら「人間は気高くあれ」を載せて、そして著者の名に触れずに「プロメートイス」を載せたという事実がある。

Goethe an F.H. Jacobi SO. 26.9.1785

„Es war die Absicht meines letzten Briefes nicht dich in Verlegenheit zu setzen, oder dir eine Art von Vorwurf zu machen, wir wollen die Sache nun gehn lassen und die Folgen erwarten. Das Beste wäre gewesen du hättest pure den Prometheus drucken lassen, ohne Note und ohne das Blat, wo du eine besorgliche Confiskation reizest, alsdann hättest du auch wohl das erste Gedicht ohne meinen Nahmen drucken mögen u.S. w. Nun aber da es geschehen, mag denn die *Legion* ausfahren und die Schweine ersäufen.“[668]

フリードリヒ・ハインリヒ・ヤコービ宛 1785年9月26日（日）

君を当惑させたり、あるいは君に何か非難めいたことを言おうとするのが、僕のこの間の手紙の目的ではなかった。あれはあれでそのままにして置こう、そして結果を待とうではないか。君がプロメートイスだけを印刷したり、注釈かページとかを付けなかったなら、それが一番良かっただろう。これによって君は差押えることに挑発せざるを得なかった。そして最初の詩も私の名前なしで印刷した方が良かった。だがしかし終わってしまったことなのだから、悪霊が逃げ出して、豚どもを溺れさせるがいい。[669]

この手紙の中で、ゲーテはヤコービの出版物、そしてその中で勝手にゲーテの詩を載せたことに関して、自身の意見を述べている。最後の文章の中で、ゲーテは聖書の話を比喩として使用している。イエスは病人から「Legion」という悪

667 G-Hb 1 参照。
668 FA 29, S. 600.
669 FA 29, S. 600. 筆者訳。

霊の厄払いをするが、悪霊が2000匹の豚に乗り移ったので、豚がみな海に落ちてしまう。ゲーテは「悪霊」を「詩」に例えて、「豚」を「詩を読む人々」と例えていると考えられる[670]。さらに以下のヤコービ宛の手紙の中で、ゲーテはヤコービの書物とスピノザ主義についての考えを述べている。

Goethe an F.H. Jacobi FR. 21.10.1785

„Daß ich dir über dein Büchlein nicht mehr geschrieben verzeih! Ich mag weder vornehm noch gleichgültig scheinen. Du weißt daß ich über die Sache selbst nicht deiner Meinung bin. Daß mir Spinozismus und Atheismus zweyerlei ist. Daß ich den Spinoza wenn ich ihn lese mir nur aus sich selbst erklären kann, und daß ich, ohne seine Vorstellungsart von Natur selbst zu haben, doch wenn die Rede wäre ein Buch anzugeben, das unter allen die ich kenne, am meisten mit der meinigen übereinkommt, die Ethik nennen müsste.

Eben so wenig kann ich billigen wie du am Schlusse mit dem Worte glauben umgehst, dir kann ich diese Manier noch nicht passiren lassen, sie gehört nur für Glaubenssophisten, denen es höchst angelegen seyn muß alle Gewißheit des Wissens zu verdunckeln, und mit den Wolcken ihres schwanckenden lufftigen Reichs zu überziehen, da sie die Grundfesten der Wahrheit doch nicht erschüttern können.

Du, dem es um Wahrheit zu thun ist, befleisige dich auch eines bestimmten AusdruckS.[671]"

フリードリヒ・ハインリヒ・ヤコービ宛 1785年10月21日（金）

あなたの本についてあれ以上書けなかったことは勘弁してくれ。僕は上品ぶった無関心な振りをしたくなかったのだ。この件に関しては僕の意見が君とは違うのは分かるね。スピノザの哲学と無神論とは僕にとっては別物だ。スピノザを読むとその著作自体からスピノザのことが理解できるものだ。そして彼の自然観を僕は共有しなくても、僕の自然観に一番近い本を一つ挙げようと言われれば、知っているなかでは『エチカ』を挙げざる

670 FA 28, S. 924参照。

671 FA 29, S. 603-604.

を得ない。

これと同様に僕が認めることができないのは結末のところで、君の「信仰する」という語の扱い方である。君のこうした流儀を僕は見過ごすことができない。こうしたやり方は信仰を気取る詭弁者たちにのみ相応しいものだ。彼らには知識の確実性を暗くしてしまい、うつろいやすい空中の王国の雲でもって覆い隠してしまうことがもっとも似つかわしいことに違いない。なぜなら真理の確固たる基礎を揺り動かすことは彼らにはできないからだ。真理が大切であると思うならば、君も確固たる表現を用いるように努めたまえ。[672]

このようにゲーテはスピノザ主義を無神論として捉えることにはっきり反対しているので、ヤコービとの意見も異なっている。この時ゲーテはスピノザの『エチカ』を直接に読み、その内容に納得し、判断することができた。さらにクネーベル宛の手紙の中でゲーテはヤコービの書物を「形而上学的な悪行」とまでも呼んでいる。

Goethe an Knebel FR. 18.11.1785

„Jakobis metaphisisches Unwesen über Spinoza, wo er mich leider auch compromittirt, wirst du gesehen haben.[673]“

カール・ルートヴィヒ・フォン・クネーベル宛 1785年11月18日(金)

残念ながら私をも巻き込んでしまった、ヤコービのスピノザに関する形而上学的な悪行を君も見たことだろう。[674]

次のヤコービ宛の手紙はメンデルスゾーンが『返書』の中でヤコービの『スピノザの教説について』に対して書いたものである。

672 FA 29, S. 603-604. 筆者訳。

673 FA 29, S. 608.

674 FA 29, S. 608. 筆者訳。

Goethe an F.H. Jacobi DO. 1.12.1785

„Was hast du zu den Morgenstunden gesagt? und zu den jüdischen Pfiffen mit denen der neue Sokrates zu Wercke geht? Wie klug er Spinoza und Lessing eingeführt hat. O du armer Criste wie schlimm wird dir es ergehen! wenn er deine schnurrenden Flüglein nach und nach umsponnen haben wird! Machst du gegen Anstalten? Und wie?[675]"

フリードリヒ・ハインリヒ・ヤコービ宛 1785年12月1日(金)

君は「暁」について、そして新しいソクラテスが使ったユダヤの口笛について何を述べたか。彼はなんと賢くスピノザとレッシングを導入したことだろう。ああ、可哀想なキリスト教徒、君はどれほど苦しむことになるのだろう！君のぶんぶんなる羽根が蜘蛛の糸に巻き付かれてしまったね。対抗手段を取りますか。取るとすれば、どういう風にやりますか。[676]

この手紙の中の「暁 Morgenstunden」とは1785年にベルリンで出版されたモーゼス・メンデルスゾーンの作品『暁 – 神の現存についての講義』(*Morgenstunden oder Vorlesungen über das Daseyn Gottes,* 1785)" を意味している。その中でメンデルスゾーンがヤコービのレッシングについての発言内容に異論を唱えた。この書物でメンデルスゾーンは汎神論論争を開始した。[677]

そして文中の「新しいソクラテス」とはメンデルスゾーン自身を意味している。当時メンデルスゾーンは「パイドン」(*Phaedon*) というプラトンのソクラテス対話のタイトルを使って、現代的なソクラテス対話を書いたので、ゲーテによって「新しいソクラテス」と呼ばれたのである。[678] メンデルスゾーンはユダヤ人であったので、ゲーテはメンデルスゾーンの作品を「ユダヤの口笛」という表現で呼んでいる。

---

675 FA 29, S. 608.

676 FA 29, S. 608. 筆者訳。

677 FA 29, S. 1115 参照。

678 FA 29, S. 1115 参照。

Goethe an Herder MO. 20.2.1786

„Ich vermelde daß ich das Jüdische neuste Testament nicht habe auslesen können, daß ich es der Fr(au) v. Stein geschickt habe die vielleicht glücklicher ist, und daß ich gleich den Spinoza aufgeschlagen und von der Proposition: qui Deum amat, conari non potest, ut Deus ipsum contra amet, einige Blätter mit der grösten Erbauung zum Abendsegen studirt habe. Aus allem diesem folget daß ich euch das Testament Johannis aber und abermal empfehle, dessen Innhalt Mosen und die Propheten, Evangelisten und Apostel begreift.“[679]

ヘルダー宛 1786年2月20日(月)

君に報告することがある。最新のユダヤの聖書はとても読み通すことができなかったので、それをもっと喜びそうなシュタイン夫人に送った。そして僕の方は家で夕べの祈りの時にスピノザの書物を開いて数ページを読んで：神を真に愛する者は、神も自分を愛してくれることを望んではならないという命題から、大いに教化されるところがあった。このすべてのことから私はあなたたちに「使徒ヨハネの遺言」を読むように繰り返し推薦したい。この著作の内容はモーゼや預言者や福音書記者と使徒たちを含んでいる。[680]

メンデルスゾーンが1786年1月4日に亡くなった後に、彼の書『レッシングの友人たちへ』(*Moses Mendelssohn an die Freunde Lessings,* 1786)が出版された。この書はヤコービのレッシングのスピノザ主義に対しての反論書であった。[681]「最新のユダヤの聖書」という言葉でゲーテはこの反論書を指している。この段落では、ゲーテが「神を真に愛する者は、神も自分を愛してくれることを望んではならない」という『エチカ』の第5部定理19を引用している。この言葉をゲーテは『詩と真実』[682]の中でも引用している。この文章で表現されている「完全な無私の

679 FA 29, S. 625.

680 FA 29, S. 625. 筆者訳。

681 FA 29, S. 625 参照。

682 『ゲーテ全集10』、179頁。

精神」はゲーテの「最高の願望であり主義」であり、そして生きた実践でもあった。次のヤコービ宛の手紙の中で、ゲーテが更にヤコービの書物について議論している。

Goethe an F.H. Jacobi　　Ilmenau (Fr.) d. 5. May 86

„Übrigens bist du ein guter Mensch, daß man dein Freund seyn kann ohne deiner Meynung zu seyn, denn wie wir von einander abstehn hab ich erst recht wieder aus dem Büchlein selbst gesehn. Ich halte mich fest und fester an die Gottesverehrung des Atheisten p. 77 und überlasse euch alles was ihr Religion heisst und heissen müsst ibid. Wenn du sagst man könne an Gott nur glauben p. 101 so sage ich dir, ich halte viel aufs schauen, und wenn Spinoza von der Scientia intuitiva spricht, und sagt: Hoc cognoscendi genus procedit ab adaequata idea essentiae formalis quorundam Dei attributorum ad adaequatam cognitionem essentiae rerum; so geben mir diese wenigen Worte Muth, mein ganzes Leben der Betrachtung der Dinge zu widmen die ich reichen und von deren essentia formali ich mir eine adäquate Idee zu bilden hoffen kann, ohne mich im mindsten zu bekümmern, wie weit ich kommen werde und was mir zugeschnitten ist.[683]"

フリードリヒ・ハインリヒ・ヤコービ宛　　イルメナウ、1786年5月5日(金)

　ちなみに君はいい人間だ。君とは意見が違っても、友達でいられる。この本自体を読んではっきり分かったのは、我々の意見がどれほど違うかということだ。僕はこの無神論者(77ページ)の神の礼拝を固く、より固く守っている。そして君たちが宗教と呼び、そう呼ばずにいられないものを君たちに委ねておこう。同上。もし君が神は「信じる」ことしかできない（101ページ）と言うならば、僕は「観る」ことにずっと重きを置きたい。スピノザは「直観知 Scientia intuitiva」についてこのように論じ、述べている。「精神のなかで十全であるような諸観念から、精神内に生ずる一切の観念は、同様に十全である」；これらのわずかの言葉を見ると勇気が湧いてくる。僕の人生を通して事物の観察に身を捧げようという勇気だ。それらは手の届

683　FA 29, S. 629.

> くものであり、その本質的形式から正当なイデーを形作ることが望めるからだ。しかもどこまで行けるかとか僕に何ができるかとか全く思い悩む必要はないのだ。[684]

ここでゲーテはヤコービの書物『スピノザの教説について』の77ページにあるのと同じくスピノザを「無神論者」と呼んでいるが、先に述べたように自身は同じ見識ではなかった。逆にその神の礼拝を固く守っていくつもりだと述べている。ゲーテはすでに1785年10月21日のヤコービ宛の手紙の中で、ヤコービの「信仰する」という語の扱い方に納得できなかったようである。ここでゲーテは『エチカ』の第2部定理40を引用し、スピノザの「直観知 Scientia intuitiva」[685]という概念を取り上げている。このような認識方法はゲーテにとって究極で、最高の認識方法であり、彼が求めていたものであった。[686]

684　FA 29, S. 629. 筆者訳。

685　Goethe (1993: S. 248) 参照。

686　Goethe (1993: S. 248) 参照。

付録②

ゲーテの「スピノザ研究」　　　　翻訳と解題

この付録は、ゲーテの「スピノザ研究」の翻訳と解題である。和訳はゲーテ全集第25巻[687]の中にあり、「哲学的習作」というタイトルで1940年に改造社から出版された。その後の和訳は見当たらない。この改造社版の松山武夫訳の「哲学的習作」では古い表現が使われていたため、筆者がここに訳し直した。本翻訳のドイツ語原文はフランクフルト版のStudie nach Spinoza[688]（「スピノザ研究」）によった。

原文はもともとシュタイン夫人の手書きであり、ゲーテが1784年－1785年の冬にかけてシュタイン夫人と共にスピノザの『エチカ』を読んだ時期に、彼女に口述筆記させたものである。元来タイトルがついていなかった口述筆記は当時出版されなかった。その後、エッカーマンが原本を訂正したため、出版の予定があったことが想定されるが、実際には原本は出版されなかった。Studie nach Spinoza (「スピノザ研究」) というタイトルが初めて使われたのは *Goethes Werke*（ワイマール版ゲーテ全集の第2巻）の第2版の中である[689]。

「スピノザ研究」(Studie nach Spinoza)

Der Begriff vom Dasein und der Vollkommenheit ist ein und/ eben derselbe, wenn wir diesen Begriff so weit verfolgen als/ es uns möglich ist so sagen wir daß wir uns das Unendliche/ denken./ Das Unendliche aber oder die vollständige Existenz kann/ von uns nicht gedacht werden./ Wir können nur Dinge denken, die entweder beschränkt/ sind oder die sich unsre Seele beschränkt. Wir haben also in/ so fern einen Begriff vom Unendlichen als wir uns denken/ können daß es eine vollständige

687　『ゲーテ全集25』、359頁－364頁。

688　FA 25, S. 14-17.

689　FA 25, S. 863 参照。

Existenz gebe welche außer/ der Fassungskraft eines beschränkten Geistes ist.[690]

存在 (das Dasein) と完全性 (die Vollkommenheit) の概念は一つであり、まったく同じものである。この概念を可能なかぎり探究していく時に、我々は無限なもの (das Unendliche) を考えると言う。

しかし無限なもの、あるいは完全な存在 (vollständige Existenz) を我々は考えることはできない。

我々はただ有限なものか、我々の魂自身が制限するものだけを考え得るのである。つまり我々が無限なものという概念をもつのは、それがある有限な精神の理解力の外側にあるところの、ある完全な存在であってほしいと我々が考えることができるかぎりにおいてである。[691]

Man kann nicht sagen daß das Unendliche Teile habe./ Alle beschränkte Existenzen sind im Unendlichen sind/ aber keine Teile des Unendlichen sie nehmen vielmehr Teil an/ der Unendlichkeit./ Wir können uns nicht denken daß etwas Beschränktes/ durch sich selbst existiere und doch existiert alles wirklich/ durch sich selbst ob gleichdie Zustände so verkettet sind daß/ einer aus dem andern sich entwickeln muß und es also scheint/ daß ein Dingvom andern hervorgebracht werde welches/ aber nicht ist, sondern ein lebendiges Wesen gibt dem andern/ Anlaß,zu sein und nötigt es, in einem bestimmten Zustand zu/ existieren./ Jedes existierende Ding hat also sein Daseinin sich, und so/ auch die Übereinstimmung nach der es existiert.[692]

無限なものが部分をもつということはできない。あらゆる有限な存在は無限なもののうちにあるが、しかし無限なもののいかなる部分でもなく、むしろ無限なものに関与するのである。なにか有限なものが自らによって存在するとは考えられないが、しかしあらゆるものは自らによって存在する。事情は連鎖的に続くので、一つのものは他のものから生じなければならず、一つの事物は他の一つからもたらされるように思われるのだが、そ

690　FA 25, S. 14.
691　FA 25, S. 14. 筆者訳。
692　FA 25, S. 14.

うではない。ある生命的存在が他のものに、存在することのきっかけを与え、あるきまった状態で存在することを勧めるのである。

要するに、実在しているすべてのものは、自身の存在を自己の中にもち、そうしてまたそれに従って存在するところの調和をもっている。[693]

Das Messen eines Dings ist eine grobe Handlung, die auf/ lebendige Körper nicht anders als höchst unvollkommen/ angewendet werden kann./ Ein lebendig existierendes Ding kann durch nichts ge-/ messen werden was außer ihm ist sondern wenn es ja ge-/schehen sollte müßte es den Maßstab selbst dazu hergeben,/ dieser aber ist höchst geistig und kann durch die Sinne nicht/ gefunden werden, schon beim Zirkel läßt sich das Maß des/ Diameters nicht auf die Peripherie anwenden. So hat man/ den Menschen mechanisch messen wollen, die Maler haben/ den Kopf als den vornehmsten Teil zu der Einheit des Maßes/ genommen es läßt sich aber doch dasselbe nicht ohne sehr/ kleine und unaussprechliche Brüche auf die übrigen Glieder/ anwenden.[694]

ある事物を計測するということは粗雑な行いであり、生ける物体に対してもっとも不完全に適用されうるものでしかない。

生ける存在物は外部のいかなるものによっても計られることはできない。もしどうしても計測が行われるべきだというならば、その尺度を自身で作らなければならない。しかしこの尺度は最高度に精神的なものであり、感覚によって見出されるものではない。円の場合でさえ、直径という尺度は円周には適用されないのである。そこで人間を機械的に測ろうとして、画家が頭部を尺度の単位にもっともすぐれた（人体の）部分として利用するとしても、他の四肢にはきわめて小さな、そして表現しにくい分数なしでは、それを適用させることはできない。[695]

693 FA 25, S. 14. 筆者訳。

694 FA 25, S. 14-15.

695 FA 25, S. 14-15. 筆者訳。

In jedem lebendigen Wesen sind das was wir Teile nennen/ dergestalt unzertrennlich vom Ganzen daß sie nur in und mit/ demselben begriffen werden können und es können weder/ die Teile zum Maß des Ganzen noch das Ganze zum Maß der/ Teile angewendet werden, und so nimmt, wie wir oben gesagt/ haben ein eingeschränktes lebendiges Wesen Teil an der/ Unendlichkeit oder vielmehr es hat etwas Unendliches in sich/ wenn wir nicht lieber sagen wollen daß wir den Begriff der/ Existenz und der Vollkommenheit des eingeschränktesten/ lebendigen Wesens nicht ganz fassen können und es also eben/ so wie das Ungeheure Ganze in dem alle Existenzen be-/ griffen sind für unendlich erklären müssen.[696]

すべての生命体において我々が部分と呼ぶところのものは、全体においてのみ、そして全体と共にでなければ理解できないほどに全体と分かちがたい。全体の尺度に部分が、また部分の尺度に全体が適用されることはできないのである。そして先に述べたように、有限な生命体は無限なものへ関与し、あるいはむしろそれは何か無限なものを自らのうちにもつのである。もしも我々が、有限な生物の存在と完全性の概念を完全に理解することはできないということ、それゆえすべての存在が包括されている巨大な全体と同じく、無限に説明しなければならないということを言いたくないならば、そういうべきである。[697]

Der Dinge die wir gewahr werden ist eine ungeheure/ Menge, die Verhältnisse derselben, die unsre Seele ergreifen/ kann sind äußerst mannigfaltig. Seelen die eine innre Kraft/ haben sich auszubreiten fangen an zu ordnen um sich die/ Erkenntnis zu erleichtern fangen an zu fügen und zu verbin-/ den um zum Genuß zu gelangen./ Wir mu¨ssen also alle Existenz und Vollkommenheit in unsre/ Seele dergestalt beschränken daß sie unsrer Natur und/ unsrer Art zu denken und zu empfinden angemessen werden/ dann sagen wir erst daß wir eine Sache begreifen oder sie/

696 FA 25, S. 15.

697 FA 25, S. 15. 筆者訳。

genießen.[698]

我々が認める事物はきわめて多数であり、我々の魂が捕捉しうる事物の関係は極度に多様である。伸長していく内なる力をもつ魂は、認識を容易にするために秩序付けをはじめ、享楽を得るためにつなぎ合わせたり結合したりし始める。

従って、我々は魂の中ですべての形態の存在や完全性を限定しなければならない。そうすることで、自分流に考えたり感じたりするためにふさわしいものとなるのである。その時に、我々は初めてある事柄を理解したり享受したりするといえるのである。[699]

Wird die Seele ein Verhältnis gleichsam im Keime gewahr/ dessen Harmonie wenn sie ganz entwickelt wäre sie nicht/ ganz auf einmal überschauen oder empfinden könnte so/ nennen wir diesen Eindruck erhaben, und es ist der herr-/ lichste der einer menschlichen Seele zuteile werden kann./ Wenn wir ein Verhältnis erblicken, welches in seiner gan-/ zen Entfaltung zu überschauen oder zu ergreifen das Maß/ unsrer Seele eben hinreicht dann nennen wir den Eindruck/ groß.[700]

魂が、関係をいわばその調和の芽生えにおいて気づいたとしても、もしもこの調和が完全に展開された時には、魂は一挙に見渡したり感じたりはできないだろう。そこでこの印象を我々は崇高な印象と呼ぶ。これは人間の魂が経験できるもっとも素晴らしいものである。

その完全な展開において我々の魂の尺度が十分に見渡したり把握したりすることができる関係が認められる時、我々はその印象を大いなる印象と呼ぶ。[701]

Wir haben oben gesagt daß alle lebendig existierende Dinge ihr Verhältnis in sich

698 FA 25, S. 15.

699 FA 25, S. 15. 筆者訳。

700 FA 25, S. 15-16.

701 FA 25, S. 15-16. 筆者訳。

haben, den Eindruck also den sie so wohl einzeln als in Verbindung mit andern auf uns machen wenn er nur aus ihrem vollständigen Dasein entspringt nennen wir wahr und wenn dieses Dasein teils auf eine solche Weise beschränkt ist daß wir es leicht fassen können und in einem solchen Verhältnis zu unsrer Natur stehet daß wir es gern ergreifen mögen nennen wir den Gegenstand schön.[702]

すべての生きているものは、彼らの関係を自身のうちにもっているということを上に述べたが、そういうものが個々別々にでも、他のものと結合してでも、我々に与える印象がその完全な存在からつくられるものでさえあれば、この印象を真実の印象と呼ぶのである。そしてこの存在がいくらか限定されて、我々に把握されやすくなっていて、そうした関係において我々の本性に適合し、我々も喜んで把握したいという時に、この対象を美しい対象と呼ぶのである。[703]

Ein Gleiches geschieht wenn sich Menschen nach ihrer/ Fähigkeit ein Ganzes es sei so reich oder arm als es wolle von/ dem Zusammenhange der Dinge gebildet und nunmehr den/ Kreis zugeschlossen haben. Sie werden dasjenige was sie am/ bequemsten denken worin sie einen Genuß finden können/ für das Gewisseste und Sicherste halten ja man wird mei-/ stenteils bemerken daß sie andere welche sich nicht so leicht/ beruhigen und mehr Verhältnisse göttlicher und menschli-/ cher Dinge aufzusuchen und zu erkennen streben mit einem/ zufriedenen Mitleid ansehen und bei jeder Gelegenheit be-/ scheiden trotzig merken lassen daß sie im Wahren eine Si-/ cherheit gefunden welche über allen Beweis und Verstand/ erhaben sei.[704]

同じことが起こるのは、人々がその能力に従って、それがどれほど豊かであるか貧弱であるかにはかかわらず、一個の全体を事物の相互関係から形成し、いまや円環を完結した時である。人々は、それがもっとも安易だと思い、そこで彼らが楽しみを見出せるところのものが、最も確かなもの、

702 FA 25, S. 16.

703 FA 25, S. 16. 筆者訳。

704 FA 25, S. 16.

最も安全なものであると思うだろう。さらにこうした人々は以下のことをたいてい認めるだろう。彼らが、容易に落ち着かず、多くの神的・人間的な事物のより多くの諸関係を探し出して知ろうと努め、満ち足りた同情の心をもって見つめ、それぞれの位置で多少反抗的に、彼らが真実なものの中にあらゆる証明や悟性を超越する確信を見出したい、ということを。[705]

Sie können nicht genug ihre innere beneidens-/werte Ruhe und Freude rühmen und diese Glückseligkeit/ einem jeden als das letzte Ziel andeuten. Da sie aber weder/ klar zu entdecken imstande sind auf welchem Weg sie zu/ dieser Überzeugung gelangen noch was eigentlich der/ Grund derselbigen sei, sondern bloß von Gewißheit als/ Gewißheit sprechen so bleibt auch dem Lehrbegierigen we-/ nig Trost bei ihnen indem er immer hören muß das Gemuüt/ müsse immer einfältiger und einfältiger werden sich nur auf/ einen Punkt hinrichten sich aller mannigfaltigen verwirren-/ den Verhältnisse entschlagen und nur alsdenn könne man/ aber auch um desto sicherer in einem Zustande sein Glück/ finden der ein freiwilliges Geschenk und eine besondere/ Gabe Gottes sei.[706]

彼らは自分達の内心の羨ましい落ち着きと歓喜をいくら誇りに思っていても足りなくて、この幸福こそ究極の目標であることを人々皆にほのめかすのである。しかし、一方で彼らがそもそも如何なる道を通ってこの確信に到達したか、また他方でその確信の根本が何であるかも明快に見出すことが出来ず、ただ確信を確信として語るばかりであるから、学習しようと躍起になっている人も、心情は次第に純一にならねばならず、単に一点にのみ心を向け、多様で混乱している状態から抜け出し、このようにしてのみ人はある状態の中にいよいよ確実に幸福を見出せるが、このことこそが神自らの贈り物と神が与えた特別な才能である、ということを何度も何度も繰り返し聞かなければならないが、それは少しの慰めにしかならない。[707]

705　FA 25, S. 16. 筆者訳。

706　FA 25, S. 16.

707　FA 25, S. 16. 筆者訳。

Nun möchten wir zwar nach unsrer Art zu denken diese/ Beschränkung keine Gabe nennen weil ein Mangel nicht als/ eine Gabe angesehen werden kann wohl aber möchten wir es/ als eine Gnade der Natur ansehen daß sie da der Mensch nur/ meist zu unvollständigen Begriffen zu gelangen imstande ist/ sie ihn doch mit einer solchen Zufriedenheit in seiner Enge/ versorgt hat.[708]

さて我々の考え方からすれば、不足しているものを賜物と思うわけにはいかないから、この制限を賜物と呼ぶつもりはなく、人間は大概どうせ不完全な理解しかできないので、人間がその限られた範囲においてこのような満足を感じることができるのは、全く自然の恩恵なのだと考えたいものである。[709]

---

708 FA 25, S. 17.

709 FA 25, S. 17. 筆者訳。

付録③

ゲーテの輪廻概念に関する詩　　　翻訳と解題

以下の詩は1776年4月14日付けのシュタイン夫人宛の書簡の中にあった詩である。ゲーテはこの詩を書写することなく、また保存することもなく、手紙としてシュタイン夫人に送った[710]。詩の中では、ゲーテのシュタイン夫人に対しての感情が述べられ、また彼女との深い縁について、そして彼女が前世に彼の妹、あるいは妻だったことが述べられている。

この詩の時代背景としては、当時、ヴァイマルで頻繁に「輪廻」というテーマについて議論されていたことがあげられる[711]。この詩の内容は1776年4月14日に書かれたヴィーラント宛て手紙の断片の内容に似ており、輪廻について書かれている。この詩は「アナムネージスの詩（Anamnesis-Gedicht）」とも呼ばれている。ゲーテがシュタイン夫人を前世の妹、あるいは妻として見ることは、輪廻概念によるものといえ、今世の魂が前世のことを想起（アナムネージス）していることである[712]。アナムネージスという言葉はプラトンの『パイドン』から由来している（ギリシア語読みに従って「アナムネーシス」とした）。

アナムネーシス詩（Anamnesis-Gedicht）

Aus Briefen an Charlotte von Stein Weimar, 14.4.1776

Warum gabst du uns die Tiefen Blicke
Unsre Zukunft ahndungsvoll zu schaun
Unsrer Liebe, unserm Erdenglücke
Wähnend selig nimmer hinzutraun?
Warum gabst uns Schicksal die Gefühle
Uns einander in das Herz zu sehn,

710　Goethe: Gedichte (1974: S. 520) 参照。
711　FA 2, S. 730-731 参照。
712　FA 2, S. 731 参照。

Um durch all die seltenen Gewühle
Unser wahr Verhältnis auszuspähn.

Ach so viele tausend Menschen kennen
Dumpf sich treibend kaum ihr eigen Herz,
Schweben zwecklos hin und her und rennen
Hoffnungslos in unversehnem Schmerz,
Jauchzen wieder wenn der schnellen Freuden
Unerwarte Morgenröte tagt.
Nur uns Armen liebevollen beiden
Ist das wechselseitige Glück versagt
Uns zu lieben ohn uns zu verstehen,
In dem Andern sehn was er nie war
Immer frisch auf Traumglück auszugehen
Und zu schwanken auch in Traumgefahr.

Glücklich den ein leerer Traum beschäftigt!
Glücklich dem die Ahndung eitel wär!
Jede Gegenwart und jeder Blick bekräftigt
Traum und Ahndung leider uns noch mehr.
Sag was will das Schicksal uns bereiten?
Sag wie band es uns so rein genau?
Ach du warst in abgelebten Zeiten
Meine Schwester oder meine Frau.

Kanntest jeden Zug in meinem Wesen,
Spähtest wie die reinste Nerve klingt
Konntest mich mit Einem Blicke lesen
Den so schwer ein sterblich Aug durchdringt.

Tropftest Mäßigung dem heißen Blute,

Richtetest den wilden irren Lauf,

Und in deinen Engelsarmen ruhte

Die zerstörte Brust sich wieder auf,

Hieltest zauberleicht ihn angebunden

Und vergaukeltest ihm manchen Tag.

Welche Seligkeit glich jenen Wonnestunden,

Da er dankbar dir zu Füßen lag.

Fühlt sein Herz an deinem Herzen schwellen,

Fühlte sich in deinem Auge gut,

Alle seine Sinnen sich erhellen

Und beruhigen sein brausend Blut.

Und von allem dem schwebt ein Erinnern

Nur noch um das ungewisse Herz

Fühlt die alte Wahrheit ewig gleich im Innern,

Und der neue Zustand wird ihm Schmerz.

Und wir scheinen uns nur halb beseelet

Dämmernd ist um uns der hellste Tag.

Glücklich daß das Schicksal das uns quälet

Uns doch nicht verändern mag.[713]

シャルロッテ・フォン・シュタイン宛の手紙から

ワイマール、1776年4月14日

あなたはなぜ、私たちに深い洞察の目をさずけたの

私たちの未来を予感して見るため

私たちの愛を、私たちの地上での幸福を

713　FA 1, S. 229-231.

盲目的に信じさせてはくださらぬためなのか？
運命よ、私たちになぜこの気持ちをさずけたの
互いに相手の隠れた心中を読み取り、
不思議なもつれの中から
私たちの真実の関係を探り出すためなのか。

ああ、多くの何千の人々は
鈍感にも、流されながら、おのれの心を知らぬ。
目的も分からず、あちらこちらへ漂い、
思いもよらぬ苦痛から逃れようと、希望なく走っている。
突然ふいに、よろこびの暁光が射すと、
たわいなく大声をあげて歓呼している。

深い愛を湛えた可愛いそうな私たちにだけ、
互いが理解せぬままに愛しあい、
互いに取りかわす幸福が拒まれている。
相手の中にありもせぬものを夢想し、
いそいそと仮初めの一夜の幸福を追いもとめ、
とりとめのない夢でしかない危難に身をふるわすというのに。

むなしい夢にふける者はなんと幸いだろう！
むなしい予感にふける者はなんと幸いだろう！
だが私たちの存在と私たちの眼差しは、否応もなく、
夢や予感にふけることを許さない。
教えてくれないか、運命は私たちに何をしようとするのだろう。
教えてくれないか、なぜ運命は私たちをこれほど清らかに結びつけたのか。
ああ、あなたは前世で、
私の妹か、私の妻だった。

既にあなたは私の存在のあらゆる性質をのみこみ、
胸の中の琴線のかすかなふるえを聞きとり、
誰も窺い知ることのできぬ
私の内部を一目でみてしまった。
熱い血汐に一滴の鎮静剤をしたたらせ、
荒れ狂う血の逆流に正しい方向をあたえた。
天使のようなあなたの腕のなかで、
疵ついた私の胸もやっと安らぎをとりもどした。

魔法の糸のような目にみえぬもので、私は縛られ、
数日をまぼろしのように楽しく過した。
あなたの足もとに身を横たえていた一時の
感謝にみちた幸福は、何ものにもたとえようがない。
あなたの胸にふれて、私の胸はいっぱいになり、
あなたの目に映ったわが姿をいとおしみ、
感覚のすべてが明るくすみわたるのを覚え、
やがて狂おしい胸の動悸は静まった。

しかし、このような幸福も、いつかの日の仄か（ほのか）な思い出のように
定かならぬ心の回りを漂うだけ、
永久に変わることのない真実が、私たちの内部にあるかぎり、
この新しい状態は心に苦痛となる。
私たちは、半分しか生きていないように、
私たちの周りの明るい昼の光も黄昏みたい。
私たちを苦しめる運命が、ただいつまでも、
私たちを変えないことが、せめて残された幸福かもしれない。[714]

714　FA 1, S. 229-231. 筆者訳。

参考文献

[1　ゲーテ自身の著作]（ドイツ語：全集、日記）

Goethe, Johann Wolfgang: *Sämtliche Werke. Briefe, Tagebücher und Gespräche.* 40 in 45 Bänden in 2 Abteilungen, Deutscher Klassiker Verlag, Frankfurt am Main, 1993-1999.

1. Abteilung:

- Bd. 1: *Gedichte.* 1756-1799. Hrsg. von Karl Eibl, 1987. (略号 : FA 1)
- Bd. 2: *Gedichte.* 1800-1832. Hrsg. von Karl Eibl, 1988. (略号 : FA 2)
- Bd.3/2: *West-östlicher Divan. Kommentar II.* Hrsg. von Hendrik Birus, 1994. (略号 : FA 3/2)
- Bd. 14: *Dichtung und Wahrheit.* Hrsg. von Klaus-Detlef Müller, 1986. (略号 : FA 14)
- Bd. 18: *Ästhetische Schriften. 1771-1805.* Hrsg. von Friedmar Apel, 1998. (略号 : FA 18)
- Bd. 20: *Ästhetische Schriften. 1816-1820. Über Kunst und Altertum I-II.* Hrsg. von Hendrik Birus, 1999. (略号 : FA 20)
- Bd. 25: *Schriften zur allgemeinen Naturlehre, Geologie und Mineralogie.* Hrsg. von Wolf von Engelhardt und Manfred Wenzel, 1989. (略号 : FA 25)

2. Abteilung:

- Bd. 1 (28): *Briefe, Tagebücher und Gespräche. Von Frankfurt nach Weimar. 1764-1775.* Hrsg. von Wilhelm Große, 1997. (略号 : FA 28)
- Bd. 2 (29): *Briefe, Tagebücher und Gespräche. Das erste Weimarer Jahrzehnt. 1775–1786.* Hrsg. von Hartmut Reinhardt, 1997. (略号 : FA 29)
- Bd. 3: *Briefe, Tagebücher und Gespräche. 1786–1794.* Hrsg. von Karl Eibl, 1991. (略号 : FA 30)
- Bd. 6 (33): *Briefe, Tagebücher und Gespräche. Napoleonische Zeit I. 1805–1811.* Hrsg. von Rose Unterberger, 1993. (略号 : FA 33)
- Bd. 7 (34): *Briefe, Tagebücher und Gespräche. Napoleonische Zeit II. 1812–1816.* Hrsg von Rose Unterberger, 1994. (略号 : FA 34)
- Bd. 8 (35): *Briefe, Tagebücher und Gespräche. Zwischen Weimar und Jena I. 1816–1819.*

Hrsg. von Dorothea Schäfer-Weiss, 1999. (略号 : FA 35)
- Bd. 9 (36): *Briefe, Tagebücher und Gespräche. Zwischen Weimar und Jena II. 1819–1822.* Hrsg. von Dorothea Schäfer-Weiss, 1999. (略号 : FA 36)
- Bd. 10 (37): *Briefe, Tagebücher und Gespräche. Die letzten Jahre I. 1823-1828.* Hrsg. von Horst Fleig, 1993. (略号 : FA 37)
- Bd. 12 (39): *Johann Peter Eckermann, Gespräche mit Goethe in den letzten Jahren seines LebenS.* Hrsg. v. Christoph Michel, 1999. (略号 : FA 39)

Goethe, Johann Wolfgang: *Tagebücher.* Historisch-kritische Ausgabe in zehn Text- und Komentarbänden. Verlag J.B. Metzler, Stuttgart, 2007-2008.
- Bd. 4,1: *1809 bis 1812. Text.* Hrsg. von Edith Zehm et al., 2008. (略号 : GT 4,1)
- Bd. 4,2: *1809 bis 1812. Kommentar.* Hrsg. von Edith Zehm et al., 2008. (略号 : GT 4,2)
- Bd. 5,1: *1813 bis 1816. Text.* Hrsg. von Wolfgang Albrecht, 2007. (略号 : GT 5,1)
- Bd. 5,2: *1813 bis 1816. Kommentar.* Hrsg. von Wolfgang Albrecht, 2007. (略号 : GT 5,2)
- Bd. 6,1: *1817 bis 1818. Text.* Hrsg. von Andreas Döhler, 2014. (略号 : GT 6,1)

（ドイツ語：その他）

Goethe: *Gedichte,* hrsg. und kommentiert von Erich Trunz, C.H. Beck, München, 1974.

Goethe Werke. Dichtung und Wahrheit. Hrsg. von Klaus-Detlef Müller. Bd. 5, Insel Verlag, Frankfurt am Main, 2007.

Goethe Werke. Versepen. Schriften. Maximen und Reflexionen. Hrsg. von Friedmar Apel. Bd. 6, Insel Verlag, Frankfurt am Main, 2007.

Goethe, Johann Wolfgang: *Werke. Maximen und Reflexionen.* Hamburger Ausgabe. Bd. 7, Hamburg 1953.

Goethes Werke. Naturwissenschaftliche Schriften. Textkritisch durchgesehen und mit Anmerkungen von Dorothea Kuhn. Bd. 8, Christian Wegner Verlag, Hamburg, 1955.

Goethes Werke. Naturwissenschaftliche Schriften. Hrsg. von Dorothea Kuhn. Bd. 13, Christian Wegner Verlag, Hamburg, 1955.

Von Göthe: *Was wir bringen.* Vorspiel, bey Eröffnung des neuen Schauspielhauses zu Lauchstädt. In der J. G. Cotta'schen Buchhandlung. Tübingen, 1802.

Goethe, Johann Wolfgang. *Werke.* Hrsg. im Auftrage der Großherzogin Sophie von Sachsen. Bd. 3. Weimar 1887-1919.（略号 : WA III）

Goethe, Johann Wolfgang: *Dichtung und Wahrheit.* Phillip Reclam jun., Stuttgart, 1993.

Goethe, Johann Wolfgang: *Die Leiden des jungen Werther. Nachwort von Ernst Beutler.* Philipp Reclam, Stuttgart, 2001.

Goethe, Johann Wolfgang: *Faust. Der Tragödie Erster Teil.* Philipp Reclam, Stuttgart, 2000.

Goethe, Johann Wolfgang: *Faust. Der Tragödie Zweiter Teil.* Philipp Reclam, Stuttgart, 2001.

Goethe, Johann Wolfgang: *Wilhelm Meisters Wanderjahre. Maximen und Reflexionen. Aus dem NachlasS.* Carl Hanser Verlag, München, 1991.

（日本語）

ゲーテ :『ゲーテ全集』神品芳夫ほか訳　潮出版社　1979–1992, 新装普及版 2003.

—第 1 巻 :「詩集」山口四郎訳　1979.（略号 :『ゲーテ全集 1』）

—第 3 巻 :「ファウスト・ウルファウスト」山下肇訳　前田和美訳　1992.（略号 :『ゲーテ全集 3』）

—第 6 巻 :「若きヴェルターの悩み」神品芳夫訳　1979.（略号 :『ゲーテ全集 6』）

—第 8 巻 :「ヴィルヘルム・マイスターの遍歴時代・第 3 巻」登張正實訳　1981.（略号 :『ゲーテ全集 8』）

—第 9 巻 :「詩と真実」山崎章甫・河原忠彦訳　1979.（略号 :『ゲーテ全集 9』）

—第 10 巻 :「詩と真実」河原忠彦・山崎章甫　1980.（略号 :『ゲーテ全集 10』）

—第 13 巻 :「文学論・箴言と省察」小岸昭訳　岩崎英二郎・関楠生訳　1980.（略号 :『ゲーテ全集 13』）

—第 15 巻 :「書簡・西東詩集」小栗浩訳　生野幸吉訳　1981.（略号 :『ゲーテ全集 15』）

—『ゲーテ読本』山下肇ほか訳　1982.（略号 :『ゲーテ読本』）

ゲーテ :『ゲーテ全集 25』松山武夫ほか訳　改造社　1940.（略号 :『ゲーテ全集 25』）

ゲーテ :『ゲーテ全集』改造社　1940.

ゲーテ :『ゲーテ全集』高橋義孝ほか訳　人文書院　1960–1962.

ゲーテ :『ファウスト 1』相良守峯訳　岩波文庫　1958.

ゲーテ：『ファウスト 2』相良守峰訳　岩波文庫　1958.

ゲーテ：『ゲーテ詩集』高橋健二訳　新潮文庫　1951.

ゲーテ：『自然と象徴—自然科学論集—』前田 富士男訳 冨山房百科文庫　1982.

『ゲーテ＝シラー往復書簡集』上下巻 森淑仁　田中亮平　平山令二　伊藤貴雄訳　潮出版社　2016.

[2　ゲーテ以外の著作、研究書]（ドイツ語、英語）

Adluri, Vishwa and Bagchee, Joydeep: *The Nay Science – A History of German Indology,* Oxford University Press, 2014.

Albert, Karl: *Lebensphilosophie.* Kolleg Philosophie, München, 1995.

Antoni, Klaus: Engelbert Kaempfer: Werke. Kritische Ausgabe in Einzelbänden, In: *Nachrichten der Gesellschaft für Natur- und Völkerkunde Ostasiens E.V.,* Universität Hamburg, Jg. 2002, Heft 171-172 (Schriftleitung: Dr. Herbert Worm)

Bell, David: *Spinoza in Germany from 1670 to the Age of Goethe.* Institute of German Studies,London, 1984.

Bollacher, Martin: *Der junge Goethe und Spinoza. Studien zur Geschichte des Spinozismus in der Epoche des Sturms und DrangS.* Max Niemeyer Verlag, Tübingen, 1969.

Bollacher, Martin: Der Philosoph und die Dichter – Spiegelungen Spinozas in der deutschen Romantik. In: *Spinoza in der europäischen Geistesgeschichte.* Hrsg. von H. Delf, H.-J. Schoeps, M. Walther. Hentrich, Berlin, 1994 (Studien zur Geistesgeschichte; Bd. 16), S. 275-288.

Burnouf, Eugène: *Le lotus de la bonne loi traduit du sanscrit, accompagné d'un commentaire et de vingt et un mémoires relatifs au buddhisme.* Maisonneuve frères, Paris, 1852.

Colombo, Gloria (2013): Goethe und die Seelenwanderung. In: *Goethe-Jahrbuch 2012,* Bd. 129, Wallstein Verlag, Göttingen, 2013, S. 39-47.

Cyranka, Daniel: Zwischen Neurophysiologie und „Indischen Märchen" – Anmerkungen zu Schlossers Gesprächen über die Seelenwanderung. In: Begrunder, Michael: *Religiöser Pluralismus und das Christentum.* Hrsg. von Hans-Martin Barth et al. Vandenhoeck & Ruprecht, Göttingen, 2001, S. 35–54.

Däbritz, Walter: Anregungen aus der indischen Mythologie in Goethes Dichtung, in:

Goethe. Viermonatsschrift der deutschen Goethe-Gesellschaft N.F. 20, 1958.

Dapper, Olfert: Asia, Oder: *Ausführliche Beschreibung Des Reichs des Grossen Mogols Und eines grossen Theils Von Indien.* Froberg für Hoffmann, Nürnberg, 1681.

Dietze, Walter: *Urworte, nicht sonderlich orphisch.* — In: Goethe-Jahrbuch. Bd. 94. Weimar 1977.

Dilthey, Wilhelm: *Das Erlebnis und die Dichtung,* Vandenhoeck & Ruprecht in Göttingen, 1970.

Eckermann, Johann Peter: *Gespräche mit Goethe.* Philipp Reclam, Stuttgart, 1994.

Eckermann, Johann Peter: *Gespräche mit Goethe in den letzten Jahres seines Lebens, hrsg.* von Christoph Michel, Bd. 12, Deutscher Klassiker Verlag, Frankfurt am Main, 1999. (略号：FA12)

Forster, Georg: *Sakontala oder der entscheidende Ring, ein indisches Schauspiel von Kalidasa.* Mainz,1791.

Franz, Edgar: Deutsche Mediziner in Japan – ein Beitrag zum Wissenstransfer in der Edo-Zeit, in: *Japanstudien. Jahrbuch des Deutschen Instituts für Japanstudien.* Hrsg. Von Annette Schad-Seifert et al. Bd. 17, München, 2005.

Friedenthal, Richard: *GOETHE. Sein Leben und seine Zeit.* R. Piper & Co. Verlag, München, 1963.

Fröschle, Harmut: *Goethes Verhältnis zur Romantik.* Königshausen & Neumann, Würzburg, 2002.

Goethes Gespräche. Bd. 1, Hrsg. von Woldemar Freiherr von Biedermann, Leipzig, 1889.

Goethe Handbuch. Gedichte. Bd. 1. Hrsg. von Regine Otto und Bernd Witte, Verlag J.B. Metzler, Stuttgart, 1996. (略号 : G-Hb 1)

Goethe Handbuch, Personen Sachen Begriffe L-Z, Bd. 2. Hrsg. von Hans-Dietrich Dahnke und Regine Otto, Verlag J.B. Metzler, Stuttgart, 1998. (略号 : G-Hb 2)

Goethe Handbuch, Bd. 4/1, Hrsg. von Hans-Dietrich Dahnke und Regine Otto, Verlag J.B. Metzler, Stuttgart, 1998.

Goldenbaum, Ursula: Die erste Übersetzung der Spinozaschen „Ethik". In: *Spinoza in der europäischen Geistesgeschichte.* Hrsg. von H. Delf, H.-J. Schoeps, M. Walther. Hentrich,

Berlin, 1994 (Studien zur Geistesgeschichte; Bd. 16), S. 107-125.

Goldenbaum, Ursula: Spinozismus zwischen Judentum und Christentum – Die jüdische Spinoza-Interpretation in ihrer Differenz zur christlichen Spinozarezeption. In: *Christentum und Judentum: Aktes des Internationalen Kongresses der Schleiermacher-Gesellschaft in Halle, März 2009.* Hrsg. von Roderich Barth et.al. Walter de Gryter GmbH & Co., Berlin, 2012, S. 42-63.

Grundmann, Johannes: *Die geographischen und völkerkundlichen Quellen und Anschauungen in Herders „Ideen zur Geschichte der Menschheit"*. Druck von G. Bernstein, Berlin, 1900.

Gundolf, Friedrich: *Goethe*. Georg Bondi, Berlin, 1930.

Herder, Johann Gottfried: *Werke. Schriften zu Philosophie, Literatur, Kunst und Altertum 1774-1787.* Bd. 4, Deutscher Klassiker Verlag, Frankfurt am Main, 1994.

Herder, Johann Gottfried: *Werke. Ideen zur Philosophie der Geschichte der Menschheit.* Hrsg. von Martin Bollacher, Bd. 6, Deutscher Klassiker Verlag, Frankfurt am Main, 1989.

Hermann, Gottfried und Creuzer, Friedrich: *Briefe über Homer und Hesiodus, vorzüglich über die Theogonie.* August Oswalds Universitätsbuchhandlung, Heidelberg, 1818.

Hilgers, Klaudia: *Entelechie, Monade und Metamorphose: Formen der Vervollkommnung im Werk GoetheS.* Wilhelm Fink Verlag, München, 2002.

Imai, Tadashi: Anmerkungen zu Engelbert Kaempfers Geschichte und Beschreibung von Japan, In: *Engelbert Kaempfers Geschichte und Beschreibung von Japan. Beiträge und Kommentar.* Hrsg. von der Deutschen Gesellschaft für Natur- und Völkerkunde Ostasiens (OAG), Tokyo. Springer Verlag, Berlin, 1980.

Jacobi, Friedrich Heinrich: *Über die Lehre des Spinoza in den Briefen an den Herrn Moses Mendelssohn.* Felix Meiner Verlag GmbH, Hamburg, 2000.

Kaempfer, Engelbert: *Geschichte und Beschreibung von Japan.* Hrsg. von Christian Wilhelm Dohm, Bd. 1-2, Verlag der Meyerschen Buchhandlung, Lemgo, 1777-1779.

Kant, Immanuel: *Zum ewigen Frieden,* Philipp Reclam, Stuttgart, 1984.

Kapitza, Peter: Engelbert Kaempfer und die europäische Aufklärung. In: *Engelbert Kaempfers Geschichte und Beschreibung von Japan. Beiträge und Kommentar.* Hrsg. von der Deutschen Gesellschaft für Natur- und Völkerkunde Ostasiens (OAG), Tokyo. Springer Verlag, Berlin, 1980, S. 41-63.

Kapitza, Peter: *Japan in Europa. Texte und Bilddokumente zur europäischen Japankenntnis von Marco Polo bis Wilhelm von Humboldt.* Iudicium Verlag, München, 1990.

Keudell, Elise von: *Goethe als Benutzer der Weimarer Bibliothek.* Weimar, 1931.

Kimura, Naoji: *Der ost-westliche Goethe. Deutsche Sprachkultur in Japan.* Peter Lang, Berlin, 2006.

Kloft, Hans: *Metamorphose und Morphologie. Ovids Verwandlungen und Goethes Naturanschauung.* In: Abhandlungen der Braunschweigischen Wissenschaftlichen Gesellschaft. Bd. 64, J. Cramer Verlag, Braunschweig, S. 77-97.

Kurth-Voigt, Lieselotte E.: Preexistence and the Plurality of Lives in the Writings of the Young Schiller, In: *Goethe Yearbook. Publications of the Goethe Society of North America.* Edited by Thomas P. Saine, Vol. VIII, Camden House, Columbia, 1996.

Lassen, Christian: Beiträge zur Kunde des indischen Alterthums aus dem *Mahabharata* I: Allgemeines über das *Mahabharata. Zeitschrift für die Kunde des Morgenlandes* 1, 1837.

Lauer, Gerhard: Goethes indische Kuriositäten. In: *Figurationen des Grotesten in Goethes Werken.* Hrsg. von Edith Anna Kunz et al. Aisthesis, Bielefeld, 2012.

Lessing, Gotthold Ephraim: *Werke.* Bd. 8, Carl Hanser Verlag, München, 1970.

Mayer, Mathias: Kraft der Sprache – Goethes „Lebenslied" im Kontext monadischen DenkenS. In: *Monadisches Denken in Geschichte und Gegenwart.* Hrsg. von Sigmund Bonk, Königshausen & Neumann, Würzburg, 2003, S. 113-131.

Mecklenburg, Norbert: Goethes ambivalentes Orientbild. In: *Neue Zürcher Zeitung,* 2003.

Menze, Clemens: *Leibniz und die neuhumanistische Theorie der Bildung des Menschen.* Westdeutscher Verlag, Opladen, 1980.

Moritz, Karl Philipp: *Beiträge zur Philosophie des LebenS.* Arnold Weber, Berlin, 1781.

Nicholls, Angus: *Goethe's Concept of the Daemonic. After the AncientS.* Camden House, New York, 2006.

Obst, Helmut: *Reinkarnation. Weltgeschichte einer Idee.* Verlag C.H. Beck, München, 2009.

Pattanaik, Devdutt: *my GITA,* Rupa Publications, New Delhi, 2015.

Petzold, Bruno: *Goethe und der Mahayana BuddhismuS.* Octopus Verlag, Wien, 1982.

Riemer, Friedrich Wilhelm: *Mitteilungen über Goethe,* auf Grund der Ausgabe von 1841 und des handschriftlichen Nachlasses, Insel-Verlag, Leipzig, 1921.

Ruppert, Hans: *Goethes Bibliothek, Katalog,* Arion Verlag, Weimar, 1958.

Schlegel, Friedrich: *Ueber die Sprache und Weisheit der Indier.* Mohr und Zimmer, Heidelberg, 1808.

Schlosser, Johann Georg: *Über die Seelenwanderung. Zwey Gespräche,* Bd.1/2, Serini, Basel, 1781/1782.

Schmidt, Jochen: *Goethes Faust Erster und Zweiter Teil, Grundlagen – Werk – Wirkung.* Verlag C. H. Beck, München, 2001.

Seelig (Hrsg.): *Helle Zeit – dunkle Zeit, in memoriam Albert Einstein.* Europa Verlag, Zürich, 1956.

Simm, Joachim: *Goethe und die Religion. Aus seinen Werken, Briefen, Tagebüchern und Gesprächen* Insel Verlag, Frankfurt am Main, 2000.

Sonnerat, Pierre: *Reise nach Ostindien und China auf Befehl des Königs unternommen vom Jahr 1774 bis 1781.* Orell, Geßner, Füßli und Kompagnie, Zürich, 1783.

Spinoza, Benedictus de: *Die Ethik,* Philipp Reclam jun., Stuttgart, 2007.

Steiner, Rudolf: Das Wesen des EgoismuS. Goethes „Wilhelm Meister," Berlin, 1909, http://anthroposophie.byu.edu 2018 年 9 月 15 日アクセス。

Takahashi, Teruaki: Japan und Deutschland im 17. und 18. Jahrhundert unter besonderer Berücksichtigung von Wirkungen des deutschen Japan-Forschers EngelbertKaempfer. Eine historische Skizze. In: *Das Europa der Aufklärung und die außereuropäische koloniale Welt.* Hrsg. von Hans-Jürgen Lüsebrink. Wallstein Verlag, Göttingen, 2006, S. 208-227.

Timm, Hermann: Gott und die Freiheit. Studien zur Religionsphilosophie der Goethezeit, Bd. 1 Vittorio Klostermann, Frankfurt am Main, 1974.

Thorwart, Wolfgang: *Heinrich von Kleists Kritik der gesellschaftlichen Ordnungsprinzipien. Zu H. v. Kleists Leben und Werk unter besonderer Berücksichtigung der theologisch-*

rationalistischen Jugendschriften, Königshausen & Neumann, Würzburg, 2004.

Totok, Wilhelm: *Handbuch der Geschichte der Philosophie, Frühe Neuzeit.* Band IV, Unter Mitarbeit von Erwin Schadel et al. Vittorio Klostermann, Frankfurt am Main, 1981.

Trevelyan, Humphrey: *Goethe and the Greeks,* Cambridge (Cambridge University Press) 1981.

Warnecke, Friedrich: *Goethe, Spinoza und Jacobi.* Hermann Böhlaus Nachfolger, Weimar, 1908.

Wilpert, Gero von: *Goethe-Lexikon.* Alfred Kröner Verlag, Stuttgart, 1998.

Wilpert, Gero von: *Sachwörterbuch der Literatur.* Alfred Kröner Verlag, Stuttgart, 1969.

Wilpert, Gero von, *Urworte. Orphisch,* in: Goethe-Lexikon, Kröner-Verlag, Stuttgart 1998.

Zoega, Georg: *Abhandlungen.* Hrsg. von Friedrich Gottlieb Welcker. Dieterichschen Buchhandlung, Göttingen, 1817.

(日本語)

ビーダーマン編:『ゲーテ対話録 2』 菊池栄一訳 白水社 1963.

ボダルト・ベイリー ,B.M.:『ケンペルと徳川綱吉—ドイツ人医師と将軍との交流—』中直一訳 中央公論社 1994.

ボルノー ,O.F.:『生の哲学』玉川大学出版部 1975.

ブリュフォード ,W.H.:『十八世紀のドイツ:ゲーテ時代の社会的背景』上西川原章訳 三修社 2001.

土橋寶:「ゲーテと哲学の方法論」『東北大学教育学部研究年報 28』東北大学教育学部 1980/3 1–36 頁.

土橋寶:『ゲーテ世界観の研究—その方法と理論』ミネルヴァ書房 1999.

海老坂 高:「スピノザ主義」『帝京大学紀要 15』帝京国際文化 2002/2 23–39 頁.

エッカーマン:『ゲーテとの対話(上・中・下)』山下肇訳 岩波書店 2001.

エッカーマン:『ゲーテとの対話(中・下)』山下肇訳 岩波書店 1969.

フリーデンタール , リヒャルト:『ゲーテ—その生涯と時代(上)』平野雅史等訳 講談社 1979.

福田眞人:「明治翻訳語のおもしろさ」『言語文化研究叢書 7』 名古屋大学大学院国際言語文化研究科 2008 133–145 頁.

深田甫:『ドイツ語翻訳教室』白水社　1996.
グンドルフ,フリードリヒ:『若きゲーテ』小口優訳　未来社　2013.
花崎皋平:「ドイツ啓蒙思想とヘルダーの哲学」『北海道大学文学部紀要 14(2)』1966/1　1-101 頁.
早川勇:「ケンペルの使った日本語語彙」『愛知大学語学教育研究室紀要 35(8)』2003/2　119–147 頁.
平野篤司:「『プロメテウス』と『人間の限界』:ゲーテ詩の一段面」『一橋大学紀要人文・自然研究 3』 一橋大学大学教育研究開発センター　2009　177-203 頁.
平野篤司:『ゲーテからベンヤミンへ: ドイツ文学における主題と変奏』四月社　2014.
星野慎一:『ゲーテと仏教思想―東洋的な詩人像』新樹社　1984.
星野慎一:『ゲーテ』清水書院　2014.
平尾昌宏:「ドイツにおけるスピノザ主義の基本構図 ― 後期啓蒙から汎神論論争まで―」『大阪産業大学論集.人文科学編 121』 大阪産業大学　2007/2　79–96 頁.
平尾昌宏:「ゲーテ・スピノザ・スピノザ主義―誰が『神即自然』を語ったのか」『モルフォロギア 35』「ゲーテと自然科学」 ナカニシヤ出版　2013　2-28 頁.
池田大作:「21 世紀文明の夜明けを―ファウストの苦悩を超えて」『21 世紀文明と大乗仏教―海外諸大学講演集』聖教新聞社　1996.
池田大作:「人間ゲーテを語る」『特別文化講座』学校法人創価大学　2006　7–41 頁.
石原あえか:『科学する詩人ゲーテ』慶応義塾大学出版会　2010.
伊藤邦武:『物語　哲学の歴史』中央公論新社　2012.
カント:『永遠平和のために・啓蒙とは何か』中山元訳　光文社　2006.
カッシーラー,エルンスト:『十八世紀の精神 : ルソーとカントそしてゲーテ』原好男訳　思索社　1979.
カッシーラー,エルンスト:『ゲーテ論集』森淑仁編訳　知泉書館　2006.
金森誠也:『賢者たちの人生論―プラトン、ゲーテからアインシュタインまで―』

PHP 研究所　2009.
ケンペル , エンゲルペルト :『日本誌』上巻・下巻　今井正訳　霞ヶ関出版　1973.
木村直司 :『ゲーテ研究 : ゲーテの多面的人間像』南窓社　1976.
木村直司 :『ゲーテ研究』南窓社　1983.
木村直司 :『ゲーテ研究余滴 : ドイツ文学とキリスト教的西欧の伝統』南窓社　1985.
木村直司 :『ドイツ精神の探求 : ゲーテ研究の精神史的文脈』南窓社　1993.
岸繁一 :「ゲーテの『プロメートイス』覚書―其二スピノザ哲学との関係―」『人文学 78』 同志社大学人文学会　1964　1–18 頁 .
小林邦夫 :　ゲーテの「ファウスト」における仏教思想『慶応義塾大学日吉紀要 47』ドイツ語学・文学 (Hiyoshi-Studien zur Germanistik)　慶応義塾大学日吉紀要刊行委員会　2011　217–248 頁 .
小泉進 , 白崎嘉昭編 :『ゲーテ時代の諸相 : 木村直司教授還暦記念論文集』郁文堂　1995.
小堀桂一郎 :『鎖国の思想 : ケンペルの世界史的使命』中央公論社　1974.
クライナー , ヨーゼフ :『ケンペルのみた日本』日本放送出版協会　1996.
松井洋子 :『ケンペルとシーボルト :「鎖国」日本を語った異国たち』山川出版社　2010.
末木文美士 :『近世の仏教　華ひらく思想と文化』吉川弘文館　2010.
三井光彌 :『独逸文学に於ける佛陀及び佛教』第一書房　1935.
森林太郎 :『鴎外全集 9』ギョオテ伝・哲学　森鴎外全集刊行会　1924.
森岡正博　居永正宏　吉本陵 :「生命の哲学の構築に向けて（1）: 基本概念、ベルクソン、ヨーナス」『人間科学 : 大阪府立大学紀要 3』 2008/3　3-68 頁 .
長沼敏夫編 :『近代ドイツ精神の展開 : 思索と創造のダイナミズム』朝日出版社　1988.
中井真之 :「ゲーテ『親和力』における「倫理的なもの」: F.H. ヤコービの「スピノザ主義」批判との関連において」鳥影社　2010.
中村元 :『思想をどうとらえるか―比較思想の道標』東書選書　1980.

日独交流史編集委員会編 :『日独交流 150 年の軌跡』雄松堂書店　2013.
大畑末吉 :「ゲーテ―ゲーテ哲学の根本問題」『一橋論叢 45（4)』 日本評論新社　1961/4　319–337 頁 .
大畑末吉 :『ゲーテ哲学研究―ゲーテにおけるスピノチスムス』河出書房　1964.
大槻裕子 :『ゲーテとスピノザ主義』 同学者　2007.
オステン , マンフレート :「ゲーテと仏教―『それより永遠の空虚のほうが、おれは好きだ』」『東洋学術研究 44（2)』2005　148-166 頁 .
ペツォルト , ブルーノ :『比較宗教学への試み・ゲーテと大乗仏教』小嶋 昭道訳 / 喜里山 博之訳　叡山学院　2000.
佐竹正一 :「ゲーテの詩 “Das Göttliche” について―主として『プロメートイス』と『スピノザ研究』との関連で―」『アルテス　リベラレス 52』岩手大学人文社会科学部紀要　1993/6　67–83 頁 .
柴田翔 :「ゲーテ『ファウスト』を読む」岩波書店　1985.
ジムメル , ゲオルク :『カントとゲエテ』谷川徹三訳　大村書店　1922.
シュタイガー , エーミール :『ゲーテ（上)』三木正之訳　人文書院　1981.
シュタイナー , ルドルフ :『ゲーテ : 精神世界の先駆者』西川隆範訳　アルテ　2009.
シュタイナー , ルドルフ :『ゲーテ的世界観の認識論要綱』浅田豊訳　イザラ書房　2016.
スピノザ :『世界の大思想 9 スピノザ』高桑純夫訳 河出書房新社 1966.
スピノザ :『エチカ（上)』「倫理学」畠中尚志訳　岩波書店　2006.
スピノザ :『エチカ（下)』「倫理学」畠中尚志訳　岩波書店　2006.
高橋義人 :「ゲーテとカント―根本現象について」『芸文研究 30』慶應義塾大学藝文学会　1971/3　55–69 頁 .
高橋健二 :『若いゲーテ』「評伝」河出書房新社　1973.
田中亮平 :「明治日本のドイツ文学」『創価大学外国語学科紀要 17』 創価大学文学部外国語学科　2007　83–106 頁 .
ティーリケ , ヘルムート :『ゲーテとキリスト教』田中義充訳　文芸社　2003.
G. ドゥルーズ :『スピノザ―実践の哲学』鈴木雅大訳　平凡社ライブラリー

2002.

上野修：『スピノザの世界―神あるいは自然』講談社　2005.

上村勝彦訳：『バガヴァッド・ギーター』岩波文庫　1992.

上村勝彦訳：『原典訳マハーバーラタ 3』ちくま学芸文庫　2002.

渡邉 直樹：「ゲーテとケンペルの銀杏 ― ゲーテの『植物のメタモルフォーゼ』論―」『宇都宮大学国際学部研究論集 36』 宇都宮大学　2013/9　79–88 頁．

山田貞三：「ゲーテの反形而上学」『独語独文学研究年報 31』Jahresbericht des Germanistischen Seminars der Hokkaido Universität　2004/12　208–215 頁．鎧淳訳：『バガヴァッド・ギーター』講談社　2008.

［3　その他］

（ドイツ語）

Das Philosophielexikon im Internet. Lebensphilosophie. Prof. Dr. Hans Baumgartner. http://www.philosophiewoerterbuch.de/onlinewoerterbuch/?title=Lebensphilosophie&tx_gbwbphilosophie_main%5Bentry%5D=515&tx_gbwbphilosophie_main%5Baction%5D=show&tx_gbwbphilosophie_main%5Bcontroller%5D=Lexicon&cHash=558324afaa1b96a020885a29fd82709d：（13.3.2015）

Duden. Deutsches Universalwörterbuch. Hrsg. von der Dudenredation, Dudenverlag, Mannheim, 2003. http://www.duden.de/rechtschreibung/　(3.5.2016)

Historisches Wörterbuch der Philosophie, Bd. 5, Hrsg. von Joachim Ritter und Karlfried Gründer, Schwabe & Co AG Verlag, Basel, 1980.

（日本語）

新村出編：『広辞苑』岩波書店　1993.

『哲学事典』下中弘編　平凡社　1971.

『カラー図解　哲学事典』忽那敬三訳　共立出版　2010.

『哲学・思想翻訳語事典』（増補版）石塚正英・柴田隆行　論創社　2013.

［本書筆者（岸・ツグラッゲン、エヴェリン）の掲載論文（ツグラッゲン、エヴェリン）**と関連した本書の箇所］**

「ゲーテの『自然詩』における生命哲学」（Life Philosophy in Goethe's "Natural Poetry"）『創価大学人文論集 25』 創価大学人文学会　2013.　http://hdl.

handle.net/10911/3795　――　第 1 部第 1 章
「ゲーテのスピノザ論ー汎神論論争をめぐる書簡を中心に」(Goethe's Spinozism – with Focus on Letters related to Pantheism Controversy)『創価大学大学院紀要 37』2015. http://hdl.handle.net/10911/4655　――　付録①
「ゲーテのスピノザ論ー資料を中心に」(Goethe's Spinozism – with Focus on Written Material)『創価大学人文論集 27』創価大学人文学会　2015. http://hdl.handle.net/10911/4682　――　付録②
「ゲーテの輪廻概念と霊魂不滅思想（モナド、エンテレヒー）について――資料中心に」(Goethe's Metempsychosis and Immortality of the Soul (Monad, Entelechy) : with Focus on Written Material)『創価大学人文論集 28』創価大学人文学会 2016. http://hdl.handle.net/10911/4564――第 3 部第 1 章、付録③
「ゲーテの生命論的宗教観」『宗教研究 89』第 74 回学術大会紀要号　日本宗学会　2016.――第 2 部第 2 章第 3 節
「ゲーテの霊魂概念ーオルフェウス教を中心に」(Goethe's Concept of the Soul – with Focus on the Influence of Orphism)『創価大学大学院紀要 38』2016.――第 3 部第 2 章
「ケンペルの記した近世日本ー『日本誌』がドイツワイマール文学者に与えた影響ー」(Kaempfer's Description of Japan in the Early Modern Period – the Influence of History of Japan on the German Writers of Weimar –)『解釈 62』2016/9・10.――第 4 部第 1 章
「ゲーテとヒンズー教」(Goethe and Hinduism)『東洋哲学研究所紀要』第 34 号東洋哲学研究所　2018.――第 5 部第 1 章
「ヒンズー教の思想がゲーテの輪廻観と作品に与えた影響について」(Über den Einfluss hinduistischen Gedankengutes auf Goethes Seelenwanderungsvorstellungen und Werke)『比較思想研究』第 45 号　比較思想学会　2019.―第 5 部第 2 章
「ゲーテの輪廻観　Goethe's View on Metempsychosis」『東洋学術研究』第 58 巻第 1 号　東洋哲学研究所　2019.――後書き

後書き

現代における本書の意義・位置づけ

（輪廻思想と生命哲学の三つの定義）

ゲーテの著作を詳しく調べると、彼は青年期から最晩年まで輪廻の思想を絶えずもっていたことがわかる。青年期は、輪廻や霊魂に対する表現方法に未熟さがあったが、晩年にかけて、詩的な表現や哲学的用語を用い、自身の輪廻や霊魂に対する思想を詳述するようになった。輪廻思想をもたない宗教であるキリスト教社会で育ったにもかかわらず、ゲーテは自身の輪廻観をもっていた。彼は様々な思想を研究し、数々の輪廻概念を知り、輪廻についての自身の考察を発展させ、詳しく描写するようになった。彼の輪廻観または霊魂概念に影響を与えた思想・哲学は、プラトンのイデー、ライプニッツのモナド論、アリストテレスのエンテレヒー、オルフェウス教などである。ゲーテは西洋思想だけでなく東洋思想も研究し、仏教とヒンズー教の輪廻思想と触れ合ったことがわかっている。

ゲーテの存命中､輪廻に関する論争が起こった（1780年〜)。論争はゲーテの義兄弟J・G・シュロッサーとゲーテの友人のJ・G・ヘルダーの間で起こった。ゲーテはこの輪廻論争には直接参加しなかったが、当時の発言からこの論争に注目し深く追っていたことがわかっている。

昔から哲学者、文学者、宗教者は輪廻に関し考察してきた。現代では医学や心理学の分野でも輪廻が研究テーマとして扱われている。輪廻の研究は､今後の生命についての論議を促進する要素の一つとして重要性が増す、と筆者は考える。

ゲーテの輪廻観に関する研究は、近年始まったため、これに基づくゲーテ作品の解釈はまだ少ない。よってこの研究成果はゲーテ作品の解釈の新しい透察につながると期待できる。文豪ゲーテの言葉であるので、その影響力は大きい｡特にゲーテと同じキリスト教を背景とする人々にとっては、ゲーテの言葉が、輪廻と生命に関する千思万考のきっかけになるであろう。

本書では生命哲学の三つの定義を用いて（ゲーテ自身がもっていた）

「ゲーテの生命哲学」について論じた。

生命哲学の第1定義とは、哲学史の分野における用語としての意味である。人間の生命を扱う哲学ということで「生の哲学」とも呼ばれる。「生の哲学」については第1部第2章で詳しく論じ、ゲーテの時代との関連性を検討した。

生命哲学の第2定義とは、第1定義よりも広い意味で用いられ、すべての人間は自身の「生命哲学」をもつことができ、生命を観察する方法をもつことができるということから「生命観」とも呼ばれる。

「生の哲学」また「生命観」を、ただ考察し、心のうちに秘めるだけでなく、自身の生き方に生かされ、行動に現れて、実践されている場合、その生命哲学、これを生命哲学の第3定義として、筆者は新たに定義し、本書に表した。現に実践されている生命哲学、そういう意味では、「生命」とは何かを自分なりに理解して、自身の判断に基づいて実際の行動に反映させている生命哲学である。

本書では、特に第2第3定義を中心に論じた。するとゲーテの生命哲学が非常に明確になった。生命哲学の三つの定義を用い、「ゲーテの生命哲学」について論じたが、もちろんゲーテ以外の人物についても、特に生命哲学の第2第3定義のうえから論じることもできる。そうした場合、ある人物の行動や活動、実践されていることから、その人物の生命哲学の思想がはっきりみえてくると思われる。もっている生命観と実践が異なる人物もいるであろう。一例を上げれば、旧約聖書にあるモーゼの十戒の中では「殺人をしてはいけない」とあるにもかかわらず、キリスト教社会では戦争と人殺しが起こっている。これはキリスト教社会のもつ生命哲学の第2定義と第3定義が異なっていることを表している。

心に秘めた生命哲学とその実践を調べるための鍵となる考えを、本書で著すことができた。今後他の研究にも役立つよう願っている。

謝辞

本研究を作成するにあたり、多くの方々のご支援ご協力を賜りました。謹んで御礼申し上げます。

創価大学大学院文学研究科人文学専攻哲学歴史学の石神豊教授には終始懇切なるご指導を賜り、数々の貴重なご助言を頂きました。いつも優しく、知恵豊かな先生のご指導がなくては、本研究の完成はありませんでした。心より感謝申し上げます。

本研究の審査をお引き受けくださいました宮田幸一教授、伊藤貴雄教授には、審査過程において、貴重なご助言とご指導を賜りました。心より感謝申し上げます。

折に触れ、適切で貴重なご指導を頂きました、田中亮平教授、山崎達也先生に深く感謝申し上げます。

博士後期課程の間、陰に陽に支えてくださいました、文学部の先輩の皆さん、創価大学の留学生の皆さん、大学院生の皆さん、励ましてくれた家族（夫、母、父、妹、叔父）、保証人・保護者の方々、友人に、心から感謝いたします。

また、牧口記念教育基金会の奨学金と平和中島財団の奨学金のおかげで、断念することなく、学問を探求し続けることができました。心から感謝いたします。

最後に、いつも温かな励ましを送ってくださいます、創価大学の創立者池田大作先生、香峯子夫人に、心より御礼申し上げます。

人名索引

あ

う

え

お

か

き

く

け

こ

し

す

そ

た

つ

て

と

に

は

へ

ほ

り

る

れ

ろ

わ

事項索引

あ

い

う

か

き

く

け

こ

さ

し

す

せ

そ

た

ひ

ふ

ほ

ま

み

む

め

も

ゆ

よ

ら

り

る

れ

ろ

わ

〈著者紹介〉

岸・ツグラッゲン・エヴェリン（Evelyn Kishi-Zgraggen）

1975年スイス・チューリヒ生まれ。
チューリヒ大学文学部出身。
創価大学大学院文学研究科博士課程修了（人文学博士）。
ゲーテの生命哲学の研究にはじまり、ゲーテと東洋思想の比較思想的研究、ドイツ文学と日本文学の比較文学的研究までその研究対象は広い。

ゲーテにおける
生命哲学の研究

Studien zur Lebensphilosophie Johann Wolfgang von Goethes

定価（本体2200円+税）

2021年4月26日 初版第1刷印刷
2021年5月 2日 初版第1刷発行
著　者　岸・ツグラッゲン・エヴェリン
発行者　百瀬 精一
発行所　鳥影社 (www.choeisha.com)
〒160-0023 東京都新宿区西新宿3-5-12トーカン新宿7F
電話 03-5948-6470, FAX 0120-586-771
〒392-0012 長野県諏訪市四賀229-1(本社・編集室)
電話 0266-53-2903, FAX 0266-58-6771
印刷・製本　モリモト印刷

ISBN978-4-86265-891-3 C0098